花|枝|静|美

给孩子的花草诗

韩秀琪　刘艳丽　编注

中国妇女出版社

图书在版编目（CIP）数据

花枝静美：给孩子的花草诗 / 韩秀琪，刘艳丽编注. --北京：中国妇女出版社，2017.4

ISBN 978-7-5127-1390-1

Ⅰ.①花… Ⅱ.①韩… ②刘… Ⅲ.①诗集－中国 Ⅳ.①I22

中国版本图书馆CIP数据核字（2017）第008270号

花枝静美——给孩子的花草诗

作　　者：韩秀琪　刘艳丽　编注
责任编辑：王海峰
责任印制：王卫东
出版发行：中国妇女出版社
地　　址：北京市东城区史家胡同甲24号　　邮政编码：100010
电　　话：（010）65133160（发行部）　　65133161（邮购）
网　　址：www.womenbooks.cn
法律顾问：北京天达共和律师事务所
经　　销：各地新华书店
印　　刷：北京中科印刷有限公司
开　　本：165×235　1/16
印　　张：21.25
字　　数：250千字
版　　次：2017年4月第1版
印　　次：2017年4月第1次
书　　号：ISBN 978-7-5127-1390-1
定　　价：39.00元

凡例

EXPLANATORY NOTES

一、此集所选部类，取古人题咏较多而又为今人常见的花草诸类，每类篇目多少，不求平均，只择精优者入选。

二、此集分为两部，以每类诗的内容决定其属部。如“梨花”“杏花”都是吟咏其花的，所以归入花部。

三、每类力求丰富，但不细分品种。如腊梅、白梅、红梅等统归梅花类，白海棠、红海棠、秋海棠等统归海棠类。

四、此集还选入一些题花草画诗精品。如郑燮的《画竹》等。

五、此集诸篇题目依旧本所录，复赘长言者，以咏物名简书之。

六、此集每类诗后附赏析文章，主要是摘取每类中内容和艺术上有特色的诗作，加以分析比较，旨在提示和启迪艺术欣赏趣味。

目录

第 篇

花草部

梅　花…002

咏梅花（北周·庚信）…002

早　梅（南朝·陈·谢燮）…003

早　梅（唐·张谓）…003

十一月中旬至扶风界见梅花（唐·李商隐）…004

早　梅（唐·齐己）…005

山园小梅二首（其二）（宋·林逋）…005

梅　花（宋·林逋）…006

梅　花（宋·王安石）…007

梅花诗（其三）（宋·王安石）…007

梅花二首（其一）（宋·苏轼）…008

红梅三首（其一）（宋·苏轼）…009

再和杨公济梅花十绝（其七）（宋·苏轼）…009

梅花绝句六首（其三）（宋·陆游）…010

卜算子·咏梅（宋·陆游）…010

咏　梅（宋・张道洽）··· 011
昭君怨・梅花（宋・郑域）··· 012
除夜自石湖归苕溪（宋・姜夔）··· 012
疏　影（宋・姜夔）··· 013
雪　梅（宋・卢梅坡）··· 014
十一月后庭梅花盛开（宋・蔡襄）··· 015
江边梅树（元・刘秉忠）··· 015
梅　花（元・赵孟頫）··· 016
梅　花（元・王冕）··· 016
墨　梅（元・王冕）··· 017
王元章倒枝梅画（明・徐渭）··· 017
梅花开到八九分（清・叶燮）··· 018
落　梅（清・律然）··· 019

何须更探春消息　自有幽香梦里通
——梅花诗词欣赏 ··· 020

海　棠 ··· 024

海　棠（唐・郑谷）··· 024
海棠二首（其二）（唐・吴融）··· 025
海棠花（唐・刘兼）··· 026
展江亭海棠四首（之一）（宋・韩维）··· 027
寓居定惠院之东，杂花满山，
有海棠一株，土人不知贵也（宋・苏轼）··· 027
海　棠（宋・苏轼）··· 029

春　寒（宋·陈与义）··· 030
花时遍游诸家园十首（其二）（宋·陆游）··· 030
海　棠（宋·陆游）··· 031
同儿辈赋未开海棠（元·元好问）··· 032
画秋海棠（明·陈复道）··· 032
白秋海棠（清·朱受新）··· 033
午窗偶成（清·黄景仁）··· 033
雪绽霞铺锦水头　占春颜色最风流
——海棠诗欣赏 ··· 035

杏　花（北周·庾信）··· 039
春游曲（唐·王涯）··· 040
杏　花（唐·温庭筠）··· 040
咏杏花（唐·郑谷）··· 041
杏　花（宋·王禹偁）··· 041
咏杏花（宋·王禹偁）··· 042
北陂杏花（宋·王安石）··· 042
杏　花（宋·王安石）··· 043
春　晚（宋·方岳）··· 044
游园不值（宋·叶绍翁）··· 044
春色满园关不住　一枝红杏出墙来
——杏花诗欣赏 ··· 045

桃　花 … 048

咏　桃（唐·李峤）… 048
古　风（唐·李白）… 049
元和十一年自朗州召至京，
　戏赠看花诸君子（唐·刘禹锡）… 049
夜惜禁中桃花因怀钱员外（唐·白居易）… 050
大林寺桃花（唐·白居易）… 050
题都城南庄（唐·崔护）… 051
敷水小桃盛开因作（唐·温庭筠）… 052
绯桃诗（唐·唐彦谦）… 052
庭前桃诗（唐·韦庄）… 053
二色桃花诗（宋·邵雍）… 054
春　日（宋·汪藻）… 054
桃花诗（宋·苏轼）… 055
碧　桃（元·杨载）… 055

人面不知何处去　桃花依旧笑春风
　——桃花诗欣赏 … 057

梨　花 … 059

梨花下赠刘师命（唐·韩愈）… 059
闻梨花发赠刘师命（唐·韩愈）… 060
和孔密州东栏梨花（宋·苏轼）… 060
梨　花（宋·文同）… 061
次韵梨花（宋·黄庭坚）… 061

梨花三首（其二）（宋・陆游）… 062
宫　词（宋・武衍）… 062
梨　花（宋・汪洙）… 063
梨　花（金・段继昌）… 063
梨　花（元・元好问）… 064

总向风尘尘莫染　轻轻笼月倚墙东
——梨花诗欣赏 … 065

牡　丹 … 068

红牡丹（唐・王维）… 068
清平调（唐・李白）… 068
惜牡丹花二首（其一）（唐・白居易）… 069
牡丹芳（唐・白居易）… 069
西明寺牡丹（唐・元稹）… 072
回中牡丹为雨所败二首（其二）（唐・李商隐）… 072
牡　丹（唐・皮日休）… 073
牡　丹（唐・罗隐）… 073
裴给事宅白牡丹（唐・裴潾）… 074
牡　丹（唐・薛涛）… 075
白牡丹（宋・欧阳修）… 076
和述古冬日牡丹四首（其一）（宋・苏轼）… 076
牡　丹（宋・陈与义）… 077
牡　丹（宋・杨廷秀）… 077
紫牡丹三首（其一）（元・元好问）… 078

牡　丹（明·冯琢庵）… 079
山中见牡丹（明·李昌祺）… 079

若教解语应倾国　任是无情亦动人
——牡丹诗欣赏 … 080

荷　花 … 084

采莲曲（南朝·梁·萧纲）… 084
咏同心芙蓉（隋·杜公瞻）… 085
莲　花（唐·郭震）… 085
采莲曲二首（其二）（唐·王昌龄）… 086
古　风（唐·李白）… 086
莲　叶（唐·郑谷）… 087
白　莲（唐·陆龟蒙）… 088
彩　莲（宋·欧阳修）… 088
立秋后二日泛舟越来溪（宋·范成大）… 089
莲　花（宋·杨万里）… 089
晚出净慈寺送林子方（宋·杨万里）… 089
梦行荷花万倾中（宋·陆游）… 090
念奴娇（宋·姜夔）… 090
池　莲（元·完颜畴）… 092
采莲曲（明·沈野）… 093
芙　蓉（清·郑燮）… 093

素葩多蒙别艳欺　此花端合在瑶池
——荷花诗词欣赏 … 094

杜　鹃 … 098

宣城见杜鹃花（唐·李白）… 098
山石榴寄元九（唐·白居易）… 099
杜鹃花（唐·徐凝）… 100
杜鹃花（唐·成彦雄）… 101
寒食日题杜鹃花（唐·曹松）… 101
赵昌四季·踯躅（宋·苏轼）… 102
杜鹃花二首（其二）（宋·杨万里）… 102

谁家不禁火　总在此花枝
——杜鹃花诗欣赏 … 103

蔷　薇 … 105

咏蔷薇（南朝·齐·谢朓）… 105
看美人摘蔷薇（南朝·梁·刘缓）… 106
题蔷薇花（唐·朱庆馀）… 106
题兴化寺园亭（唐·贾岛）… 107
山亭夏日（唐·高骈）… 107
重题蔷薇（唐·皮日休）… 108
蔷　薇（唐·陆龟蒙）… 108
野蔷薇（宋·杨万里）… 109

外布芳菲虽笑日　中含芒刺欲伤人
——蔷薇诗欣赏 … 110

茉　莉 … 112

茉　莉（宋·杨万里）… 112

茉　莉（宋·朱熹）… 113
茉　莉（宋·许梅屋）… 114
茉　莉（唐·张劭）… 114
茉　莉（元·江夔）… 115

应是仙娥宴归去　醉中掉下玉搔头
——茉莉诗欣赏 … 116

兰　花 … 118

悲秋兰（唐·张九龄）… 118
古　风（唐·李白）… 119
兰　诗（唐·李白）… 119
兰　诗（宋·杨万里）… 120
秋　兰（宋·朱熹）… 121
兰（宋·朱熹）… 121
买　兰（宋·方岳）… 122
题郑所南兰（元·倪瓒）… 122
题　兰（元·张翥）… 123
兰（明·董其昌）… 123
题画兰（明·陈献章）… 124
破盆兰花（清·郑燮）… 124
折枝兰（清·郑燮）… 125

多画春风不值钱　一枝青玉半枝妍
——咏兰诗欣赏 … 126

菊　花 … 130

菊（晋·袁山松）… 130
答休上人菊（南朝·宋·鲍照）… 131
菊（唐·骆宾王）… 131
咏　菊（唐·陈叔达）… 132
感遇诗四首（其二）（唐·李白）… 132
和令狐相公玩白菊（唐·刘禹锡）… 133
重阳席上赋白菊（唐·白居易）… 134
菊　花（唐·元稹）… 134
菊（唐·郑谷）… 135
不第后赋菊（唐·黄巢）… 135
题菊花（唐·黄巢）… 136
菊（宋·欧阳修）… 136
十月三日相公花下小饮
　赋四题（之一）（宋·梅尧臣）… 137
画　菊（宋·郑思肖）… 137
野菊花（元·元好问）… 138
菊　花（明·李梦阳）… 139

不是花中偏爱菊　此花开尽更无花
　——咏菊诗欣赏 … 140

水　仙 … 144

忆钱塘江（宋·李觏）… 144
次韵中玉水仙花（宋·黄庭坚）… 145

水　仙（宋·黄庭坚）··· 145
以水仙供都运判院（宋·张孝祥）··· 146
瓶　花（宋·范成大）··· 146
水仙花（宋·杨万里）··· 147
水　仙（元·倪瓒）··· 147
水仙花（清·陶孚尹）··· 148

天仙不行地　且借水为名
——咏水仙花诗欣赏 ··· 149

山　茶 ··· 151

邵伯梵行寺山茶（宋·苏轼）··· 151
赵昌四季·山茶（宋·苏轼）··· 152
和子由柳湖久涸，忽有水，开元寺山茶旧无花，今岁盛开二首（其二）（宋·苏轼）··· 152
山　茶（宋·刘克庄）··· 153
山　茶（宋·王十朋）··· 154
山　茶（宋·杨万里）··· 154
宝珠茶（明·张新）··· 155
白山茶（明·瞿佑）··· 155

说似与君君不会　烂红如火雪中开
——山茶诗欣赏 ··· 157

草 ··· 159

咏青草（南朝·陈·刘删）··· 159
赋得古原草送别（唐·白居易）··· 159

曲江春草（唐·郑谷）··· 160
芳　草（唐·罗邺）··· 160
春草曲（宋·杨万里）··· 161
吉祥草（宋·王元章）··· 161
春　草（明·杨基）··· 162
咏春草（明·李昂妻陈氏）··· 163

嫩草柔香远更浓　春来无处不茸茸
——咏草诗欣赏 ··· 164

果木部

柳 ··· 168

咏　柳（唐·贺知章）··· 168
柳边诗（唐·杜甫）··· 168
和练秀才杨柳（唐·杨巨源）··· 169
江边柳（唐·雍裕之）··· 169
柳　絮（唐·雍裕之）··· 170
池上絮（唐·韩愈）··· 170
柳绝句（唐·杜牧）··· 171
赠　柳（唐·李商隐）··· 171
柳（唐·李商隐）··· 172
冬　柳（唐·陆龟蒙）··· 173
柳（唐·罗隐）··· 173

咏　柳（唐·韩偓）… 174
杨花落（唐·张乔）… 174
杨　花（唐·吴融）… 175
垂　柳（唐·唐彦谦）… 176
水龙吟·次韵章质夫杨花词（宋·苏轼）… 176
杨花宛转曲（元·马祖常）… 177
秋　柳（明·高启）… 179
咏新柳（明·杨基）… 179
种　柳（明·木公恕）… 180
渡江云·杨花（清·周济）… 180
忆秦娥·杨花（清·宋征舆）… 182
杨　花（清·周京）… 182

不知细叶谁裁出　二月春风似剪刀
——杨柳诗词欣赏 … 184

松 … 189

汉乐府艳歌行（无名氏）… 189
赠从弟（其二）（魏·刘桢）… 190
咏寒松（南朝·梁·范云）… 191
咏　松（唐·李峤）… 191
画　松（唐·景云）… 192
孤　松（唐·柳宗元）… 192
题遗爱寺前溪松（唐·白居易）… 193
书院二小松（唐·李群玉）… 194

高　松（唐·李商隐）… 194
小　松（唐·杜荀鹤）… 195
赠卖松人（唐·于武陵）… 196
小　松（唐·齐己）… 196
道旁大松人取为明（宋·王安石）… 197
和黄鲁直效进士作
　二首·岁寒知松柏（宋·苏轼）… 198
双　松（宋·陆游）… 198
栽　松（元·行端）… 199
松下听泉图（清·高其佩）… 199

笔写形难似　琴偷韵易迷
　——咏松诗欣赏 … 201

桂 … 205

岩桂诗（南朝·宋·刘彦冲）… 205
咏桂树（南朝·梁·范云）… 206
桂（唐·李峤）… 206
试月中桂诗（唐·张乔）… 207
山上桂（唐·于武陵）… 208
桂　花（宋·朱淑真）… 208
以楚词所谓桂，数见于唐人
　诗句及图画间，今不复见矣，
　作绝句属山僧野人试求之（宋·陆游）… 209
木樨花（元·方夔）… 209

红木樨（明·瞿佑）… 210

桂子月中落　天香云外飘
——咏桂诗欣赏 … 211

桐 … 213

咏　桐（隋·魏澹）… 213
段宥厅孤桐（唐·王昌龄）… 214
咏梧桐（唐·戴叔伦）… 214
宿曾峰馆夜对桐花寄乐天（唐·元稹）… 215
咏井上桐（唐·陆龟蒙）… 215
梧　桐（元·丁鹤年）… 216
春日忆山中故居（清·彭孙遹）… 216

天然韶雅性　不愧知音识
——咏桐诗欣赏 … 217

石　榴 … 219

榴　花（唐·韩愈）… 219
海　榴（唐·温庭筠）… 220
石　榴（唐·孔绍安）… 220
山石榴（唐·杜牧）… 221
石榴歌（唐·皮日休）… 221
又病中庭际海石榴花盛发感而有寄（唐·皮日休）… 222
榴　花（宋·欧阳修）… 223
石　榴（宋·苏轼）… 223
安石榴（宋·梅圣俞）… 224

榴　火（明・朱之蕃）… 224

石　榴（清・吴伟业）… 225

风流意不尽　独自送残芳

——石榴诗欣赏 … 226

芙　蓉 … 229

芙　蓉（唐・韩愈）… 229

芙　蓉（唐・柳宗元）… 230

芙　蓉（唐・柳宗元）… 230

野芙蓉（宋・欧阳修）… 231

木芙蓉（宋・王安石）… 232

和陈述古拒霜花（宋・苏轼）… 232

芙　蓉（宋・宋景文）… 233

窗前木芙蓉（宋・范成大）… 233

木芙蓉（宋・朱熹）… 234

更凭青女留连得　未作愁红怨绿看

——木芙蓉诗欣赏 … 235

荔　枝 … 237

荔　枝（唐・徐夤）… 237

荔　枝（宋・曾巩）… 238

食荔枝二首（其二）（宋・苏轼）… 238

四月十一日初食荔枝（宋・苏轼）… 239

荔　枝（宋・陶弼）… 240

龙　眼（明・王象晋）… 241

不须更待妃子笑　风骨自是倾城姝
　——荔枝诗欣赏 … 243

橘 … 245

橘（南朝・齐・虞羲）… 245
园中杂咏橘诗（北周・李元操）… 246
感遇十二首（其七）（唐・张九龄）… 246
奉和拣贡橘（唐・张彤）… 247
橘　园（唐・李绅）… 248
田园杂兴（宋・范成大）… 248
树　间（唐・杜甫）… 249
柳州城西北隅种柑树（唐・柳宗元）… 249
咏　橘（清・陈灿霖）… 250

惟为橘园风景异　碧丛丛里万黄金
　——咏橘诗欣赏 … 252

竹 … 254

咏　竹（南朝・齐・谢朓）… 254
竹（南朝・梁・刘孝先）… 255
赋得阶前嫩竹（南朝・陈・张正见）… 255
咏　竹（唐・李峤）… 256
郡斋左偏栽竹百余诗（唐・令狐楚）… 256
秋日白沙馆对竹（唐・许浑）… 257
初食笋呈座中（唐・李商隐）… 258
咏　竹（唐・郑谷）… 258

竹　风（唐·唐彦谦）··· 259
春日山中竹（唐·裴说）··· 259
竹（唐·韩溉）··· 260
霜筠亭（宋·苏轼）··· 260
赋园中所有（宋·苏辙）··· 261
新　竹（宋·杨万里）··· 262
咏东湖新竹（宋·陆游）··· 262
野　竹（元·吴镇）··· 263
新笋歌（明·岳岱）··· 263
竹　石（清·郑燮）··· 264
竹（清·郑燮）··· 264

千磨万击还坚劲　任尔东南西北风
　——咏竹诗欣赏 ··· 265

名句欣赏 ··· 269

第一篇

PART ONE

花草部

梅 花

咏梅花

〔北周〕庾信

常年腊月半〔1〕，已觉梅花阑〔2〕。
不信今春晚，俱来雪里看〔3〕。
树动悬冰落〔4〕，枝高出手寒〔5〕。
早知觅不见〔6〕，真悔著衣单〔7〕。

【注释】

〔1〕腊月：农历十二月。

〔2〕阑：残、尽。梅：蔷薇科。落叶乔木。叶阔卵形，边缘有细锐锯齿。花单生或两朵齐出，先叶开放，多为白色或淡红色，具清香。

〔3〕俱来：都来。

〔4〕“树动”句：挂在树上的冰棱因风摇动而坠落。

〔5〕“枝高”句：伸出手来，攀看高处的梅枝，感到非常寒冷。

〔6〕觅不见：寻不到。

〔7〕著（zhuó）衣单：穿的衣服单薄。著，当“穿”讲。

早　梅

〔南朝·陈〕谢燮

迎春故早发，独自不疑寒[1]。
畏落众花后，无人别意看[2]。

【注释】

〔1〕疑：恐惧。

〔2〕别意：特别注意。

早　梅

〔唐〕张谓

一树寒梅白玉条[1]，迥临村路傍溪桥[2]。
不知近水花先发，疑是经冬雪未销[3]。

【注释】

〔1〕白玉条：形容枝条缀满洁白如玉的梅花。

〔2〕迥（jiǒng）：远。傍：靠近。

〔3〕销：消融。销，通“消”。

十一月中旬至扶风界见梅花

〔唐〕李商隐

匝路亭亭艳〔1〕，非时裛裛香〔2〕。
素娥唯与月〔3〕，青女不饶霜〔4〕。
赠远虚盈手〔5〕，伤离适断肠。
为谁成早秀〔6〕，不待作年芳〔7〕。

【注释】

〔1〕匝（zā）：环绕一周。亭亭：指梅花优美的姿色。

〔2〕非时：因为这里的梅十一月中旬开，此时不是梅花开的时候，故称“非时”，称“早秀”。裛裛（yì）：香气盛貌。

〔3〕素娥：古代传说中的嫦娥的别称。

〔4〕青女：神话传说中的霜雪之神。

〔5〕“赠远”两句：意思是想折一枝梅花送给远方的朋友，可是仕途坎坷，朋友离别，即使折得满把梅花又有什么用呢，真叫人悲伤，愁断肝肠。

〔6〕“为谁”句：梅树为了谁而过早地开花呢？

〔7〕“不待”句：不等到报春的时候就开。

早　梅

〔唐〕齐己

万木冻欲折[1]，孤根暖独回。
前村深雪里，昨夜一枝开。
风递幽香出[2]，禽窥素艳来[3]。
明年如应律[4]，先发望春台[5]。

【注释】

〔1〕"万木"两句：意思是说在严寒的季节里，万木凋摧，而梅却回复了生机。折，摧折。孤根，指梅根。暖，暖气。

〔2〕递：传送。幽香：清淡的香气，这里指梅花的芳香。

〔3〕窥：暗中察看。素艳：指梅花。素，白色。艳，光泽鲜明好看。

〔4〕应律：应时而发。明年：他年。如：一作"犹"。

〔5〕望春台：楼名。唐初建于长安城东龙首山上。

山园小梅二首（其二）

〔宋〕林逋

众芳摇落独暄妍[1]，占尽风情向小园[2]。
疏影横斜水清浅[3]，暗香浮动月黄昏[4]。
霜禽欲下先偷眼[5]，粉蝶如知合断魂[6]。
幸有微吟可相狎[7]，不须檀板共金樽[8]。

【注释】

〔1〕众芳摇落：指百花凋谢。暄妍：一作“鲜妍”，形容梅花明丽鲜艳。

〔2〕“占尽”句：独占小园美丽的风光。

〔3〕疏影：稀疏的花影。横斜：纵横交错。

〔4〕暗香：幽香。浮动：形容香气飘散。月黄昏：月色朦胧。

〔5〕霜禽：冬天的鸟儿。偷眼：形容偷偷地看。

〔6〕合：应当，应该。断魂：犹“销魂”，这里是形容喜爱和迷恋到极点。

〔7〕微吟：轻声吟咏。相狎（xiá）：相亲相近。

〔8〕檀板：檀木制成的板，亦称“拍板”，演奏音乐时打拍子用。金樽：金质的杯子，泛指贵重的金属酒杯。檀板、金樽，在这里分别指歌舞与筵席。

梅　花

〔宋〕林逋

吟怀长恨负芳时〔1〕，为见梅花辄入诗〔2〕。
雪后园林才半树，水边篱落忽横枝〔3〕。
人怜红艳多应俗〔4〕，天与清香似有私〔5〕。
堪笑胡姬亦风韵〔6〕，解将声调角中吹〔7〕。

【注释】

〔1〕“吟怀”句：意思是我常恼恨自己辜负梅花开放的时节。吟怀，即诗怀，作者自指。

〔2〕辄（zhé）：总是。

〔3〕篱落：篱笆。

〔4〕“人怜”句：人们怜爱梅花的娇红艳丽，多是为迎合世俗的喜爱。应：适应；迎合。

〔5〕“天与”句：自然界赐予梅花清香，似乎对它特别有所偏爱。

〔6〕胡姬：古代北方少数民族的歌女。风韵：风度，韵致。

〔7〕“解将”句：能将角吹奏起《梅花》曲。汉乐府有《梅花落》曲，唐代有《大梅花》《小梅花》曲。解：能；会。角：军中乐器名。

梅　花

〔宋〕王安石

墙角数枝梅〔1〕，凌寒独自开。
遥知不是雪〔2〕，为有暗香来。

【注释】

〔1〕“墙角”两句：意思是墙角有几枝梅花，正冒着严寒独自开放。凌寒，冒着严寒。

〔2〕“遥知”两句：远远望去知道那不是雪，因为有阵阵幽香飘送过来。暗香，幽香。

梅花诗（其三）

〔宋〕王安石

浅浅池塘短短墙，年年为尔惜流芳〔1〕。
向人自有无言意〔2〕，倾国天教抵死香〔3〕。
须袅黄金危欲坠〔4〕，蒂团红蜡巧能装〔5〕。
婵娟一种如冰雪〔6〕，依旧春风笑野棠。

【注释】

〔1〕尔：你。惜：吝惜。

〔2〕意：心愿，意向。

〔3〕倾国：容貌绝美的女子，这里指梅花。抵死香：分外香。抵死，分外。

〔4〕须袅黄金：金黄色的花须。

〔5〕蒂团红蜡：指红梅花蒂。蒂，花跟枝茎相连的部分。

〔6〕婵娟：美女，这里指梅花。

梅花二首（其一）

〔宋〕苏轼

春来幽谷水潺潺〔1〕，的皪梅花草棘间〔2〕。
一夜东风破石裂，半随飞雪渡关山〔3〕。

【注释】

〔1〕潺潺（chán）：水流的样子。

〔2〕的皪（dìlì）：明亮、鲜明的样子。草棘：野草荆棘。

〔3〕“半随”句：意思是枝头的梅花有一半随着春雪在风中飞舞，一直飞过关山。

红梅三首（其一）

〔宋〕苏轼

怕愁贪睡独开迟，自恐冰容不入时[1]。
故作小红桃杏色[2]，尚馀孤瘦雪霜姿[3]。
寒心未肯随春态[4]，酒晕无端上玉肌[5]。
诗老不知梅格在[6]，更看绿叶与青枝。

【注释】

〔1〕冰容：形容颜色洁白。入时：合乎时髦。

〔2〕故：故意。

〔3〕尚：尚且。

〔4〕“寒心”句：写寒梅不肯随春作态。隐含作者胸怀高洁，不肯随波逐流，阿谀当权者的意思。

〔5〕无端：无缘无故。玉肌：形容梅花的容色。

〔6〕诗老：指石曼卿，北宋文学家、诗人。石曼卿曾作《红梅》诗，其中有这样两句“认桃无绿叶，辨杏有青枝”。苏轼认为石曼卿的两句诗，并没有写出梅花的孤高纯洁、不同流俗的品格。

再和杨公济梅花十绝（其七）

〔宋〕苏轼

洗尽铅华见雪肌[1]，要将真色斗生枝。
檀心已作龙涎吐[2]，玉颊何劳獭髓医[3]。

【注释】

〔1〕铅华：粉。雪肌：白肌肤，这里指梅花的容色。

〔2〕檀心：浅红色的花心。

〔3〕獭（tǎ）髓：獭的骨髓。相传与玉屑琥珀屑相和，可以灭瘢痕。

梅花绝句六首（其三）

〔宋〕陆游

闻道梅花坼晓风〔1〕，雪堆遍满四山中。
何方可化身千亿〔2〕，一树梅前一放翁。

【注释】

〔1〕“闻道”两句：听说梅花迎着破晓的寒风开放了，就像堆堆白雪布满山间。坼（chè）：裂开，指梅花开放。雪堆，比喻梅花繁茂似雪。

〔2〕“何方”两句：有什么办法能化为千万个身子，让每一株梅花前都有个陆放翁在那里呢？方，方法。身千亿，极言其多。“一树梅前”，一作“一树梅花”。放翁，陆游号放翁。

卜算子·咏梅

〔宋〕陆游

驿外断桥边〔1〕，寂寞开无主。
已是黄昏独自愁，更著风和雨〔2〕。
无意苦争春〔3〕，一任群芳妒〔4〕。
零落成泥碾作尘〔5〕，只有香如故。

【注释】

〔1〕驿，驿站。古代供传递政府文书的人中途休息或住宿的地方。

〔2〕著：通“着”，感受、受到。

〔3〕苦：极，竭力。

〔4〕群芳：百花。妒：忌妒。

〔5〕碾（niǎn）：轧碎。

咏梅

〔宋〕张道洽

才有梅花便不同，一年清致雪霜中〔1〕。
疏疏篱落娟娟月〔2〕，寂寂轩窗澹澹风〔3〕。
生长元从琼玉圃〔4〕，安排合在水晶宫〔5〕。
何须更探春消息，自有幽香梦里通〔6〕。

【注释】

〔1〕清致：清雅的风致。

〔2〕疏疏：稀疏。篱落：即篱笆。娟娟：美好的样子。

〔3〕寂寂：寂静；寂寞。澹澹：风波动的样子。

〔4〕琼玉圃：指仙家种玉的园地。

〔5〕水晶宫：一作“水精宫”，传说龙王陈列珍宝的宫殿。

〔6〕幽香：清淡的香气，这里指梅花与春天的芳香。

昭君怨·梅花

〔宋〕郑域

道是花来春未[1]，道是雪来香异[2]。
水外一枝斜，野人家[3]。
冷落竹篱茅舍[4]，富贵玉堂琼榭[5]，
两地不同栽[6]，一般开。

【注释】

〔1〕道：想。来：犹“呢”。

〔2〕“道是”句：王安石《梅花》诗：“遥知不是雪，为有暗香来。”

〔3〕野人：一作“鄙人”。古时称四郊以外地区为“野”或“鄙”。野人，是指在“野”的农业生产者。

〔4〕“冷落”句：指穷苦人家。冷落，一作“冷淡”。

〔5〕“富贵”句：指富贵人家。

〔6〕“两地”句：这两句是赞美梅的高尚品格，不媚富贵，不嫌贫贱。

除夜自石湖归苕溪

〔宋〕姜夔

细草穿沙雪半消[1]，吴宫烟冷水迢迢[2]。
梅花竹里无人见，一夜吹香过石桥[3]。

【注释】

〔1〕消：消融。

〔2〕迢迢：遥远的样子。

〔3〕过：穿过。

疏　影

〔宋〕姜夔

苔枝缀玉〔1〕，有翠禽小小〔2〕，枝上同宿。
客里相逢，篱角黄昏，无言自倚修竹〔3〕。
昭君不惯胡沙远〔4〕，但暗忆江南江北。
想佩环、月夜归来，化作花魂幽独。

犹忆深宫旧事〔5〕，那人正睡里，飞近蛾绿。
莫似春风〔6〕，不管盈盈，早与安排金屋。
还教一片随波去〔7〕，又却怨玉龙哀曲。
等恁时〔8〕、重觅幽香，已入小窗横幅〔9〕。

【注释】

〔1〕苔枝：长有藓苔的梅枝。缀玉：梅花像玉一般缀满枝头。范成大《梅谱》中说：绍兴、吴兴一带有一种古梅，“其枝樛曲万状，苔藓鳞皴，封满花身；又有苔须垂于枝间，或长数寸，风至绿丝飘飘可玩。”

〔2〕翠禽：翠鸟。

〔3〕“无言”句：把梅花比作孤独高洁的佳人。修竹：长竹。杜甫《佳人》：“天寒翠袖薄，日暮倚修竹。”

〔4〕“昭君”四句：这几句是说，这花想是远嫁、思乡的王昭君的幽灵所化。杜甫《咏怀古迹》其三：“画图省识春风面，环佩空归月夜

魂。”昭君，西汉元帝时的宫女王昭君。元帝对匈奴实行“和亲”政策，把宫女王昭君嫁给匈奴呼韩邪单于。佩环，即“环佩”，身上佩带的玉饰。

〔5〕“犹忆”三句：相传南朝宋武帝刘裕之女寿阳公主卧于含章殿下，忽有梅花落在她的额上，成五出花，拂之不去，宫女争相仿效，名梅花妆。蛾，蛾眉。绿，指黛的颜色。黛是青黑色的颜料，古代女子用来画眉。

〔6〕“莫似”三句：意思是说，不要像春风那样不管花开得正好一味滥吹，要知爱惜。盈盈，仪态美好的样子，这里借指梅花。金屋，《汉武故事》载：汉陈婴曾孙女名阿娇，其母为武帝姑母馆陶长公主。武帝幼时，长公主抱置膝上，问道：“儿欲得妇否？”并指阿娇说：“好否？”帝笑着答道：“若得阿娇，当以金屋贮之。”

〔7〕“还教”两句：是说落梅随波而去，却因笛声而引起哀怨。玉龙，笛名。哀曲，指古代笛曲《梅花落》。

〔8〕恁（nèn）时：那时，这里指落花时。

〔9〕“已入”句：指梅花已被画成横幅挂在窗前。

雪　梅

〔宋〕卢梅坡

梅雪争春未肯降〔1〕，骚人搁笔费平章〔2〕。
梅须逊雪三分白，雪却输梅一段香。

【注释】

〔1〕未肯降：不肯认输。

〔2〕骚人：诗人。平章：评判。

十一月后庭梅花盛开

〔宋〕蔡襄

迎腊梅花无数开[1]，旋看飞片点青苔[2]。
幽香粉艳谁人见？时有山禽入树来。

【注释】

〔1〕迎腊：农历十二月为腊月，时为十一月，故称“迎腊”。

〔2〕旋：顷刻，不久。

江边梅树

〔元〕刘秉忠

江边缭绕惜芳丛[1]，绝笔天真在眼中[2]。
素艳乍开珠蓓蕾[3]，暗香微度玉玲珑[4]。
一枝倒影斜斜月，万树浮光细细风。
明日行经山下路，几回特地驻青骢[5]。

【注释】

〔1〕缭绕：回旋的样子。惜：爱惜。芳丛：指聚集在江边的梅树。

〔2〕绝笔：好到极点的画（指江边梅树）。

〔3〕乍：刚；初。蓓（bèi）蕾：含苞未放的花。

〔4〕玉玲珑：形容梅花像玉一样明澈。

〔5〕驻：停住。青骢（cōng）：青白色的马。

梅 花

〔元〕赵孟頫

潇洒江梅似玉人[1]，倚风无言澹生春[2]。
曲中桃叶元非侣，梦里梨花亦未真。

【注释】

〔1〕潇洒：洒脱，毫无拘束。玉人：容貌美丽的人，这里指白梅。

〔2〕澹（dàn）：安静的样子。

梅 花

〔元〕王冕

三月东风吹雪消，湖南山色翠如浇。
一声羌笛无人见[1]，无数梅花落野桥。

【注释】

〔1〕羌（qiāng）笛：西域少数民族吹的笛子。因笛曲有“梅花落”的曲子，故诗人在此赋句。这诗化用了李白名句“黄鹤楼中吹玉笛，江城五月落梅花”。羌笛，一作“羌管”。

墨　梅

〔元〕王冕

我家洗砚池头树[1]，个个花开淡墨痕[2]。
不要人夸好颜色，只留清气满乾坤[3]。

【注释】

〔1〕洗砚池：画家洗砚的池塘。相传会稽蕺山下有晋代书法家王羲之的洗砚池，由于日日洗涤笔砚，竟把池水都染黑了。王冕与王羲之同姓，所以说是“我家”。说“我家”有洗砚池，正是表明了他作画的用功。头：边。

〔2〕个个：朵朵。淡墨痕：用淡墨勾画出梅花花瓣的痕迹。

〔3〕清气：清香之气。这里用梅花的清香和气质来暗喻作者的人品和节操。乾坤：天地、人间的代称。

王元章倒枝梅画[1]

〔明〕徐渭

皓态孤芳压俗姿[2]，不堪复写拂云枝[3]。
从来万事嫌高格[4]，莫怪梅花着地垂[5]。

【注释】

〔1〕王元章：即元末诗人王冕。他善画梅花。

〔2〕皓（hào）态：指梅花洁白的姿态。孤芳：冬季万花凋谢，梅

花却迎雪开放，故称“孤芳”。压俗姿：压倒以庸俗姿态取媚于人的其他花。

〔3〕不堪复写：不能再画。拂云枝：指高而向上的枝干，这里隐喻向上进取的仕途。

〔4〕万事：这里指一般凡庸的世俗之事。嫌：厌恶。高格：崇高的品格、格调。

〔5〕垂：倒挂。这是句反语，表达了作者的愤怒之情。

梅花开到八九分

〔清〕叶燮

亚枝低拂碧窗纱〔1〕，镂月烘霞日日加〔2〕。
祝汝一分留作伴〔3〕，可怜处士已无家〔4〕。

【注释】

〔1〕亚枝：树枝低垂。亚，通“压”，低垂的样子。杜甫《上巳日徐司录林园宴集》诗“花蕊亚枝红”。拂：拂拭。碧：青绿色。

〔2〕镂（lòu）月烘霞：形容梅花映月染霞的姿态。镂，雕刻。烘，渲染。

〔3〕汝：你。

〔4〕可怜：可惜。处士：古时称有才德而隐居不仕的人。

落　梅

〔清〕律然

和风和雨点苔纹[1]，漠漠残香静里闻[2]。
林下积来全似雪，岭头飞去半为云。
不须横管吹江郭[3]，最惜空枝冷夕曛[4]。
回首孤山山下路[5]，霜禽粉蝶任纷纷[6]。

【注释】

〔1〕苔纹：长有藓苔的落梅。

〔2〕漠漠：密布的样子，这里指散布在空中的梅香。残香：余香。

〔3〕横笛：即笛子。江郭：江边的城郭。

〔4〕惜：怜惜。夕曛（xūn）：傍晚落日的余光。

〔5〕回首：回顾，回忆。孤山：杭州西湖的一处名胜。

〔6〕霜禽：指秋天的鸟。纷纷：多而杂乱的样子。

何须更探春消息
自有幽香梦里通
——梅花诗词欣赏

梅花冰肌玉骨，斗霜傲雪，经冬凛冰霜之操，早春魁百花之头，以韵胜，以格高，故为历代人们所喜爱。

梅花最早产于我国。据《瀛奎律髓》记载，梅，“以花贵，自战国始”。古人言“学圃之士必先种梅，且不厌多，他花有无多少皆不系重轻”。文人学者把植梅看作是陶情励操之举。以咏梅诗句闻名的诗人林逋就是隐居孤山，居阁植梅，终日绕梅吟咏自适。以画荷画梅闻名的画家王冕竟“树梅花千株”，隐九里山，结茅庐三间自题为梅花屋。古人不仅喜爱植梅，而且更爱折梅赠友，咏梅赋诗。“梅花诗五七言，至梁、陈而大盛”。历代咏梅诗数不胜数，仅陆游一人，就曾写下一百六十多首。“折梅逢驿使，寄与陇头人。江南无所有，聊赠一枝春”。梅花，它贞姿劲质，雪魄冰魂，给人们以纯洁、坚韧之美，它是春的信息，是顽强生命力的象征。

综观古代梅花诗，其内容与形式丰富多变。有写落梅，有写早梅，还有写开到八九分梅的；有咏墨梅，有咏红梅，还有咏倒枝梅的；有的诗篇专注于梅花之形貌，有的诗篇只描绘梅花的神情；有的诗篇借咏梅以托情，有的诗篇借咏梅以言志，真可谓千变万化，丰富多彩。

先看描写梅花颜色的诗句。苏轼的“洗尽铅华见雪肌”的诗句，可使人想见白梅之洁。而他的“酒晕无端上玉肌”的比喻，又是见红梅之俏。

范成大的“从来颜色休论似，夹路漫山取次红”的诗句，描写梅花的色彩可谓独到、惊人。至于王冕的“不要人夸好颜色，只留清气满乾坤”以颜色为陪衬，赞颂梅花品格，更是别具一格。

最常见于诗人笔下的是，以雪来形容梅花。如“婵娟一种如冰雪，依旧春风笑野棠。”（王安石《梅花诗》）“林下积来全似雪，岭头飞去半为云。”（律然《落梅》）等。如此诗句形容梅花倒也贴切，但总使人觉得缺少些情趣和意味。

“一树寒梅白玉条，迥临村路傍溪桥。不知近水花先发，疑是经冬雪未销。”唐张谓的这首咏梅诗，与前面的两首诗不同，很有些情致。在远离村路的小溪桥边，一株早梅凌寒挺立，开满了洁白如玉的花朵。初看还以为这是经冬的白雪积压在枝条上没有消融，原来竟是近水的春梅提前开花哟。原不知梅花近水而先开，又因远离村路，而疑盛开的梅花为一树积雪，这“疑”，合情合理，它不仅真切地写出了诗人远望梅花似雪非雪的恍惚迷离之感，而且也巧妙地再现了梅花的形神。这诗句看似平淡不经意，然而又很耐人寻味。

“墙角数枝梅，凌寒独自开。遥知不是雪，为有暗香来。”王安石这首咏梅诗则反用张谓诗之意。远远望去，知道是梅不是雪，是因有幽香飘至。这已不是以雪喻梅了，是借雪、梅之喻而突出梅花之香。

“春来幽谷水潺潺，的皪梅花草棘间。一夜东风破石裂，半随飞雪渡关山。”（苏轼《梅花》）春天来了，幽静的山谷冰雪消融，水流潺潺，一丛丛梅花色彩艳丽照眼，盛开在野草荆棘之中。一夜的东风似乎要吹裂了石头，此时，那傲然开放的梅花，一半留在枝头，一半随着春雪飘舞，飞过关山。“一夜东风吹石裂，半随飞雪渡关山”的诗句中，没有具体地展现梅花的形象，梅花“半随飞雪”既非明喻，也非暗比。然而我们读着这诗句，仿佛看到了随风舞动的梅花与飞雪汇融一齐，难以分辨。诗人在飞雪中与梅花作伴，相视而笑，共渡关山。显然，“半随飞雪”句不是比兴手法，但却起到比兴的妙用，造成了优美的意境。

“梅花优以香”（陆佃《埤雅》），“香”是梅花最明显的特征。咏梅赋诗每每离不开“香”字。“闻香”句有：“忆在鄱君旧国旁，马穿修竹忽闻香。”（梅尧臣《京师逢卖梅花》）“觅香”句有：“等恁时、重觅幽香，已入小窗横幅。”（姜夔《疏影》）“残香”句有：“和风和雨点苔纹，漠漠残香静里闻。”（律然《落梅》）“暗香”句有：“素艳乍开珠蓓蕾，暗香微度玉玲珑。”（刘秉忠《江边梅树诗》）等等。尽管咏梅花之香的诗句不胜枚举，然而写梅花之香，香得醉人，香得久远，香得别有情趣，也是不多见的。

“细草穿沙雪半消，吴宫烟冷水迢迢。梅花竹里无人见，一夜吹香过石桥。”（姜夔《除夜自石湖归苕溪》）除夕之夜，诗人乘舟归苕溪。积雪刚刚开始融化，细草从沙地里冒出头来，远处古宫废垒笼罩在寒烟雾水之中。尽管看不见岸边竹丛中梅花的幽姿，小舟却从一夜不断吹来的梅香里，穿过道道石桥。读至此，不禁使人也同诗人一样醺醺欲醉了。正如杨万里《梅花下遇雨》诗中所言：“虑疑黄昏花欲睡，不知被花薰得醉。”

“……无意苦争春，一任群芳妒。零落成泥碾作尘，只有香如故。”在陆游的这首咏梅词中，“梅香”凝结了永久不歇的芳芬。这梅香，随着花瓣飘落大地，与大地融为一体，它的幽香是永久难灭的。“只有香如故”赞美的不仅是梅花的花味，更是梅花的精神。这“香”象征着一种坚贞劲质，死而不悔，崇高永生的精神之美。

“何须更探春消息，自有幽香梦里通。”张道洽这咏梅香的诗句更是别有一番情趣。为什么非要去打听春天何时来到的消息呢？难道你没有察觉，梅花的幽香正与春天的芳菲在梦中相会，传递着春天的信息？诗人把梅香与春香于“梦中”相通，这想象堪称绝妙。在这里，梅之幽香，已成为春天的使者，象征着春的信息。

一些好的咏梅诗多有所寄托，或借咏梅以抒情，或借咏梅以言志，内容深刻，寓意隽永，为人们所称道。如宋萧泰来的《霜天晓角·梅》：“千霜万雪。受尽寒磨折。赖是生来瘦硬，浑不怕、角吹彻。清绝。影也别。知心惟有月。原没春风情性，如何共、海棠说？”该词借咏梅以述怀，不仅写出了梅花坚韧耐寒、孤标独树的风格，也表现了诗人自己高洁、顽强的气质。“闻道梅花坼晓风，雪堆遍满四山中。何方可化身千亿，一树梅前一放翁。”陆游在这首诗中借咏梅以言志，表达了诗人宏大的济世胸怀，以天下为己任的高尚情操。此诗与他的另一首《卜算子·咏梅》一样，既刻画了梅，又把诗人自己的思想感情与人格写了进去，成为人们所喜爱的咏梅佳篇。

咏物诗贵在有所寄托，但又要不离于物。借咏梅以寄托的成功之作，多能做到“不即不离”。李商隐的“匝路亭亭艳，非时裛裛香。素娥唯与月，青女不饶霜。赠远虚盈手，伤离适断肠，为谁成早秀，不待作年芳”一诗，其中“素娥唯与月，青女不饶霜”寄托之意最为明显。“素娥”，即月里嫦娥；“青女”，主管霜的女神。这句是说素娥只赞助月亮，即使月亮放出的光对梅花是相宜的，但素娥并不是在赞助梅花。青女也不放松它的霜威，她要任意地摧残梅花。这是讲梅花的遭遇，也是暗中寄寓诗人自己的不幸。李商隐在地方上做幕僚时，府主虽待他不错，但并不推荐他到朝廷去，因为府主关心的只是自己的升沉得失。而另一方面李商隐又在党派斗争中受连累。因为他做了王茂元的女婿，就被认为是李德裕之党的人。这样一来，属于牛僧孺之党的当权派令狐绹虽与他有交谊，也不肯引用他。由此可见，这寄托之句做到了天衣无缝。

好的咏梅诗不仅是赞颂风格，寄托言志之作，也是脍炙人口的。如林逋的《山园小梅》一诗中的“疏影横斜水清浅，暗香浮动月黄昏”的诗句就广为人们所传诵。描写梅花的疏影和暗香，用清浅的水和黄昏的月来陪衬、烘托，更显现出疏影横斜之迷人和暗香浮动的醉人。这虽然只是描写梅花的神情，但是却达到了神韵逼真、意境优美的境地。再看林逋的另一首《梅花》中“……雪后园林才半树，水边篱落忽横枝。人怜红艳多应俗，天与清香似有私”的诗句，以雪后园林的凋谢，来衬托梅花的耐寒；以水中显现梅枝的横斜，来表现梅花潇洒不羁。这是着意渲染梅花的风格之美。一个表现神态，一个渲染风格，两诗相比，前诗比后诗的形象更为鲜明生动，意境更为完美，因此也就更为人们所喜爱。

海　棠

海　棠

〔唐〕郑谷

春风用意匀颜色[1]，销得携觞与赋诗[2]。
秾丽最宜新著雨[3]，娇娆全在欲开时[4]。
莫愁粉黛临窗懒[5]，梁广丹青点笔迟[6]。
朝醉暮吟看不足，羡他蝴蝶宿深枝[7]。

【注释】

〔1〕“春风”句：意思是春风仿佛着意吹来一种特别鲜艳的颜色染红她（海棠）。海棠，蔷薇科。落叶乔木。叶长椭圆形，春季开花，花未放时深红色，开后淡红色。产于我国，久经栽培，供观赏。

〔2〕销：销魂。携觞（shāng）：指携带着酒。觞，古代盛酒器。

〔3〕“秾丽”句：意思是下过雨后，海棠新沾上水珠，花色格外鲜艳。最宜，最适宜。

〔4〕“娇娆”句：海棠未放时呈深红色，开后现淡红色，它最美最动人之处是在含苞待放之时。娇娆，娇媚。

〔5〕“莫愁”句：莫愁女为欣赏海棠的娇艳竟懒于梳妆。粉黛，搽脸的白粉和画眉的黛墨，妇女的化妆用品。

〔6〕“梁广”句：善画海棠的画家梁广也为海棠的娇美所吸引，不肯轻易点染，唯恐描写不出海棠的丰姿神韵。丹青，中国古代绘画中常用之色。丹，朱红色。青，春季植物叶子的颜色。

〔7〕羡：羡慕。宿，住宿。

海棠二首（其二）

〔唐〕吴融

雪绽霞铺锦水头〔1〕，占春颜色最风流〔2〕。
若教更近天街种〔3〕，马上多逢醉五侯〔4〕。

【注释】

〔1〕“雪绽”句：白色和粉红色的海棠花在水边盛开。绽，裂开。

〔2〕“占春”句：《群芳谱·花谱》形容海棠“其花甚丰，其叶甚茂，其枝甚柔，望之绰绰如处女”。海棠那种秾丽娇娆的丰姿神采，被唐人誉为“花中神仙”。

〔3〕更：换；改。天街：唐京城中的街道。

〔4〕五侯：王公贵族。逢：遇见。

海棠花

〔唐〕刘兼

淡淡微红色不深，依依偏得似春心〔1〕。
烟轻虢国颦歌黛〔2〕，露重长门敛泪衿〔3〕。
低傍绣帘人易折，密藏香蕊蝶难寻〔4〕。
良宵更有多情处〔5〕，月下芬芳伴醉吟。

【注释】

〔1〕依依：茂盛的样子。偏：出乎寻常或意料。

〔2〕“烟轻”句：这句是作者以虢国夫人厌恶施脂粉来喻海棠的色淡。虢（guó）国，即虢国夫人，唐杨贵妃之姊。虢国常自炫美艳，不施脂粉以见玄宗。《全唐诗》张祜《集灵台》之二：“虢国夫人承主恩，平明骑马入宫门。欲嫌脂粉污颜色，淡扫蛾眉朝至尊。”颦（pín），皱眉。歌黛，指施脂粉的歌女。

〔3〕“露重”句：这句是作者以失宠垂泪的后妃来形容带露的海棠。敛（liǎn），整理；收拾。长门，汉宫名。汉武帝时陈皇后擅宠娇贵，惑于巫祝，被废谪后，退居长门宫。后多指失宠的后妃居住之地。

〔4〕蕊：花蕊。

〔5〕良宵：天色美好之夜。

展江亭海棠四首（之一）

〔宋〕韩维

昔年曾到蜀江头，绝艳牵心几十秋[1]。
今日栏边见颜色[2]，梦魂不复过西州。

【注释】

〔1〕绝艳：形容海棠花的颜色非常美妙。牵心：牢记在心里。几十秋：几十年。

〔2〕“今日”两句：这两句的意思是现在栏边所见到的海棠比从前看到的还要好，也就不再想念四川的旧游了。西州，指四川，即第一句的“蜀江头”。

寓居定惠院之东，杂花满山，有海棠一株，土人不知贵也

〔宋〕苏轼

江城地瘴蕃草木[1]，只有名花苦幽独[2]。
嫣然一笑竹篱间[3]，桃李漫山总粗俗。
也知造物有深意[4]，故遣佳人在空谷[5]。
自然富贵出天姿，不待金盘荐华屋[6]。
朱唇得酒晕生脸，翠袖卷纱红映肉[7]。
林深雾暗晓光迟[8]，日暖风轻春睡足。
雨中有泪亦凄怆[9]，月下无人更清淑[10]。

先生食饱无一事，散步逍遥自扪腹[11]。
不问人家与僧舍，拄杖敲门看修竹。
忽逢绝艳照衰朽[12]，叹息无言揩病目[13]。
陋邦何处得此花[14]，无乃好事移西蜀[15]？
寸根千里不易致[16]，衔子飞来定鸿鹄。
天涯流落俱可念[17]，为饮一樽歌此曲[18]。
明朝酒醒还独来，雪落纷纷那忍触[19]！

【注释】

〔1〕“江城”句：江城多瘴（zhàng）气，草木却很茂盛。瘴，瘴气，旧指南方山林间湿热蒸郁致人疾病的气。今在西南一带，俗称疟疾为瘴气。蕃（fán），茂盛。

〔2〕名花：指海棠。

〔3〕嫣然：形容美好的样子。

〔4〕造物：古时以为万物是天造的，故称天为“造物”。

〔5〕遣：派遣。佳人：指海棠。杜甫《佳人》：“绝代有佳人，幽居在空谷。”

〔6〕荐华屋：献于富贵人家。荐，献。

〔7〕“翠袖”句：这句是形容绿叶衬托着海棠花，红艳的海棠映着人的脸。

〔8〕“林深”两句：意思是山谷中林深雾暗，天亮得晚，待日暖风轻时，海棠春睡还未醒。《明皇杂录》：上皇尝登沉香亭，召妃子（杨贵妃），妃子时卯酒未醒。高力士从侍儿扶掖而至。上皇笑曰：“岂是妃子醉耶？海棠睡未足耳。”

〔9〕凄怆：伤感；悲痛。

〔10〕清淑：寂静美好。

〔11〕扪（mén）：抚摸。

〔12〕绝艳：指海棠。衰朽：作者自指。

〔13〕揩（kāi）：擦抹。

〔14〕陋邦：犹言狭小的地方。这里指黄州。

〔15〕无乃：没想到。西蜀的濯锦江盛产海棠。

〔16〕“寸根”两句：意思是把海棠从千里之外移栽过来不容易做到，定是鸿鹄衔花子飞来撒在这里的。

〔17〕“天涯”句：意思是海棠和作者自己一同流落于此。

〔18〕樽：酒杯。

〔19〕雪落：指海棠花纷纷落下。

海　棠

〔宋〕苏轼

东风袅袅泛崇光[1]，香雾空濛月转廊[2]。
只恐夜深花睡去[3]，故烧高烛照红妆。

【注释】

〔1〕袅袅（niǎo）：一作“渺渺”，微风吹拂摆动的样子。泛：透出。崇光：美丽的容光，此指月光。

〔2〕香雾空濛：含有花香的雾气迷茫。空濛，一作“霏霏”。月转廊：月影转过房廊，形容已到深夜。

〔3〕“只恐”两句：借用唐明皇、杨贵妃的故事。典故参见本书第28页苏轼《寓居定惠院之东，杂花满山，有海棠一株，土人不知贵也》注〔8〕。花睡，形容已开的花朵又闭合起来。红妆，这里用美女借指海棠。故烧高烛照红妆，一作“高烧红烛照银妆”；另一作“高烧银烛照红妆”。

春 寒

〔宋〕陈与义

二月巴陵日日风[1]，春寒未了怯园公[2]。
海棠不惜胭脂色[3]，独立蒙蒙细雨中。

【注释】

〔1〕巴陵：洞庭湖畔的巴陵城，在今湖南省岳阳市。

〔2〕怯：害怕，这里作“担心”讲。园公：作者于北宋灭亡时避兵于巴陵，借居一小园，自号“园公”。

〔3〕胭脂：一种红色的染料，也泛指红色。

花时遍游诸家园十首（其二）

〔宋〕陆游

为爱名花抵死狂[1]，只愁风日损红芳[2]。
绿章夜奏通明殿[3]，乞借春阴护海棠[4]。

【注释】

〔1〕抵死狂：分外狂。抵死，分外。

〔2〕“只愁”句：只担心狂风烈日毁坏了她的芳容。

〔3〕绿章：亦称“青词”。道教斋醮仪式上写给“天神”的奏章表文，因用朱笔写于青藤纸上，所以叫“绿章”。奏：臣子向君主进言、上书。通明殿：道教最高的天神玉帝所居宫殿名，因光明四照，故称“通明”。

〔4〕“乞借”句：意思是恳求借几天阴和湿润的养花天气，保护这名贵的海棠。

海　棠

〔宋〕陆游

我初入蜀鬓未霜，南充樊亭看海棠[1]。
当时已谓目未睹[2]，岂知更有碧鸡坊[3]。
碧鸡海棠天下绝[4]，枝枝似染猩猩血[5]。
蜀姬艳妆肯让人，花前顿觉无颜色。
扁舟东下八千里[6]，桃李真成仆奴尔。
若使海棠根可移，扬州芍药应羞死[7]。
风雨春残杜鹃哭[8]，夜夜寒衾梦还蜀[9]。
何从乞得不死方[10]，更看千年未为足[11]。

【注释】

〔1〕南充：市名。在四川省东部、嘉陵江中游西岸。

〔2〕目未睹：还没有看见过。睹，见。

〔3〕碧鸡坊：今四川成都市。古成都有坊一百二十，第四曰碧鸡坊。

〔4〕绝：独特。

〔5〕猩猩血：指红色。

〔6〕扁（piān）舟：小舟。

〔7〕扬州：市名。在今江苏省中部、长江北岸。芍药：植物名。多年生草本，初夏开花，与牡丹相似，花大而美，名色繁多，为著名的观赏植物。扬州芍药最为著名。

〔8〕杜鹃：植物名，又名映山红。春季开红花。

〔9〕衾（qīn）：被子。

〔10〕何从：从何；从什么地方。方：药方。

〔11〕“更看”句：意思是再看千年也不会满足。

同儿辈赋未开海棠

〔元〕元好问

枝间新绿一重重[1]，小蕾深藏数点红[2]。
爱惜芳心莫轻吐[3]，且教桃李闹春风[4]。

【注释】

〔1〕新绿：嫩绿的新叶。

〔2〕小蕾：小花蕾，含苞待放的花朵。

〔3〕芳心：指海棠的花心。

〔4〕闹春风：指花儿在春风中争奇斗艳。闹，旺盛；浓艳。宋祁《玉楼春》词：“红杏枝头春意闹。”

画秋海棠

〔明〕陈复道

翠叶纷披花满枝[1]，风前袅袅学低垂[2]。
墙根昨夜开无数，谁说秋来少艳姿[3]？

【注释】

〔1〕纷披：杂乱的样子。

〔2〕学低垂：此句拟人，意思是说学着少女的羞怯低下头来。

〔3〕艳姿：指漂亮的海棠花。艳，鲜艳；艳丽。姿，姿容。

白秋海棠

〔清〕朱受新

清秋湛露浥琼芳[1]，素影风摇玉砌旁[2]。
夜静看花人独立，水晶帘外月如霜[3]。

【注释】

〔1〕“清秋”句：清亮的秋露沾湿了玉一般的花朵。湛（zhàn）露，重露。湛，厚。浥（yì），湿润。琼芳，指白秋海棠。

〔2〕玉砌：用玉石砌成或装饰的台阶。

〔3〕“水晶”句：透明的水晶帘外，月光洒下来，花上、地上像蒙上了一层白霜。

午窗偶成

〔清〕黄景仁

绕篱红遍雁来红[1]，翘立鸡冠也自雄[2]。
只有断肠花一种[3]，墙根愁雨复愁风。

【注释】

〔1〕雁来红：一年生草本。近顶上的叶有红、黄、紫等色。秋季开花，花小型，簇生于叶腋及茎梢。栽培供观赏。全草药用，有解毒功效。

〔2〕翘：向上昂起。鸡冠：即鸡冠花。一年生草本。夏秋开花，穗状花序由于带化现象而呈鸡冠状，颜色不一。品种甚多。栽培供观赏。中

医学上以花和种子入药。

〔3〕断肠花：指秋海棠。秋海棠，多年生草本。秋季开花，花淡红色，供观赏，并入药。栽培的种类，最常见的为四季海棠。花淡红或白色，从夏到秋，开谢相继。

雪绽霞铺锦水头 占春颜色最风流

——海棠诗欣赏

海棠花妖娆艳丽，“其花甚丰，其叶甚茂，其枝甚柔，望之绰绰如处女”，被人誉为“花中神仙”。而海棠的娇美，一经被诗人写进诗中，就更加可爱迷人了。“雪绽霞铺锦水头，占春颜色最风流。若教更近天街种，马上多逢醉五侯。”（吴融《海棠》）如霞似雪般的秾丽娇娆，是何等的风流，又有什么人能不为此迷醉呢？

海棠是美的，可是这美的神姿情态却又是极富变化的。海棠雨中何姿，月下何态，欲开何色，清秋何情，在诗人的笔下更是千姿百态。诗人的视野、着眼点不同，他的海棠诗篇便有不同的角度、不同的环境、不同的感情和寄托。

“二月巴陵日日风，春寒未了怯园公。海棠不惜胭脂色，独立蒙蒙细雨中。”陈与义这首诗写的是雨中海棠。写雨中海棠的诗句很多，如“长条无风亦自动，柔艳着雨更相宜。”（韩持国）“秾丽最宜新著雨，娇娆全在欲开时。”（郑谷）这些诗各能写出海棠花在雨中的柔艳之美。而陈诗则不落前人窠臼，诗句不单单是为描绘雨中海棠花的胭脂美色，而是通过对海棠花在雨中仍然鲜红艳美的描写，渲染海棠花不畏春寒料峭，挺然独立的神姿。其中“海棠不惜胭脂色”一句中“不惜”的运用，不仅展示了一种朦胧的色彩美，而且在这朦胧之中又寓含着一种独立风雨的风韵之美。

“清秋湛露浥琼芳，素影风摇玉砌旁。夜静看花人独立，水晶帘外月如霜。”朱受新这首咏白秋海棠的小诗，为我们描绘了一幅美妙的图画：在白玉石阶旁，素洁的海棠被微风吹拂，枝影轻轻摇曳；清秋的露珠在如雪似玉的海棠花上晶莹闪动；看花人在寂静的深夜独自伫立凝视；水晶帘外皎洁的月光洒下，那海棠花似蒙上一层薄薄的白霜。篇终方才显出一片空灵神韵。秋露晶莹，风摇素影，无不是月光所映。诗人把对白秋海棠的描绘置于月光之下，玉阶石旁，白中见洁，楚楚动人，分外见其洁雅之美。

月下海棠，风姿动人。苏东坡的《海棠》，虽也是写夜赏海棠，却已不满足于月下海棠，他要燃烛以映之，又别有一番风味。“东风袅袅泛崇光，香雾空濛月转廊。只恐夜深花睡去，故烧高烛照红妆。”在这首诗中，诗人没有从正面描写海棠之美，而是描绘了海棠所处的环境：转廊的皎洁月光，迷蒙着如雾的香气，袅袅轻拂的东风，海棠上泛动着微微之光。这些意致构成了极美的境界。快燃起烛火，再照照那娇美的红颜，不然它也会睡去的。在诗人笔下，那海棠花犹如娇艳流芳的睡美人。这不禁使人想起一则故事：明皇唐玄宗登沉香亭，欲召杨贵妃，时贵妃宿酒未醒，命高力士及侍儿扶掖而至，醉颜残妆，钗横鬓乱，不能再拜，玄宗笑曰：“海棠春睡未足耶！”此乃美人如海棠春睡，而苏诗则把海棠喻为春睡美人。由此可见苏诗取意之妙趣，神韵之幽然。

因其美而生喜爱之情，因喜爱而更见其美。在众多的海棠诗中，都表现了这种对海棠的赞美与喜爱的水乳交融之情。

“春风用意匀颜色，销得携觞与赋诗。秾丽最宜新著雨，娇娆全在欲开时。莫愁粉黛临窗懒，梁广丹青点笔迟。朝醉暮吟看不足，羡他蝴蝶宿深枝。”春风着意打扮着海棠花，那鲜艳淡红的颜色怎能不使诗人为之销魂从而举杯赋诗呢？刚刚被雨水淋浴的花朵最为鲜妍，欲开未开、含苞待放的花蕾分外娇娆动人。美丽的莫愁女为欣赏它的芳姿而懒于梳妆打扮，善画的梁广竟被它的美貌惊呆而迟迟不敢动笔。面对如此娇美的海棠，诗人朝暮吟咏，流连忘返，他多么羡慕蝴蝶，只有它能与海棠依偎相伴。这首诗描写海棠用虚字妆句和侧面烘托的手法，虚中见实，空灵传神；表现了诗人对海棠的喜爱之情，首尾相应，淋漓尽致。全诗咏物抒情，交相融会，颇有神韵。

苏东坡被贬黄州，在定惠院小山上，有海棠一株，甚繁茂。苏东坡常常携客置酒于海棠下，对花斟饮，曾五次醉倒花下，还为这株海棠赋长诗一首。“江城地瘴蕃草木，只有名花苦幽独。嫣然一笑竹篱间，桃李漫山总粗俗。也知造物有深意，故遣佳人在空谷。自然富贵出天姿，不待金盘荐华屋。”诗人把海棠比做幽居深谷的绝代佳人，桃李与之相比，显得俗不可耐。“嫣然一笑竹篱间”，只仅一句便点染出海棠高贵优雅之美。“朱唇得酒晕生脸，翠袖卷纱红映肉。林深雾暗晓光迟，日暖风轻春睡足。雨中有泪亦凄怆，月下无人更清淑。”这几句不仅写出了海棠其花之娇媚，其叶之鲜翠，而且还写出了海棠在雨中、月下、晓雾、暖风等不同情景时的各种神态之美。接下陡然一转，直叙其乐游之所见所感。“先生食饱无一事，散步逍遥自扪腹。不问人家与僧舍，拄杖敲门看修竹。忽逢绝艳照衰朽，叹息无言揩病目。陋邦何处得此花，无乃好事移西蜀？寸根千里不易致，衔子飞来定鸿鹄。天涯流落俱可念，为饮一樽歌此曲。明朝酒醒还独来，雪落纷纷那忍触。”读到此段，可体味到诗人纯是以海棠自寓，这烟波跌荡的情致，配以前面意象微深的咏赞，足见其风姿高秀之神韵。故此魏淳甫在《诗人玉屑》中评此诗“辞格超逸，不复蹈袭前人。”乃是“轼生平得意诗也”。

陆游《花时遍游诸家园》，元好问《同儿辈赋未开海棠》，如同苏诗，会景体物，独抒性灵，自出其胸怀与之言吐。

“何从乞得不死方，更看千年未为足。”陆游对海棠花的喜爱简直是如痴如狂。“为爱名花抵死狂，只恐风日损红芳。绿章夜奏通明殿，乞借春阴护海棠。”这首海棠诗没有停留在一般的抒发对海棠花的欣赏和喜爱之情上，它表现的是一种强烈的伟大的爱。透过那恳请上苍施发春阴保护海棠花的呼声，我们感受到诗人热爱美好事物、同情保护美好事物的热忱之心。正是由于诗中所表现的伟大的高尚的情操美，才使得这首诗广为流传。

“枝间新绿一重重，小蕾深藏数点红。爱惜芳心莫轻吐，且教桃李闹春风。”元好问的这首诗描写的是含苞待放的海棠。只仅淡淡一两笔，便勾勒出海棠花蕾稚艳之美。然而全诗的主旨却在于，通过“爱惜芳心莫轻吐，且教桃李闹春风”的吟咏，告诫后辈儿孙：哗众之可鄙，谦虚之可贵，同时又寓含了“后来者居上”的道理。这首小诗构思巧妙，意味隽永，耐人寻味。

杏 花

杏 花

〔北周〕庾信

春色方盈野[1]，枝枝绽翠英[2]。
依稀映村坞[3]，烂熳开山城[4]。
好折待宾客[5]，金盘衬红琼[6]。

【注释】

〔1〕方：刚刚。盈野：遍及原野。

〔2〕绽（zhàn）：裂开，这里指花叶舒展。翠：青绿色，指叶。英：即花。

〔3〕依稀：仿佛。村坞：山间的村庄。

〔4〕烂熳：色彩鲜艳。

〔5〕好（hào）；喜爱。待：招待。

〔6〕红琼（qióng）：红色的美玉，这里用来比喻杏花。

春游曲

〔唐〕王涯

万树江边杏，新开一夜风[1]。
满园深浅色[2]，照在绿波中。

【注释】

〔1〕新开：刚刚开放。

〔2〕深浅色：深色和浅色的杏花。

杏　花

〔唐〕温庭筠

红花初绽雪花繁[1]，重叠高低满小园。
正见盛时犹怅望[2]，岂堪开处已缤翻[3]。
情为世累诗千首，醉是吾乡酒一樽。
杳杳艳歌春日午[4]，出墙何处隔朱门？

【注释】

〔1〕雪花繁：花瓣繁茂。

〔2〕怅望：怅然怀想。

〔3〕岂堪：不堪；不能。

〔4〕杳杳（yǎo）：深暗幽远。

咏杏花

〔唐〕郑谷

不学梅欺雪，轻红照碧池[1]。
小桃新谢后，双燕却来时。
香禹登龙客[2]，烟笼宿蝶枝[3]。
临轩须貌取[4]，风雨易离披[5]。

【注释】

〔1〕轻红：指淡红的杏花。

〔2〕登龙：比喻得到有名望者的接见和援引而提高身价。

〔3〕笼：笼罩。

〔4〕临轩：古时皇帝不坐正殿而在殿前平台上接见臣属，叫“临轩”。

〔5〕易：容易。离披：散乱。

杏　花

〔宋〕王禹偁

红芳紫萼怯春寒[1]，蓓蕾粘枝密作团[2]。
记得观灯凤楼上[3]，百条银烛泪阑干[4]。

【注释】

〔1〕红芳紫萼：此指杏花。怯：害怕。

〔2〕蓓（bèi）蕾：花蕾，含苞待放的花。

〔3〕凤楼：指帝王的宫阙。

〔4〕阑干：纵横。

咏杏花

〔宋〕王禹偁

陌上纷披枝上稀[1]，多情犹解扑人衣[2]。
双成洒道迎王母[3]，十里濛濛绛雪飞[4]。

【注释】

〔1〕陌：田间小路。

〔2〕解：散开。

〔3〕双成：女仙名。王母：指西王母，神话中的女神。

〔4〕“十里”句：意思是十里路上，杏花纷纷飘落，像雪花飞舞。

北陂杏花

〔宋〕王安石

一陂春水绕花身[1]，花影妖娆各占春[2]。
纵被春风吹作雪[3]，绝胜南陌碾成尘[4]。

【注释】

〔1〕陂（bēi）：池。

〔2〕各占春：是说花和影都很娇艳美丽，各占一分春色。

〔3〕纵：纵然，即使。吹作雪：吹得像雪花一样飞舞。

〔4〕绝胜：远远胜过。陌：田间小路。碾成尘：踏成尘土。碾成尘，一作“碾作尘”。

杏花

〔宋〕王安石

石梁度空旷[1]，茅屋临清炯[2]。
俯窥娇娆杏[3]，未觉身胜影。
嫣如景阳妃[4]，含笑堕宫井[5]。
怊怅有微波[6]，残妆坏难整[7]。

【注释】

〔1〕梁：桥。

〔2〕清炯（jiǒng）：清而亮，指溪水。

〔3〕俯窥：低头察看。娇娆：柔美妩媚。

〔4〕嫣：美好的样子，常指笑容。景阳妃：指张丽华、孔贵嫔，她俩是南朝陈后主的宠妃，以美貌聪明著称。这里借用张、孔的形象去形容杏花之美。

〔5〕“含笑”句：是说杏花就像美丽的张丽华、孔贵嫔，含笑掉到景阳宫井里。陈后主与张、孔终日荒淫酒色，终至亡国。隋军渡江攻破台城时，他们三人躲到景阳宫的井里，结果被擒。此井遂被称为“胭脂井”，遗址在今南京城北鸡鸣山东麓。

〔6〕怊（chāo）怅：同“惆怅”，失意的样子。

〔7〕整：整理。

春　晚

〔宋〕方岳

青梅如豆带烟垂[1]，紫蕨成拳著雨肥[2]。
只有小桥杨柳外，杏花未肯放春归[3]。

【注释】

〔1〕“青梅”句：意思是青青的梅子，点点如豆，在烟雾中低垂。

〔2〕蕨：植物名。多年生草本，叶大，羽状复叶。著：“着”的本字。

〔3〕“杏花”句：意思是杏花还没有完全凋零，似乎不肯放春天归去。

游园不值[1]

〔宋〕叶绍翁

应怜屐齿印苍苔[2]，小扣柴扉久不开[3]。
春色满园关不住，一枝红杏出墙来。

【注释】

〔1〕不值：不遇。

〔2〕怜：怜惜。屐（jī）齿：古人穿的一种鞋。印：脚印。这里作动词“踏着”讲。苍苔：青苔。

〔3〕小扣：轻轻地敲。扣，同“叩”，敲击。柴扉（fēi）：用树条编扎的简陋的门。扉，门扇。

春色满园关不住 一枝红杏出墙来

——杏花诗欣赏

“清香如宿雨，佳色出晴烟。”“不学梅欺雪，轻红照碧池。”杏花淡红，似梅而差小，香于梅。我国人民自古以来喜杏花，爱植杏树。管子曰：“五沃之土，其木多杏。”相传三国东吴名医董奉为人治病，不受报酬，对治愈的病人，只求为其种杏树几株。数年后蔚然成林。“春色满园关不住，一枝红杏出墙来。”杏花带给人们的是充满生机的春色，令人迷醉的春天的美。因此许多咏春诗篇离不开杏花，而一些咏杏花的诗作又少不得“春”。

“绿桑高下映平川，赛罢田神笑语喧。林外鸣鸠春雨歇，屋头初日杏花繁。”欧阳修这首小诗是描写江南农村的春景。诗人笔下这一派明媚的春光，其中就有“杏花春雨江南”的景致。雨后的杏花鲜艳如锦，在初升的太阳映照下，水珠闪动，分外媚人。这首诗是把杏花作为田园春景的一个侧面来加以渲染的。

“桃李前头一树春，绛唇深注蜡犹新。只嫌憨笑无人管，闹簇枯枝不肯匀。”在诗人元好问笔下的杏花仿佛是春天的“少女”。那新嫩华润的光泽，淡红微翘的薄唇，带有少女般的娇美稚气。它们憨笑着，嬉闹着簇拥在一起，何等欢快啊！杏花的嘻闹正是春天的欢笑。诗人仅是淡淡几笔，就把杏花的神情姿色描摹得出神入化，气韵生动。全诗是在写杏花，透过杏花，我们感受到了春的气息，仿佛看到春天的爽朗和欢乐。

元好问的其他一些杏花诗，也多是把杏花描摹为春之“少女”“骄子”。如他的《杏花杂诗十三首》中的其一、其三两首。“杏花墙外一枝横，半面宫妆出晓晴。看尽春风不回首，宝儿元是太憨生。”“袅袅纤条映酒船，绿娇红小不胜怜。长年自笑情缘在，犹要春风慰眼前。”这两首诗中的杏花与春风似乎结下了不解之缘。它们“看尽春风不回首”，“犹要春风慰眼前”。对春风的爱恋，如梦如痴，终日依恋相戏，无忧无虑，共度春光。

“应怜屐齿印苍苔，小扣柴扉久不开。春色满园关不住，一枝红杏出墙来。”柴门久敲不开，也许是因为花园的主人，怕长满青苔的园地被踩上木屐印吧。忽然抬头，只见一枝红杏伸出墙外，似乎在向诗人微笑，一股欣喜从诗人的心头涌起：这满园的春色到底关不住啊！叶绍翁的这首小诗，清新深隽，耐人寻味。诗中写杏花只此一笔，而这一笔却是力敌千钧。“一枝红杏出墙来”本似一般，然而它却是由久扣柴门而不开的失望中突然看到的，这意外的发现，使得失望的情绪顿时转为惊喜欣慰。一枝红杏带来了心绪的变化，正是因心情的变化使得平淡语句显出生动的色彩。而更深一层的是这一枝出墙的红杏给诗人所带来的感受：万紫千红的满园春色是关锁不住的。正是由于这一深刻的立意，使得此诗成为脍炙人口的名篇。

“青梅如豆带烟垂，紫蕨成拳著雨肥。只有小桥杨柳外，杏花未肯放春归。”梅花早已凋败，青青的梅子，点点如豆，在烟雾中低垂；雨水浸催的紫蕨分外肥胖，只有小桥杨柳树外，那娇艳的杏花仍然盛开，不肯放春天归去。方岳的这首小诗前面几句写得细腻真切，烘托出了浓厚的暮春气息。后面写杏花却只是虚笔一点。表面看好似前重后轻，实则虚重于实。前面所描摹渲染的梅、蕨、柳、烟、雨、桥的实景，是为了反衬最后的虚景——“杏花不肯放春归”。在这暮春之时，杏花是如何不肯放春归去？想必它一定是娟娟盛开的吧！这最后一笔，使得全诗意境深致而浑成，给人留下了想象回味的余地。从杏花的身上，诗人感到春天没有逝去。对于惜春之人，这不能不是最大的安慰了。

在众多杏花诗中，也不尽是带有春天的温暖和气息的。由于诗人观赏吟咏的情感不同，出现在诗人笔下的杏花也就有着不同的色彩。如王涯“万树江边杏，新开一夜风。满园深浅色，照在绿波中。”描绘江边万株杏树，被一夜春风吹透，杏花盛开满园，殊姿芳色，倒映在碧清的绿波之中。此诗的色彩是何等绚丽，它给人以明朗、温暖和欢快。而王禹偁的“红芳紫萼怯春寒，蓓蕾粘枝密作团。记得观灯凤楼上，百条银烛泪阑干”和“陌上纷披枝上稀，多情犹解扑人衣。双成洒道迎王母，十里濛濛绛雪飞”，前一首把杏花蓓蕾喻为春寒之夜的银烛“泪阑干”，给人以跼蹐凄冷之感；后一首把飘落的杏花比作随风飘舞的飞雪，给人以朦胧悲凉之感，都是一种令人不舒服的，颇感郁郁的冷色调。

王安石的《杏花》和《北陂杏花》两诗，同是咏杏花之作，同有写“杏花”与“水”的诗句，其立意却不尽相同。

“石梁度空旷，茅屋临清炯。俯窥娇娆杏，未觉身胜影。嫣如景阳妃，含笑堕宫井。怊怅有微波，残妆坏难整。”这首诗通过水中倒影去描写杏花的美，构思新颖别致。诗中用了南朝陈后主的宠妃避难景阳宫胭脂井的典故，把映照在溪水中的杏花比作含笑掉井中的张、孔贵妃，当微波皱起，艳妆巧饰凌乱难整，娇容美貌似有无限惆怅之情。此情此景，水中的杏花倒影比岸上的杏花更为娇娆柔美。在这里诗人以新颖大胆的想象，描摹出水中杏花的无比娇媚之姿，其形象意境甚美。

“一陂春水绕花身，身影妖娆各占春。纵被东风吹作雪，绝胜南陌碾成尘。”一池清水围绕着杏花树丛，岸上的花朵、水中的花影，各呈芳姿，领春光占春色，水边的杏花你是何等美好啊！你即使是被春风吹得飘散如雪，也远远胜过那零落在大路上，被行人踏成尘土的不幸命运。王安石的这首小诗不如前一首写得细致，毕肖形神。此诗则是以意笔勾勒，兼以议论，虽也写出岸上杏花与水中花影的春色之美，其主旨在于借咏杏花而寄托抒怀。诗中所寄托的诗人宁受贬斥、不甘屈辱的精神情操，令人称颂。

桃　花

咏　桃

〔唐〕李峤

独有成蹊处[1]，秾华发井傍[2]。
山风凝笑脸，朝露泫啼妆[3]。
隐士颜应改，仙人路渐长。
还欣上林苑[4]，千岁奉君王[5]。

【注释】

〔1〕蹊（xī）：小路。《汉书·李广苏建传赞》：“桃李不言，下自成蹊。”

〔2〕秾华：花木繁盛。

〔3〕泫（xuàn）：水滴下垂的样子。

〔4〕上林苑：古宫苑名。

〔5〕千岁：千年，年代久远。

古　风

〔唐〕李白

桃花开东园，含笑夸白日。
偶蒙东风荣[1]，生此艳阳质。
岂无佳人色[2]？但恐花不实。
宛转龙火飞[3]，零落早相失。
讵知南山松[4]？独立自萧瑟[5]。

【注释】

〔1〕蒙：受到。荣：荣耀。
〔2〕岂：难道。
〔3〕龙火：指桃花红艳如火。
〔4〕讵（jù）：岂，表示反问。
〔5〕萧瑟：形容寂寞凄凉。

元和十一年自朗州召至京，戏赠看花诸君子

〔唐〕刘禹锡

紫陌红尘拂面来[1]，无人不道看花回。
玄都观里桃千树[2]，尽是刘郎去后栽[3]。

【注释】

〔1〕紫陌：指帝都郊野的道路。

〔2〕玄都观：隋唐道观名，原名通道观，改名玄都，在长安县崇宁坊，后废。

〔3〕“尽是”句：意思是玄都观里如此众多的桃树，作者十年前在长安的时候，根本没有。十年后，作者再回到京城，看到后栽的桃树都长大了。刘郎，作者自指。

夜惜禁中桃花因怀钱员外

〔唐〕白居易

前日归时花正红，今夜宿时枝半空〔1〕。
坐惜残芳君不见〔2〕，风吹狼藉月明中〔3〕。

【注释】

〔1〕宿：停留。

〔2〕坐：深。惜：哀伤、痛惜。

〔3〕狼藉：纵横散乱，这里形容散乱落地的桃花。月明中：月光之中。

大林寺桃花〔1〕

〔唐〕白居易

人间四月芳菲尽〔2〕，山寺桃花始盛开。
长恨春归无觅处〔3〕，不知转入此中来。

【注释】

〔1〕大林寺在江西庐山上。

〔2〕芳菲：花草的芳香。

〔3〕觅（mì）：寻找。

题都城南庄〔1〕

〔唐〕崔护

去年今日此门中，人面桃花相映红。
人面不知何处去，桃花依旧笑春风〔2〕。

【注释】

〔1〕这首诗有一段颇具传奇色彩的故事，据唐孟棨《本事诗·情感》载："崔护……举进士下第，清明日，独游都城南，得居人庄，一亩之宫，而花木丛萃，寂若无人。扣门久之，有女子自门隙窥之，问曰：'谁耶？'以姓字对，曰：'寻春独行，酒渴求饮。'女子以杯水至，开门，设床命坐，独倚小桃斜柯伫立，而意属殊厚，妖姿媚态，绰有余妍。崔以言挑之，不对，目注者久之。崔辞去，送至门，如不胜情而入，崔亦睠盼而归。嗣后绝不复至。及来岁清明日，忽思之，情不可抑，径往寻之，门墙如故，而已锁扃之，因题诗于左扉曰……"都城：指唐代都城长安。

〔2〕依旧：仍然。笑春风：形容桃花在春风中盛开的情貌。

敷水小桃盛开因作

〔唐〕温庭筠

敷水小桥东，娟娟照露丛[1]。
所嗟非胜地[2]，堪恨是春风[3]。
二月艳阳节[4]，一枝惆怅红[5]。
定知留不住，吹落路尘中。

【注释】

〔1〕娟娟：美好的样子，一作“涓涓”。
〔2〕嗟（jiē）：感叹。
〔3〕堪恨：犹恨。
〔4〕艳阳节：艳丽的风光，多指春天。
〔5〕惆怅红：形容红艳的桃花似有无限愁闷之情。

绯桃诗

〔唐〕唐彦谦

短墙荒圃四无邻[1]，烈火绯桃照地春[2]。
坐久好风休掩袂[3]，夜来微雨已霑巾。
敢同俗态期青眼[4]，似有微词动绛唇[5]。
尽日更无乡井念[6]，此时何必见秦人[7]。

【注释】

〔1〕荒圃：荒芜的园圃。

〔2〕绯（fēi）：大红色。

〔3〕袂（mèi）：袖子。

〔4〕敢：自言冒昧之词。期：期望，期待。青眼：晋朝阮籍能为青白眼，常以青眼对所器重的人。后因以“青眼”称对人喜爱或器重。

〔5〕微词：娓娓动听之词。绛唇：红嘴唇。

〔6〕尽日：自早至晚，犹终日。乡井：家乡。

〔7〕秦人：陶渊明在《桃花源记》一文中提到的桃花源中的隐居之人。这里借指故乡旧识。

庭前桃诗

〔唐〕韦庄

曾向桃源烂熳游〔1〕，也同渔父泛仙舟。
皆言洞里千株好，未胜庭前一树幽〔2〕。
带露似垂湘女泪〔3〕，无言如伴息妫愁〔4〕。
五陵公子饶春恨〔5〕，莫引香风上酒楼〔6〕。

【注释】

〔1〕桃源：此指东晋陶渊明作《桃花源记》中的桃花源。

〔2〕幽：幽雅。

〔3〕湘女泪：湘女，指舜二妃娥皇、女英。舜死，二妃泪下。相传二女死后成为湘水之神。岑参《秋夕听罗山人弹三峡流水》：“楚客肠欲断，湘妃泪斑斑。”

〔4〕息妫（guī）：春秋时息侯的夫人。妫姓。楚文王灭息后，以息妫为夫人，生堵敖及成王。传说她因国亡夫死之痛，与文王不通言语。

〔5〕五陵公子：指豪门贵族子弟。五陵，汉朝皇帝每立陵墓，都把四方富家豪族和外戚迁至陵墓附近居住。最著名的为五陵，即长陵、安陵、阳陵、茂陵、平陵。后来诗文中常以五陵为豪门贵族聚居之地。饶：多。

〔6〕香风：指桃花。

二色桃花诗

〔宋〕邵雍

施朱施粉色俱好〔1〕，倾国倾城艳不同〔2〕。
疑是蕊宫双姊妹〔3〕，一时携手嫁东风。

【注释】

〔1〕施：本意是在物体上加某种东西，在这里当“使用”讲。

〔2〕倾国倾城：形容妇女容貌很美，这里指两色桃花。

〔3〕蕊（ruǐ）：花蕊。

春　日

〔宋〕汪藻

一春略无十日晴，处处浮云将雨行〔1〕。
野田春水碧如镜，人影渡傍鸥不惊。
桃花嫣然出篱笑〔2〕，似开未开最有情。
茅茨烟暝客衣湿〔3〕，破梦午鸡啼一声。

【注释】

〔1〕将：带。

〔2〕嫣然：形容美好的样子。

〔3〕茅茨（cí）：茅屋。茨，用芦苇、茅草盖的屋顶。

桃花诗

〔宋〕苏轼

争开不待叶，密缀欲无条。
傍沼人窥鉴〔1〕，惊鱼水溅桥。

【注释】

〔1〕傍（bàng）：依傍，临近。窥（kuī）：从隐蔽处察看。鉴：照。

碧　桃

〔元〕杨载

一枝如玉照芳春，几度凭阑欲殢人〔1〕。
翠被夜寒愁洒泪〔2〕，珠帘月冷怕伤神。
刘郎陌上栽仍旧〔3〕，王母池边赏又新〔4〕。
不是梨花雪飘树，望中清绝更无伦〔5〕。

【注释】

〔1〕殢（tì，又读nì）：困扰，纠缠。柳永《玉蝴蝶》词：“要索新词，殢人含笑立尊前。”

〔2〕翠：青绿色，这里指桃树叶。

〔3〕刘郎：指刘禹锡。刘禹锡《元和十一年自朗州至京，戏赠看花诸君子》：“玄都观里桃千树，尽是刘郎去后栽。”陌：本是田间小路，这里借用为道路之意。

〔4〕王母：即西王母，神话中的美貌女神。

〔5〕无伦：无以伦比。

人面不知何处去
桃花依旧笑春风
——桃花诗欣赏

桃花是春天早发的花卉，它粲如锦浪，艳如红霞，以艳美的芳姿为人们所喜爱。“桃李不言，下自成蹊。”这虽是一句含意深邃的古语，但也足以想见桃花之美和人们对它的喜爱。据《天宝遗事》记载，唐明皇和杨贵妃都很喜爱桃花。他们在宫中禁苑里种有千株桃树，当桃花盛开时，他们常会于桃花树下，每次唐明皇都会摘桃花插于贵妃头上。他说：“此花最能助娇态。”桃花如此娇美，因此古时有人用桃花来洗脸，认为这样可以使面容光悦艳华。

桃花是娇艳美丽的，因此许多吟咏桃花的诗篇，爱把桃花喻为美貌的女子。“带露似重湘女泪，无言如伴息妫愁。”湘女和息夫人都是以美貌和衷情闻名的。韦庄的咏桃诗，用湘女之泪、息妫无言描摹桃花的姿态，可谓生动有致。

也有的诗篇，用桃花之美烘托女子之美，桃花与美人交相辉映。如崔护那首有名的《题都城南庄》：“去年今日此门中，人面桃花相映红。人面不知何处去，桃花依旧笑春风。”这首富于传奇色彩的小诗，描摹出了一副令人留恋的“人面桃花相映红”的美境佳情。昔日少女光彩动人，艳若桃花，而今桃花仍旧，人面不见。从人花相映，到人去花留，诗作无不是缀桃花以抒写，情真而意深。尤其尾句如宿雾埋山，断虹饮渚，属意深美。那仍然含笑的桃花，似乎还凝结着那女子的深情属意。诗句既透露了诗人对美好往事的留恋，也抒发了诗人怅然若失、无限惆怅之情。

人们不仅仅把桃花比喻为美貌的少女，而且常把它与美好理想的境地相连。陶渊明那流传千古的《桃花源记》，描绘的理想美好的境地，就是桃花夹岸的处所。

桃花是美的，它也是高雅清洁的。但桃花在有的诗人眼中不是美的，而是丑的。刘禹锡就曾把桃花喻为反对变革的保守派的“新贵”，他的《元和十一年自朗州至京，戏赠看花诸君子》一诗，就是用以讽刺当朝的保守派新贵的。而李白的《桃花诗》是这样写桃花的：“岂无佳人色？但恐花不实。宛转龙火飞，零落早相失。讵知南山松？独立自萧瑟。”在李白的诗中，把桃花的零落早失、轻易凋零与松树的凌风耐寒、坚韧不衰形成鲜明对照，表达了诗人强烈的爱憎。

同是吟咏桃花凋落早失，李白斥其早衰、不耐风霜，而温庭筠则是怜其惆怅、感风易伤。“二月艳阳节，一枝惆怅红。定知留不住，吹落乱尘中。”正如林黛玉《桃花行》中吟诵的“胭脂鲜艳何相类，花之颜色人之泪。”这嫣红的花浸透着多少春恨感伤，它难以久留，终要泯灭于尘世。这咏桃诗句中寄托了诗人多少惆怅与感伤啊！

“坐惜残芳君不见，风吹狼藉明月中。”白居易曾写下这怅然之句，但他也曾吟诵出这样的佳篇：“人间四月芳菲尽，山寺桃花始盛开。长恨春归无觅处，不知转入此中来。”惆怅伤怀谁人没有，惆怅尽管惆怅，然而桃花必定是春天的花朵，春天的快乐。它随着春天一同到来，它洋溢着春天的勃勃生机，它沁发着春天的芳菲。

梨　花

梨花下赠刘师命[1]

〔唐〕韩愈

洛阳城下清明节[2]，百花寥落梨花发。
今日相逢瘴海头[3]，共惊烂熳开正月。

【注释】

〔1〕刘师命：人名，是韩愈在阳山时的朋友。

〔2〕“洛阳”两句：意思是当年在洛阳城中的清明时节，百花都已稀疏冷落，梨花却刚刚开放。寥（liáo）落，稀疏冷落。

〔3〕“今日”两句：今天咱俩在南方瘴海相逢，一块儿惊诧地看到梨花正在正月烂熳开放。瘴海，南海。烂熳，一作“烂漫”。

闻梨花发赠刘师命

〔唐〕韩愈

桃溪惆怅不能过，红艳纷纷落地多[1]。
闻道郭西千树雪[2]，欲将君去醉如何？

【注释】

〔1〕红艳：指艳丽的桃花。

〔2〕闻道：听说。千树雪：诗人把一片盛开的梨花比作千树积雪。千树，意即甚多。

和孔密州东栏梨花

〔宋〕苏轼

梨花澹白柳深青[1]，柳絮飞时花满城[2]。
惆怅东栏一株雪[3]，人生看得几清明。

【注释】

〔1〕深青：深绿色。

〔2〕花满城：满城的梨花盛开。

〔3〕惆怅：因失望或失意而哀伤。一株雪：形容一株盛开的梨花如同满枝的积雪一般。一株雪，一作“二株雪”。

梨　花

〔宋〕文同

寒食北园春已深[1]，梨花满枝雪围遍[2]。
青春每向风外得[3]，秀艳应难雪中见[4]。

【注释】

〔1〕寒食：节令名。在农历清明前一或二日。相传春秋时晋国介之推辅佐重耳（晋文公）回国后，隐于山中，重耳烧山逼他出来，之推抱树而死，文公为悼念他，禁止在之推死日生火煮食，只吃冷食。以后相沿成俗，叫做寒食禁火。

〔2〕“梨花”句：梨花盛开，像雪一样布满枝头。

〔3〕青春：指梨花繁盛。

〔4〕秀艳：此指鲜艳的梨花。

次韵梨花

〔宋〕黄庭坚

桃花人面各相红，不及天然玉作容[1]。
总向风尘尘莫染，轻轻笼月倚墙东[2]。

【注释】

〔1〕玉作容：形容梨花如玉。

〔2〕笼月：被月光笼罩着。

梨花三首（其二）

〔宋〕陆游

粉淡香清自一家，未容桃李占年华[1]。
常思南郑清明路[2]，醉袖迎风雪一杈[3]。

【注释】

〔1〕桃李：桃花、李花。年华：时光，这里意为“春光”。

〔2〕南郑：县名。在今陕西南郑县，南宋时为西北抗金前线，陆游曾从军于此。

〔3〕雪一杈（chā）：一枝如雪的梨花。杈，旁出的树枝。

宫　词

〔宋〕武衍

梨花风动玉栏香，春色沉沉锁建章[1]。
惟有落红官不禁[2]，尽教飞舞出宫墙。

【注释】

〔1〕沉沉：茂盛的样子。建章：西汉宫名，在今陕西省西安市长安区西。

〔2〕落红：落下的纷红花片。官：官家。

梨　花

〔宋〕汪洙

院落沉沉晓，花开白雪香。
一枝轻带雨，泪湿贵妃妆[1]。

【注释】

〔1〕贵妃妆：以贵妃妆喻梨花。

梨　花

〔金〕段继昌

一林轻素媚春光[1]，透骨浓薰百和香[2]。
消得太真吹玉笛[3]，小庭人散月如霜。

【注释】

〔1〕轻素：指雪白的梨花。媚：妩媚，美好可爱。

〔2〕百和香：多种香料配制而成，香气极浓。这里代指梨花的芳香。

〔3〕太真：即杨太真（719–756年），唐蒲州永乐人。小名玉环。晓音律，善歌舞。玄宗时入宫，得宠，封为贵妃。玉笛：玉制之笛。

梨 花

〔元〕元好问

梨花如静女[1]，寂寞出春暮[2]。
春工惜天真[3]，玉颊洗风露[4]。
素月澹相映[5]，萧然见风度。
恨无尘外人[6]，为续雪香句。
孤芳忌太洁[7]，莫遣凡卉妒[8]。

【注释】

〔1〕静女：闲雅的女子。《诗·邶风·静女》：“静女其姝。”

〔2〕春暮：即“暮春”，春天将尽。

〔3〕春工：以春天拟人，指生物得春而发育滋长。元好问《赋瓶中杂花诗》之二：“一树百枝千万结，更应薰染费春工。”惜，爱惜。

〔4〕玉颊：指洁白如玉的梨花。洗风露，一作“凌风露”。

〔5〕素月：月色白，故曰“素月”。

〔6〕尘：尘世，即人世。

〔7〕孤芳：指梨花。忌：畏；害怕。

〔8〕凡卉：所有的花卉。凡，一切。

总向风尘尘莫染 轻轻笼月倚墙东

——梨花诗欣赏

梨花冷艳靓妆，粉棠雪浪，淡雅怡人。古时，当梨花盛开之时，人们爱在梨花树下，饮酒赋诗。《云斋广录》载有：汝阳溪穆清叔，因寒食纵步郊外，会数少年，同饮松树梨花下，以“香轮莫辗青青破，留与愁人一醉眠”各赋梨花诗。清叔得“愁”字，诗曰：“共饮梨花下，梨花插满头。清香来玉树，白蚁泛金瓯。妆靓青娥妒，光疑粉蝶羞。年年寒食夜，吟绕不胜愁。”众客搁笔。由这一则故事便可窥见古人对梨花的爱赏。

在众多的梨花诗中，对梨花的描摹和赞美，各呈纷华，美不胜收。

“梨花如静女，寂寞出春暮。春工惜天真，玉颊洗风露。素月澹相映，萧然见风度。恨无尘外人，为续雪香句。孤芳忌太洁，莫遣凡卉妒。”元好问这首诗，把对梨花的描摹放在一个特定的背景之中。暮春之季见其怡静之神，风露之下见其玉洁之色，月光之下见其风雅之姿，再配以议论的诗句，从侧面加以渲染，梨花被刻画得较细腻。所不足的是有雕琢之痕。

“院落沉沉晓，花开白雪香。一枝轻带雨，泪湿贵妃妆。”汪洙的这首《梨花》较之元诗简短得多，然而却也清新雅致。“一枝轻带雨，泪湿贵妃妆”乃是从白居易的“玉容寂莫泪阑干，梨开一枝春带雨”点化而得。此诗句比白居易诗句的意境显得更加醇厚深致。白诗只是对梨花着雨的一般描写，而在这首诗中诗人把梨花带雨比喻为杨贵妃泪湿容妆，形象而生动，其神情风韵朦胧而媚人。

元、汪两诗长短不一，各具特色。同是七言绝句，同是取其一点而多层次地反复渲染，或同是多侧面多角度地描摹，其手法和立意也不尽相同。

“寒食北国春已深，梨花满枝雪围遍。青春每向风外得，秀艳应难雪中见。”文同这首诗，前两句实笔描绘，后两句虚笔烘托，虚实相衬，突出了梨花如雪的意象之美。前一个“雪”字绘梨花之容颜姿色，后一个“雪”字赞梨花秀艳之神。前后呼应，表里相映，其姿色内质相融而神化。后两句议论语，赞美梨花“青春”“秀艳”，不直接道出，别有一番谐趣。

“桃花人面各相红，不及天然玉作容。总向风尘尘莫染，轻轻笼月倚墙东。”黄庭坚的这首《梨花诗》，与文同诗同是写“梨花如雪”的，所取的是同一特征侧面，其意象相近而不相同。诗的开头两句，诗人取崔护的“人面桃花相映红”语，翻而用之。桃花与美人容颜红艳之色本已是分外动人，然而它犹不及梨花洁白如玉的天然之色。诗人以桃花美人的红艳来反衬梨花的洁白，于鲜明的对比中赞美梨花的清新淡雅。第三句进一步赞颂了梨花“总向风尘”而终不被风尘所染的纯洁品质。由其色之洁，到其质之洁，这已是一层深入，诗人写至此犹嫌未足，又进而写其境之洁。“轻轻笼月倚墙东”，朦朦如霜的月光，笼罩着轻柔如雪、依偎东墙的梨花。诗句充溢着一种朦胧美。月光之梨皎洁、花之清雅，息息拂动，仿佛呼之欲出。全诗无论是虚笔烘托，还是实笔描绘，都给人留下想象的余地。写其容、赞其质，绘其境，都紧紧地围绕着“洁”字。因此，诗虽短，而意境深。

“一林轻素媚春光，透骨浓薰百和香。消得太真吹玉笛，小庭人散月和霜。”一林洁白轻柔的梨花，把春光装点得分外妖媚；那时时飘来的薰人透骨的百和浓香，使人悠悠欲醉。啊，要是在夜深人静之时，小小的庭院，月光如霜，映照着雪白的梨花，再配以杨贵妃那样的美人，吹起悠扬的玉笛，将是何等美妙！诗的前两句是诗人面对眼前的实景描写梨花的色香味，这是于视觉和嗅觉的观感所得。诗的后两句是诗人于幻想中再现的景致，月光照着梨花，美人吹着玉笛，给人以视觉和听觉的满足。由轻素洁白、百和浓香到笛声悠扬，色、声、味俱在，如此描摹气韵生动、栩栩如生。由春光妩媚到月光如霜，这又是一层明暗暖寒色调的变化，它不露声色地调动了欣赏者触觉和视觉的感受层次。此诗物象的描摹与境界的渲染有机地、巧妙地融合，其意境清悠而深致，愈是久嚼而愈见真味。

“梨花淡白柳深青，柳絮飞时花满城。惆怅东栏一株雪，人生看得几清明？”苏轼这首《和孔密州东栏梨花》与段继昌诗同是多侧面多角度的描摹，但选取的侧面与角度却又有所不同。这首诗最先映入人们眼帘的是一种对比鲜明的色彩美。深绿的柳条，淡白的梨花，相衬相映。接下漫天飘舞着柳絮，满城盛开着梨花，飘动与点缀，上下洁白。这是一幅开阔而富于动态的景象，诗的前两句是远望阔大之景。接下的诗句却是近观纤细之景。收回远望的眼光，转向近处东栏一株梨花，诗人的心中不禁泛起一阵惆怅，面对如此佳花美景，人生又能看得几个清明啊！全诗笔墨虽淡却富于变化，既有柳青花白的色彩变化，又有絮飞花缀动静相衬，还有远望与近观“满城”与“东栏”“一株雪”之对照。而前两句明媚欣喜的基调色彩与后两句惆怅若失的情感，又无形中隐含了变化。而这一切描摹，又紧紧围绕对梨花的爱赏。最后，“人生看得几清明”的喟叹，是诗人对梨花佳景的流连不舍而引发的感慨。此诗虽短，却摇曳多姿，淡中有味。

韩愈《梨花下赠刘师命》一诗，与苏诗有相似之处，并非纯以咏物，也微有感兴。“洛阳城下清明节，百花寥落梨花发。今日相逢瘴海头，共惊烂熳开正月。”此诗与一般咏花诗有所不同，无一点柔弱之语，清雄自肆，令人耳目一新。其中“百花寥落梨花发”“共惊烂熳开正月”的诗句，显出粗笔勾勒之势，字里行间充溢着一种豪放之气。在洛阳百花凋后梨花才盛发，而在海南正月里梨花已是烂熳满枝。诗中“共惊”句，乃是诗人与挚友睹花生情，其中隐含了对洛阳无限思念之情，然而这思念之情又写得极含蓄，这是于爽朗之中见深沉，别具一格。

牡 丹

红牡丹[1]

〔唐〕王维

绿艳闲且静[2]，红衣浅复深[3]。
花心愁欲断，春色岂知心。

【注释】

〔1〕牡丹：落叶小灌木。初夏开花，花单生，大型，白、红或紫等色。原产我国西北部，久经栽培，为著名观赏植物。

〔2〕闲：闲，通“娴”，文雅的样子。

〔3〕红衣：指红色的牡丹花。

清平调

〔唐〕李白

一枝红艳露凝香[1]，云雨巫山枉断肠。
借问汉宫谁得似[2]？可怜飞燕倚新妆。

【注释】

〔1〕“一枝”两句：意思是一枝红艳的牡丹花，露珠凝结，浓香袭人，巫山神女虽美，却朝云暮雨，徒然使人惆怅。枉，徒然。断肠，形容极度思念或悲伤。红，一作“秾”。

〔2〕“借问”两句：意思是请问汉宫中的美人有谁与此花相似？那斜倚东风、惹人怜宠的牡丹真像新妆入时、刚刚打扮好了的赵飞燕！

惜牡丹花二首（其一）

〔唐〕白居易

惆怅阶前红牡丹〔1〕，晚来唯有两枝残〔2〕。
明朝风起应吹尽〔3〕，夜惜衰红把火看〔4〕。

【注释】

〔1〕惆怅：因失望或失意而哀伤。阶：台阶。

〔2〕唯有：只有。残：剩余。

〔3〕应：即，随。

〔4〕衰红：指凋落的花朵。把火：秉烛。

牡丹芳

〔唐〕白居易

牡丹芳，牡丹芳，黄金蕊绽红玉房〔1〕；
千片赤英霞烂烂〔2〕，百枝绛点灯煌煌。
照地初开锦绣段，当风不结兰麝囊。
仙人琪树白无色〔3〕，王母桃花小不香。

宿露轻盈泛紫艳[4]，朝阳照耀生红光；
红紫二色间深浅，向背万态随低昂。
映叶多情隐羞面[5]，卧丛无力含醉妆。
低娇笑容疑掩口，凝思怨人如断肠。
秾姿贵彩信奇绝[6]，杂卉乱花无比方[7]。
石竹金钱何细碎[8]，芙蓉芍药苦寻常[9]。
遂使王公与卿士[10]，游花冠盖日相望[11]；
庳车软舆贵公主[12]，香衫细马豪家郎。
卫公宅静闭东院，西明寺深开北廊。
戏蝶双舞看人久[13]，残莺一声春日长。
共愁日照芳难驻，仍张帷幕垂阴凉。
花开花落二十日，一城之人皆若狂。
三代以还文胜质[14]，人心重华不重实；
重华直至牡丹芳，其来有渐非今日[15]。
元和天子忧农桑[16]，恤下动天天降祥[17]。
去岁嘉禾生九穗，田中寂寞无人至；
今年瑞麦分两歧，君心独喜无人知。
无人知，可叹息！
我愿暂求造化力[18]，减却牡丹妖艳色；
少回卿士爱花心[19]，同似吾君忧稼穑[20]。

【注释】

〔1〕“黄金”句：金黄色的花蕊在红玉的花房中开放。绽（zhàn），裂开。

〔2〕“千片”两句：形容牡丹花的花瓣、花朵。

〔3〕“仙人”两句：这两句是说仙人的琪树和王母的桃花都比不上牡丹。

〔4〕“宿露”四句：具体描绘牡丹的色彩、形状。宿露，夜间落下的露水。轻盈，形容姿态轻巧优美。

〔5〕“映叶”四句：用拟人化的手法描写牡丹的美态。牡丹多情地映着花叶，隐藏含羞的面庞。牡丹无力地卧在花丛，含着带醉的身影。牡丹娇美的笑容，仿佛想掩住香口。忧怨的情怀，好像在撕裂柔肠。

〔6〕信：确实。

〔7〕卉（huì）：草的总称。无比方：意思是无法与牡丹比美争芳。

〔8〕石竹：一名“洛阳花”。多年生草本，夏季开花。花瓣淡红色或白色，生于山野间，亦栽培供观赏。金钱：花名。

〔9〕苦：极。

〔10〕遂：于是。

〔11〕冠：帽子。盖：车盖。这里指那些王公卿相接连来观赏牡丹。

〔12〕庳（bì）车软舆：轻便舒适的车子和轿子。庳，矮小。贵公主，一作“贵公子”。

〔13〕“戏蝶”两句：意思是蝴蝶双双飞舞陪伴着游客，残莺声声苦苦地挽留春光。

〔14〕三代：指夏、商、周三个朝代。

〔15〕其来有渐：是逐渐地发展来的。

〔16〕元和天子：指唐宪宗。元和，唐宪宗年号（806–820）。

〔17〕恤（xù）：怜悯；体恤。下：指下民，劳动人民。

〔18〕造化：指天地、自然界。

〔19〕回：返回，这里意为“挫伤”“扫兴”。

〔20〕同似：都像……一样。忧：忧虑，关心。稼穑（jià sè）：播种五谷，泛指农业劳动。

西明寺牡丹

〔唐〕元稹

花向琉璃地上生[1]，光风炫转紫云英。
自从天女盘中见，直至今朝眼更明。

【注释】

〔1〕“花向”两句：碧玉的牡丹生长起来，紫色的牡丹花在明媚的风光中摇动。

回中牡丹为雨所败[1]二首（其二）

〔唐〕李商隐

浪笑榴花不及春[2]，先期零落更愁人。
玉盘迸泪伤心数[3]，锦瑟惊弦破梦频[4]。
万里重阴非旧圃[5]，一年生意属流尘[6]。
前溪舞罢君回顾[7]，并觉今朝粉态新[8]。

【注释】

〔1〕回中：古地名，在今陕西陇县西北。秦时曾建有回中宫。

〔2〕“浪笑”两句：意思是“先期零落”的牡丹比“不及春”的石榴花更为可悲。唐孔绍安《咏石榴》：“只为来时晚，开花不及春。”浪：徒；空。

〔3〕“玉盘”句：形容牡丹花冠上雨珠飞溅。数（shuò），屡次。

〔4〕“锦瑟”句：这句借急奏锦瑟时促柱繁弦令人心惊，比喻急雨打花。

〔5〕万里重阴：乌云密布、浓阴万里。旧圃：旧时园圃。

〔6〕生意：生机。属流尘：指花为雨所败。属：付。

〔7〕前溪舞：前溪在今浙江德清县，六朝时为繁胜地，以前溪舞著称。前溪舞罢：指牡丹花瓣飘落净尽。

〔8〕并：且。

牡　丹

〔唐〕皮日休

落尽残红始吐芳[1]，佳名唤作百花王。
竞夸天下无双艳[2]，独立人间第一香。

【注释】

〔1〕“落尽”句：牡丹花凋谢后，开始发出芳香。

〔2〕无双：无比；独一无二。

牡　丹

〔唐〕罗隐

似共东风别有因，绛罗高卷不胜春[1]。
若教解语应倾国[2]，任是无情亦动人。
芍药与君为近侍[3]，芙蓉何处避芳尘？
可怜韩令功成后[4]，辜负秾华过此身[5]。

【注释】

〔1〕绛（jiàng）罗：绛色丝绸，这里喻牡丹。

〔2〕解语：会说话。倾国：美女，此指牡丹花。

〔3〕“芍药”两句：芍药、芙蓉均为花名。君，指牡丹。

〔4〕韩令：指唐代著名文学家韩愈。传说他的族侄孙韩湘子为八仙之一，曾于初冬时数日之内，令牡丹花开数色，使韩愈大为震惊；每朵花中有诗一联，预言韩愈将来之事，后皆应验；而韩愈却未受度成仙，故后一句予以惋惜。

〔5〕秾华：繁盛的花朵。此身：此生。

裴给事宅白牡丹

〔唐〕裴潾

长安豪贵惜春残〔1〕，争赏街西紫牡丹〔2〕。
别有玉盘承露冷〔3〕，无人起就月中看〔4〕。

【注释】

〔1〕长安：唐代京城。豪贵：富贵人家。春残：暮春。

〔2〕街西：唐代京城有一条横贯南北的朱雀门大街，将长安分成东西两半。街西属长安县，那里有许多私人名园。每到牡丹盛开季节，但见车水马龙，人山人海。

〔3〕玉盘：喻盛开的白牡丹。承：承担。

〔4〕无人：“无人”是承上面豪贵而言，豪贵争赏紫牡丹，而无人看裴给事的白牡丹。

牡　丹

〔唐〕薛涛

去春零落暮春时[1]，泪湿红笺怨别离[2]。
常恐便同巫峡散[3]，因何重有武陵期[4]？
传情每向馨香得[5]，不语还应彼此知[6]。
只欲栏边安枕席，夜深闲共说相思。

【注释】

〔1〕零落：比喻飘零。

〔2〕红笺：即落红，飘落的花片。

〔3〕“常恐”句：诗人以牡丹为情人。这句的意思是常常担心与情人的离别会像巫山云雨那样一散而不复聚。巫峡散，典出于宋玉《高唐赋》中楚襄王和巫山神女梦中幽会的故事。

〔4〕武陵期：诗人把陶渊明《桃花源记》中武陵渔人意外地发现桃花源仙境和传说中刘晨、阮肇遇仙女的故事捏合在一起，给花人相逢带上神仙奇遇的色彩。

〔5〕馨香：芳香。

〔6〕“不语”句：作者把花拟人化。花与人相通，人与花同感，所以“不语还应彼此知”。

白牡丹

〔宋〕欧阳修

蟾精雪魄朵云荄[1]，春入香腴一夜开[2]。
宿露枝头藏玉块，暖风庭面倒银杯[3]。

【注释】

〔1〕蟾（chán）精：月光。蟾，月的别称。云荄（gāi）：云朵。

〔2〕香腴（yú）：指华润的白牡丹。

〔3〕倒银杯：牡丹花开放，像倒挂的银杯。

和述古冬日牡丹四首（其一）

〔宋〕苏轼

一朵妖红翠欲流[1]，春光回照雪霜羞。
化工只欲呈新巧[2]，不放闲花得少休[3]。

【注释】

〔1〕妖红：红艳。翠：鲜明。

〔2〕化工：天工；自然创造或生长万物的功能。呈：呈现；显露。巧：美好的样子。

〔3〕放：放过。

牡　丹

〔宋〕陈与义

一自胡尘入汉关[1]，十年伊洛路漫漫。
青墩溪畔龙钟客[2]，独立东风看牡丹[3]。

【注释】

〔1〕“一自”句：是说金兵攻陷汴京至今十年，遥望伊洛，深感路长漫漫。胡尘，指金兵。伊洛，河南的伊水、洛水。.

〔2〕青墩溪：在浙江桐乡北。龙钟客：作者自指。龙钟，年老体弱行动不灵便的样子。

〔3〕“独立”句：写因看花而引起感慨。洛阳是北宋的西京，也是诗人的故乡，以牡丹闻名。

牡　丹

〔宋〕杨廷秀

病眼看书痛不胜[1]，洛花千朵焕双明[2]。
浅红酽紫各新样[3]，雪白鹅黄非旧名。
抬举精神微雨过[4]，留连消息嫩寒生[5]。
蜡封水养松窗底，未似雕阑倚半醒[6]。

【注释】

〔1〕痛不胜：很痛的样子。

〔2〕洛花：指洛阳的牡丹花。

〔3〕酽（yàn）紫：深紫。酽，指颜色加浓。

〔4〕抬举精神：打起精神。

〔5〕留连：留恋不愿离开。嫩寒：微寒。

〔6〕雕阑：雕花的阑干。

紫牡丹三首（其一）

〔元〕元好问

金粉轻粘蝶翅匀[1]，丹砂浓抹鹤翎新[2]。
尽饶姚魏知名蚤[3]，未放黄徐下笔亲[4]。
映日定应珠有泪，凌波长恐袜生尘[5]。
如何惜得司花手[6]，遍与人间作好春。

【注释】

〔1〕金粉：金黄色的花粉。

〔2〕丹砂：俗称“朱砂”，色朱红。

〔3〕姚魏：姚黄魏紫的简称，指两种名贵的牡丹花。姚黄，为千叶黄花，出于宋民间姚氏家；魏紫，为五代的魏仁溥家培育的千叶肉红花。蚤：同“早”。

〔4〕黄徐：一种名贵的牡丹花。

〔5〕凌波：仙女。见曹植《洛神赋》“凌波微步，罗袜生尘”。袜：袜子。

〔6〕司花手：传说中的花神。司，掌管。

牡　丹

〔明〕冯琢庵

数朵红云静不飞[1]，含香含态醉春晖[2]。
东皇雨露知多少[3]，昨夜风前已赐绯[4]。

【注释】

〔1〕红云：喻红色的牡丹花。
〔2〕春晖：犹春光。
〔3〕东皇：司春之神。
〔4〕赐：赏赐，给予。绯（fēi）：红色。

山中见牡丹

〔明〕李昌祺

不谦恶雨并乖风[1]，且共山花作伴红。
纵在五侯池馆里[2]，可能春去不成空[3]？

【注释】

〔1〕乖风：逆风，狂风。乖：歪，逆。
〔2〕五侯：泛指王孙贵族。
〔3〕“可能”句：意思是春天过去以后就能不凋零了吗？

若教解语应倾国
任是无情亦动人

——牡丹诗欣赏

“天下真花，独牡丹耳。”（欧阳修《牡丹序》）牡丹国色天香，芳艳绝美，被人们视为花中珍品，素有“百花王”之称。古时，我国各地就多植牡丹，有些地方如越中（浙江绍兴一带）梵宇道宫、水榭池台无不植牡丹。牡丹花的品种也极多，据《群芳谱》载录有一百二三十种之多。其中尤以洛阳牡丹为天下第一。相传唐武则天诏游后苑，百花俱开，牡丹独迟，遂贬于洛阳。故洛阳牡丹冠天下。

当牡丹盛开之时，人们不分亲疏便争相观赏，故刘禹锡有诗：“唯有牡丹真国色，花开时节动京城。”我国人民自古就爱植牡丹，爱赏牡丹，爱吟咏牡丹。

“春来谁做韶华主，总领群芳是牡丹。”牡丹居群芳之首，它的美是别样花难以企及的。正是因为它如此美艳，诗人们往往望而却笔，难以淋漓其美。“绿艳闲且静，红衣浅复深。花心愁欲断，春色岂知心。”王维笔下的《红牡丹》虽形神兼绘，清致雅淡，却仍有些萎弱，少骨气。欧阳修笔下的《白牡丹》“蟾精雪魄朵云荄，春入香腴一夜开。宿露枝头藏玉块，暖风庭面倒银杯。”绘形绘色，粹容涵映，语虽工，然意犹不及，未尽其妙。

白居易的《牡丹芳》之歌，便不惜笔墨，洋洋二百多字，以描绘牡丹的形态神貌，把牡丹之美渲染得淋漓尽致。色如灿烂朝霞，艳犹煌煌之灯；初开之锦绣，当风之天香；露霜点染之艳，朝阳映照之美；深浅之色，向背之姿；映叶羞面，卧丛醉妆；掩口低娇之神，断肠凝思之情等等，众多的侧面，众多的情形，无一不形神毕肖。然而诗人仍嫌其不足，还要用王公贵卿争赏之盛，戏蝶残莺春恋之切，再加以烘托，牡丹娇艳动人之美终于在那“花开花落二十日，一城之人皆若狂”的最后一笔描摹渲染中完成。这种描写真可谓登峰造极。

洋洋大观可以再现牡丹之美，短笺小诗也可吟咏牡丹之艳。“一枝红艳露凝香，云雨巫山枉断肠。借问汉宫谁得似？可怜飞燕倚新妆。”这首诗是李白奉诏，为玄宗和杨贵妃观赏牡丹花而作。一枝红艳艳的牡丹花，露凝浓香，楚楚而立，那徒使楚王为之断肠的巫山神女，怎比得眼前这国色天香。请问，汉宫中的美女有谁与此花相似，只有那刚刚粉妆的娇美的赵飞燕（汉成帝皇后）才能与之相媚。这首小诗巧用典故，以实笔点缀，用虚笔渲染，把牡丹花天然绝色，描摹得玲珑迷离，极富神韵。此诗虽是借咏牡丹来赞美杨贵妃，然而却又不露一点痕迹。后人赞此诗“风流旖旎，绝世丰神”。

牡丹如此绝艳，怎不燃起诗人一片爱恋之情。那些抒发诗人惜爱之情的诗篇，读来更是格外动人。“去春零落暮春时，泪湿红笺怨别离。常恐便同巫峡散，因何重有武陵期？传情每向馨香得，不语还应彼此知。只欲栏边安枕席，夜深闲共说相思。”（薛涛《牡丹》）这首诗把牡丹拟人化。人有情，花亦有情，人与花之间的感情往复交融，绵绵长长，诗人笔下的牡丹仿佛是自己热恋中的情人。诗一开头，便把笔墨拉开，从去年与牡丹分离的情景写起：在那暮春牡丹凋零的时节，落红满地，泪水尽洒，伤春怨别，忧思不尽。一副凄凄伤别之景。接下的两句说：只以为与牡丹的离别，会像巫山云雨一样散而不复聚，没想到竟会突然地邂逅重逢。诗中用了楚襄王与巫山神女梦中幽会散而难聚和武陵渔人意外发现桃花源的典故。这两个典故，含蓄而深致地表现了诗人对牡丹的眷眷思念和意外相逢的惊喜欣悦。之后两句以“馨香传情”“不语相知”生动贴切地再现了人与花的情深意长，相知毋忘；同时又巧妙地暗合“因何重有武陵期”的反问，耐人寻味。结尾两句，诗人以栏边“安枕席”，与牡丹一夜“说相思”的意象，把人与花的相亲相慕之情推向高潮。全诗感情跌宕起伏，笔触细腻曲折，余韵无穷。

“惆怅阶前红牡丹，晚来唯有两枝残。明朝风起应吹尽，夜惜衰红把火看。”白居易这首小诗也是抒发爱花之情的。但其手法与薛诗有所不同。此诗于实情实景的描绘中表现惜爱之情，无更多的虚笔渲染，但其情致却抒发得深微曲尽。诗人以“惆怅”句渲染其花将败，以“唯有”句再现其花未尽败，以“应吹尽”句忧花之尽败。似败未尽败，未败还忧其将败，语意几经转折，层层深入，最后托出秉烛夜赏，恋恋不舍之情。淡淡几笔，便把惜花之痴写得委婉深致，格外动人。

在牡丹诗中咏物述怀、感慨寄托之作较多。如陈与义的《牡丹》，“一自胡尘入汉关，十年伊洛路漫漫。青墩溪畔龙钟客，独立东风看牡丹。”借咏牡丹以抒发国破家亡的感慨，忧愤沉郁之情尽在言中。“浪笑榴花不及春，先期零落更愁人。玉盘迸泪伤心数，锦瑟惊弦破梦频。万里重阴非旧圃，一年生意属流尘。前溪舞罢君回顾，并觉今朝粉态新。”李商隐以牡丹因受风雨摧残，心伤泪迸，先期零落和气候恶劣，牡丹生机为之断绝，来隐喻自己身遭摧残，环境恶劣，前途暗淡。全诗咏物抒怀于比兴唱叹中，表现了诗人遭受政治挫折后的无限惆怅之情。其寓意明显，一读便知。

在寄托之作中，裴潾《裴给事宅白牡丹》和苏轼《和述古冬日牡丹》较有特色。这两首诗写得含蓄而不隐晦，精练而富有内涵，很耐人寻味。

“长安豪贵惜春残，争赏街西紫牡丹。别有玉盘承露冷，无人起就月中看。”这首诗，通过人们对紫牡丹与白牡丹，一热一冷的迥然不同的态度，紫牡丹与白牡丹一艳一淡的不同色彩的对比，烘托出白牡丹的高洁优雅；于自然平淡的描写中，流露出诗人对白牡丹的赞美，寄托了诗人对“人心重华不重实”的世风不正的感慨。全诗无一议论褒贬之词，然而诗人的好恶之情却又得以充分地表现，这足见诗人手法之妙。

“一朵妖红翠欲流，春光回照雪霜羞。化工只欲呈新巧，不放闲人得少休。”苏东坡这首诗的前两句以意笔描摹牡丹花的形神，极富神韵。一枝妖娆艳美的牡丹花，鲜翠欲流，恰似那明媚的春光，竟羞红了满地的雪霜。这两句描摹入神，想象神妙，把牡丹之艳之美表现得活灵活现。接下来诗人却道出两句议论：“化工只欲呈新巧，不放闲花得少休。”这两句表面上是赞美天工造化之神奇，其寓意颇为含蓄。然而这两句诗却被一些人认为是讥讽执政大臣，欲出新意，但令小民不得闲也。诗人因此而受连累下狱。今天看来，这种认识不免有些牵强附会，诗人的寓意并非真的如此。

荷　花

采莲曲

〔南朝·梁〕萧纲

晚日照空矶[1]，采莲承晚晖[2]。
风起湖难渡，莲多摘未稀。
棹动芙蓉落[3]，船移白鹭飞。
荷丝傍绕腕，菱角远牵衣[4]。

【注释】

〔1〕矶（jī）：水边突出的岩石。

〔2〕承：承受。

〔3〕棹（zhào）：指船桨。徐彦伯《采莲曲》："春歌弄明月，归棹落花前。"芙蓉：荷花的别称。荷，多年生水生草本。夏季开花，淡红或白色，单瓣或重瓣。花谢后花托膨大形成莲蓬，内生多数坚果，俗称莲子。夏秋生长末期，莲鞭先端数节入土后膨大成藕。藕节、莲子、荷叶均可入药。花、叶供观赏。

〔4〕菱角：植物名。一年生水生草本。果实供食用及制淀粉，鲜嫩者可作水果。

咏同心芙蓉

〔隋〕杜公瞻

灼灼荷花瑞[1]，亭亭出水中[2]。
一茎孤引绿，双影共分红[3]。
色夺歌人脸[4]，香乱舞衣风[5]。
名莲自可念[6]，况复两心同。

【注释】

〔1〕灼灼（zhuó）：鲜明的样子。《诗·周南·桃夭》："桃之夭夭，灼灼其华。"

〔2〕亭亭：耸立的样子，这里是形容荷花挺拔。

〔3〕双影：指荷花和水中的倒影。

〔4〕色：荷花的颜色。歌人脸：歌女的容貌。

〔5〕"香乱"句：意思是荷香胜过舞女脂粉的芳香。

〔6〕念：思念、怀念。

莲　花

〔唐〕郭震

脸腻香熏似有情[1]，世间何物比轻盈[2]。
湘妃雨后来池看[3]，碧玉盘中弄水晶[4]。

【注释】

〔1〕脸腻：指莲花柔嫩娇媚。香熏：熏香；香气。

〔2〕轻盈：形容动作、姿态轻巧优美。

〔3〕湘妃：传说中舜的妃子，死后成了湘水之神。

〔4〕碧玉：形容荷叶的颜色。水晶：形容荷叶上的水珠。

采莲曲二首（其二）

〔唐〕王昌龄

荷叶罗裙一色裁〔1〕，芙蓉向脸两边开〔2〕。
乱入池中看不见〔3〕，闻歌始觉有人来。

【注释】

〔1〕一色裁：意思是罗裙和荷叶的颜色一样，如同一块绿色的绢裁成。

〔2〕“芙蓉”句：采莲女坐着木盆或小木船进入荷花丛中，荷花迎面分向两边。

〔3〕“乱入”句：采莲女进入莲塘后便与荷叶、荷花浑然一体，故云“看不见”。

古　风

〔唐〕李白

碧荷生幽泉〔1〕，朝日艳且鲜。
秋花冒绿水〔2〕，密叶罗青烟〔3〕。

秀色空绝世[4]，馨香竟谁传[5]。
坐看飞霜满，凋此红芳年[6]。
结根未得所，愿托华池边。

【注释】

〔1〕碧荷：绿荷。幽泉：深泉。

〔2〕“秋花”句：秋莲从绿水中钻出。

〔3〕罗：一种细密的筛子。这里是“笼罩”的意思。

〔4〕“秀色”句：这句是说荷花的颜色优美出众。

〔5〕馨（xīn，旧读xīng）香：芳香。

〔6〕凋：萎谢。此：这。

莲 叶

〔唐〕郑谷

移舟水溅差差绿[1]，倚槛风摇柄柄香[2]。
多谢浣溪人未折[3]，雨中留得盖鸳鸯[4]。

【注释】

〔1〕差差（cīcī）：不齐的样子。

〔2〕柄柄：叶柄很多的样子。柄，荷花叶与枝茎相连的部分。

〔3〕浣（huàn）溪：又作“浣江”“浣浦”。浙江浦阳江流至诸暨城东南。人未折，一作“人莫折”。

〔4〕“雨中”句：意思是荷叶可以当一把伞用。

白 莲

〔唐〕陆龟蒙

素蘤多蒙别艳欺[1]，此花端合在瑶池[2]。
无情有恨何人觉，月晓风清欲堕时。

【注释】

〔1〕“素蘤（huā）”句：素色的花常被别的颜色鲜艳的花所欺。蘤，古“花”字的别写。

〔2〕端合：真应该。瑶池：古代传说中昆仑山上的池名。《神仙传》：“昆仑阆风苑有玉楼十二层，左瑶池，右翠水。”

彩 莲

〔宋〕欧阳修

池面风来波艳艳[1]，陂间露下叶田田[2]。
谁于水上张青盖[3]，罩却红妆吐彩莲[4]。

【注释】

〔1〕艳艳：非常鲜艳的样子。

〔2〕陂（bēi）：池塘。田田：荷叶相连的样子。

〔3〕张青盖：形容荷叶像一把张开的绿色的伞。

〔4〕“罩却”句：意思是荷叶下笼罩着像女子一样美丽的莲花。

立秋后二日泛舟越来溪

〔宋〕范成大

西风初入小溪帆，旋织波纹绉浅蓝[1]。
行到闹红无水面[2]，红莲沉醉白莲酣[3]。

【注释】

〔1〕浅蓝：指小溪水的颜色。

〔2〕闹红：意思是荷花红的红，白的白，开得正热闹。无水面：小船荡进荷花深处，水面全被遮盖了。

〔3〕“红莲”句：红莲、白莲都像醉了酒的美人一样娇媚。

莲　花

〔宋〕杨万里

红白莲花开共塘，两般颜色一船香[1]。
恰如汉殿三千女，半是浓妆半淡妆。

【注释】

〔1〕两般颜色：荷夏季开花，花有淡红或白色，故云“两般颜色”。

晚出净慈寺送林子方

〔宋〕杨万里

毕竟西湖六月中[1]，风光不与四时同[2]。
接天莲叶无穷碧[3]，映日荷花别样红[4]。

【注释】

〔1〕毕竟：到底；究竟。

〔2〕四时：四季。

〔3〕“接天”句：千顷碧绿的荷叶一直连到天边。

〔4〕别样红：红得别致。

梦行荷花万倾中

〔宋〕陆游

天风无际路茫茫，老作月王风露郎〔1〕。
只把千樽为月俸〔2〕，为嫌铜臭杂花香〔3〕。

【注释】

〔1〕月王：传说中管理莲花的月王。风露郎：传说中的风露郎官。

〔2〕千樽：即千樽美酒。樽，盛酒器。月俸：每月的俸禄。

〔3〕铜臭：讥讽以钱买官或豪富者。杂：混合，掺杂。

念奴娇

〔宋〕姜夔

余客武陵〔1〕，湖北宪治在焉。古城野水，乔木参天。余与二三友，日荡舟其间，薄荷花而饮〔2〕。意象幽闲，不类人境〔3〕。秋水且涸〔4〕，荷叶出地寻丈〔5〕。因列坐其下，上不见日，清风徐来，绿云自动。间于疏处，窥见游人画船，亦一乐也。朅来吴兴〔6〕，数得相羊荷花中〔7〕。又夜泛西湖，光影奇绝。故以此句写之。

闹红一舸[8]，记来时、尝与鸳鸯为侣。三十六陂人未到[9]，水佩风裳无数[10]。翠叶吹凉[11]，玉容消酒，更洒菰蒲雨[12]。嫣然摇动[13]，冷香飞上诗句[14]。

日暮，青盖亭亭[15]，情人不见，争忍凌波去[16]！只恐舞衣寒易落[17]，愁入西风南浦[18]。高柳垂阴，老鱼吹浪，留我花间住。田田多少[19]，几回沙际归路[20]？

【注释】

〔1〕“余客”句：我在武陵做客。武陵，在今湖南常德市西，是南宋湖北提刑（法官）官署所在的地方。

〔2〕“薄荷花”句：把船靠近荷花饮酒。薄，迫近。

〔3〕不类人境：不像是人间的境地。

〔4〕涸（hé）：干枯。

〔5〕寻丈：八尺或一丈。寻，古长度单位，八尺为寻。

〔6〕朅（qiè）来吴兴：来到吴兴。朅来，就是“来”的意思。朅，发语词。吴兴，在今浙江。

〔7〕“数得”句：屡次漫游在荷花中。相羊，即“漫游”“徘徊”之意。

〔8〕闹红一舸：乘一只船荡漾在繁茂的红荷花里。舸，船。

〔9〕三十六陂：许许多多池塘。三十六，形容池塘之多。陂，池塘。

〔10〕水佩风裳：指水上风中的荷花、荷叶。

〔11〕“翠叶”两句：意思是凉风吹来了荷叶荷花的香气，使人酒意清醒。吹凉，吹来了凉风。玉容，指花。消酒，醒酒。

〔12〕菰（gū）蒲：水生植物。

〔13〕嫣然：美好的样子，这里是把荷花比作美女。

〔14〕“冷香”句：诗人因闻到荷香而作了诗句。这里倒过来说是香气飞到诗句上来。

〔15〕青盖亭亭：荷叶一枝枝挺立，好像绿色的伞。亭亭，耸立的样子。

〔16〕“争忍”句：意思是荷花怎忍像仙女那样离去呢？争，怎。凌波，指仙女。曹植《洛神赋》：“凌波微步，罗袜生尘。”

〔17〕舞衣：指荷叶。

〔18〕浦：水滨。

〔19〕田田：荷叶相连的样子。《古乐府》：“江南可采莲，莲叶何田田。”

〔20〕几回：几次。

池　莲

〔元〕完颜畴

轻轻资质淡娟娟[1]，点缀园池亦可怜[2]。
数点飞来荷叶雨，暮香分得小江天[3]。

【注释】

〔1〕资质：指荷花的质态。

〔2〕可怜：可爱。

〔3〕“暮香”句：傍晚，荷花的清香一直飘到附近的小河边。

采莲曲

〔明〕沈野

解道芙蓉胜妾容〔1〕，故来江上采芙蓉。
檀郎何事偏无赖〔2〕，不看芙蓉却看侬〔3〕！

【注释】

〔1〕解道：解释说。

〔2〕檀郎：晋潘安小字檀奴，姿仪秀美。后以檀郎为美男子的代称。

〔3〕侬：我。

芙　蓉

〔清〕郑燮

最怜红粉几条痕，水外桥边小竹门。
照影自惊还自惜，西施原住苎萝村〔1〕。

【注释】

〔1〕西施：春秋越国苎萝人，以美著称。这里是以西施喻芙蓉。

素葯多蒙别艳欺 此花端合在瑶池

——荷花诗词欣赏

“游莫美于春台，花莫盛于芙蓉。”（潘岳）荷出污泥而不染，溢清香于泽流，芳姿婀娜，资质高洁，因此古人常常以荷花为纯洁之象征。“制芰荷以为衣兮，集芙蓉以为裳。”伟大的爱国诗人屈原要以芰荷为衣，芙蓉为裳，以示自己的清白纯洁，不与恶势力同流合污，抒发了自己玉洁冰清的气节。宋代爱国诗人陆游的《梦行荷花万倾中》“无风无际路茫茫，老作月王风露郎。只把千樽为月俸，为嫌铜臭杂花香”，是诗人临终诗作之一。诗人幻想着，自己在天上当了管理荷花的月王和风露郎官，以樽酒为禄，以荷花为伴，终老一生。这首诗表露了诗人对污浊的仕途利禄的极端厌恶，展现了诗人高洁的情操。不仅诗人词客喜爱荷花，广大的平民百姓更是喜爱荷花。古时，我国南方的人民把农历六月二十四日定为“观莲节”，又名“荷花生日”。在这一天，人们或在溪畔湖岸观荷纳凉；或乘画船，鸣鼓箫，竞于湖上，以示庆贺。在北方，人们有戴金莲花的习惯。金莲花，其形如蝶，每有微风吹拂，摇荡似飞。妇人少女都争相采之，做首饰，并都传唱：“不戴金莲花，不得到仙家。”由此可见，人们对莲花是何等喜爱呵！

正是由于人们对莲花的喜爱，因此千百年来留下了许多咏莲诗篇。这些咏莲诗作，各有各的手法，各有各的格调。有的纯以咏物，有的借咏物以抒情，各呈纷华。

“轻轻资质淡娟娟，点缀园池亦可怜。数点飞来荷叶雨，暮香分得小江天。”完颜畴这首小诗写得细致自然，一句一景。轻盈的质态，淡淡的色彩，多么美啊！一眼望去，园林的池塘里点缀着朵朵荷花，真叫人喜爱。忽然听到水珠在荷叶上滚跳之声，原来天上落下几点疏雨。到了傍晚，荷花的芳香，一直飘到小河的上空。这首小诗从多个角度描写荷花，短短四句，不仅写了荷花的质态、颜色，而且写了雨荷之声，芳香之味，笔触细腻，景致由近及远，如摄影的镜头，由荷花的特写逐步推移到小河的天空，这其中调动起人们的视觉、听声、嗅觉，把池莲写得生动、逼真，历历在目。

而范成大的咏莲诗，却与完颜畴的诗篇迥然不同。范诗笔触乃是由远景及近景，最后摄出莲花的特写。“西风初入小溪帆，旋织波纹绉浅蓝。行到闹红无水面，红莲沉醉白莲酣。”西风初起，吹进小河，涨起了白色的船帆，揉绉了浅蓝色的水面。小船荡进了荷花遍遮的水面，只见红莲像是醉酒的少女，白莲如酣睡的美妇，它们何等娇媚啊！白色的船帆、浅蓝色的河水、如雪的白莲、朱霞般的红荷，给人以强烈的色彩美。尤其后两句，把荷花的神态描摹得惟妙惟肖。“行到闹红无水面”，极言荷花之盛。“闹红”二字，是从宋祁名句“红杏枝头春意闹”浓缩而得。挺纤柯，舒绿叶，列红葩犹如舞女举红袖，绿波旋霞光，甚是热闹红火。“闹红”写尽荷花的动态之美。而“红莲沉醉白莲酣”则写出荷花的静态之美。这动、静之美是诗人想象中的动与静。以拟人化的手法写荷花，确实别有一番情致。

咏物赋诗不应只求其形似，而应形神俱似，才为上乘。至于那些弃貌取神之作，也不乏佳篇杰作。陆龟蒙的《白莲》，就是不粘滞于形貌，而是着重写其精神，借咏莲以言情寓意。“素葩多蒙别艳欺，此花只合在瑶池。无情有恨何人觉？月晓风清欲堕时。”在那珍丽艳艳的百花中，不饰铅华，凌波独立的白莲，犹似天上瑶池的仙女，淡雅动人。在晓月风清的初晨，当你看到那白莲花上滴滴欲落的露水，难道还会认为它是无情无恨的吗？在这首诗中，诗人通过白莲寄托了自己的苦闷与不幸的心绪。陆龟蒙在唐末动乱的年代，不满腐败的政治统治，不愿与恶势力同流合污，然而又无力与他们争斗，只得退隐田园，以洁身自好。这首诗中，诗人忧愤的情感与白莲花融为一体，物我合一，那白莲似乎就是诗人自己。

“荷叶罗裙一色裁，芙蓉向脸两边开。乱入池中看不见，闻歌始觉有人来。”荷叶、罗裙碧绿一色，是荷叶像罗裙一样，还是罗裙如荷叶一般？荷花与笑脸相映俱红，采莲少女的笑脸似掩映于红荷之中，朱霞般的荷花又似向着少女的红颜开放。这是一幅多么富有韵味的画卷啊！诗人没有单写荷花，也没有只写采莲少女，而是花人合写，合二而一，很难说是以花衬人，还是以人衬花。读时，只觉得采莲少女与绿荷红莲浑然难辨。蓦地采莲少女那悠扬的歌声传来，啊！那采莲少女仍在荷花之中呀！读罢诗句，你会真切地感到：人美，花美，意境更美，这小诗充满了多么浓郁的芳菲和不尽的韵味啊！

古代咏荷花的诗篇，所表现的内容是丰富多彩的。有的借咏莲花以写爱情，如明人沈野的《采莲曲》，通过莲花来写爱情，情真意切。“解道芙蓉胜妾容，故来江上采芙蓉。檀郎何事偏无赖，不看芙蓉却看侬！”平时你说荷花比我美，所以今天与你同来江上采莲。可是你这人真讨厌，为什么不去欣赏莲花，却偏偏盯着看我？诗中以娇嗔、戏谑的语言来写爱恋之情，给人以清新、活泼之感。而宋人王氏的《莲花》，则是借荷花以抒发愁闷之情。“白藕作花风已秋，不堪残睡更回头。晚云带雨归飞急，去作西窗一夜愁。”听着秋风秋雨吹打着西窗下的荷花荷叶，愁闷的人又怎能入睡？这诗句充满了春恨无尽的感叹和青春将逝的苦闷。据说诗人赵德麟读到此诗十分感动，爱慕王氏的才华，与之结成伉俪，后人称这首诗为“二十八字媒”。

再看宋朝周邦彦的《苏幕遮》，借咏荷花以抒思乡之情，从眼前的荷花，写到梦中故乡的荷花。上下两片自然承合，尾句都落在荷花上。词中描写的是被雨水清洗，在阳光照耀之下的荷花，色彩一片清丽明媚。词人由此而产生的思乡之情也是深挚的、愉快轻松的，一反思乡之作的消沉惆怅情调，给人以新鲜感。

好的咏荷佳作还有不少，如姜夔的《念奴娇》，构思更为精巧。作者把自己游历武陵、吴兴、西湖等处看到的荷花，放在一首词中来写，用不同景致、色彩烘托诗人不同的情感变化，构成了一种富有诗意的境界。

杜 鹃

宣城见杜鹃花

〔唐〕李白

蜀国曾闻子规鸟〔1〕，宣城还见杜鹃花〔2〕。
一叫一回肠一断，三春三月忆三巴〔3〕。

【注释】

〔1〕蜀国：古国名，分布在今四川中部偏西。子规鸟：即杜鹃鸟。

〔2〕宣城：郡名。辖境相当于今安徽长江以东的宣城、广德、宁国、太平、石台等地。杜鹃花：亦称“映山红”。半常绿或落叶灌木。叶互生，卵状椭圆形，春季开花，花冠阔漏斗形，花色繁多。产于我国长江以南各地，野生在山坡上或栽培于庭院内，是世界著名观赏花卉。

〔3〕三巴：东汉末，刘璋置巴郡、巴东、巴西三郡，时称三巴。相当今四川嘉陵江和綦江流域以东的大部。这里泛指蜀地。

山石榴寄元九

〔唐〕白居易

山石榴，一名山踯躅[1]，
一名杜鹃花，杜鹃啼时花扑扑。
九江三月杜鹃来，一声催得一枝开。
江城上佐闲无事[2]，山下劚得厅前栽[3]。
烂漫一栏十八树，根株有数花无数。
千房万叶一时新，嫩紫殷红鲜曲尘[4]。
泪痕裛损胭脂脸[5]，剪刀裁破红绡巾；
谪仙初堕愁在世[6]，姹女新嫁娇泥春[7]；
日射血珠将滴地，风翻火焰欲烧人。
闲折两枝持在手，细看不似人间有。
花中此物似西施[8]，芙蓉芍药皆嫫母[9]。
奇芳绝艳别者谁，通州迁客元拾遗[10]。
拾遗初贬江陵去，去时正值青春暮[11]。
商山秦岭愁杀人[12]，山石榴花红夹路。
题诗报我何所云，若云色似石榴裙。
当时丛畔唯思我，今日栏前只忆君。
忆君不见坐销落，日西风起红纷纷！

【注释】

〔1〕山踯躅（zhízhú）：植物名。春季开花，花红色，漏斗状，边缘五裂。又叫山石榴。

〔2〕佐：辅助的人。作这首诗时，作者任江州司马。

〔3〕斸（zhú）：大锄。引申为掘。

〔4〕曲尘：淡黄色。酒曲所生的细菌，色微黄如尘，因称淡黄色为曲尘。

〔5〕“泪痕”两句：这两句是形容山石榴的容态。裛（yì），沾湿。绡（xiāo），生丝织成的薄绸、薄纱。这里形容山石榴花片薄如纱。

〔6〕谪（zhé）：古代官吏因罪而被降职或流放。这里是比喻山石榴像被贬下凡的仙人诉不尽哀愁。

〔7〕“奼（chà）女”句：这句是说山石榴花像新嫁到夫家的少女掩不住娇羞。奼女，少女。泥（nì），软求，软缠。

〔8〕西施：春秋时越国的美女，越王勾践将她献给吴王夫差。这里形容山石榴花像西施般美丽。

〔9〕嫫（mó）母：亦作“嫫姆”“嫫母”，相传为黄帝之妻，相貌很丑，但很贤慧。后举丑妇，常提嫫母。这里是说芙蓉、芍药都比不上山石榴花艳美。

〔10〕元拾遗：指元稹。

〔11〕青春暮：指暮春。

〔12〕元稹于元和五年被贬为江陵土曹，路经商山秦岭，作《紫踯躅》，其中有“灭紫拢裙倚山腹”的句子。

杜鹃花

〔唐〕徐凝

朱霞焰焰山枝动〔1〕，绿野声声杜宇来〔2〕。
谁为蜀王身作鸟〔3〕，自啼还自有花开。

【注释】

〔1〕朱霞焰焰：喻杜鹃花色红得像红霞初起一般。

〔2〕杜宇：杜鹃鸟的别称。

〔3〕传说战国时蜀王杜宇称帝，死后魂魄化为杜鹃鸟。

杜鹃花

〔唐〕成彦雄

杜鹃花与鸟，怨艳两何赊[1]。
疑是口中血，滴成枝上花。
一声寒食夜，数朵野僧家。
谢豹[2]出不出，日迟迟又斜。

【注释】

〔1〕赊：长远。

〔2〕谢豹：鸟名，即子规。

寒食日题杜鹃花

〔唐〕曹松

一朵复一朵，并开寒食时[1]。
谁家不禁火，总在此花枝。

【注释】

〔1〕寒食：节令名，清明前一二天。相传起于晋文公悼念介之推事，介之推抱木焚死，就定于此日禁火寒食。

赵昌四季·踯躅

〔宋〕苏轼

枫林翠壁楚江边[1]，踯躅千层不忍看[2]。
开卷便知归客路[3]，剑南樵叟为施丹[4]。

【注释】

〔1〕“枫林”句：楚江江边，枫树林像一堵碧绿的墙壁。

〔2〕踯躅：即杜鹃花。

〔3〕此诗是苏轼为“赵昌四季·踯躅”作的题画诗。这句的意思是苏轼打开画卷好像看到了故乡的杜鹃花。

〔4〕剑南樵叟：赵昌自号剑南樵客。施丹：犹言绘画。丹，丹青。

杜鹃花二首（其二）

〔宋〕杨万里

何须名苑看春风，一路山花不负侬[1]。
日日锦江呈锦样[2]，清溪倒照映山红[3]。

【注释】

〔1〕侬：古吴语中的“我”。

〔2〕锦江：又名濯锦江，在四川成都市南。锦样：意为繁花似锦的景象。

〔3〕映山红：即杜鹃花。

谁家不禁火 总在此花枝

——杜鹃花诗欣赏

杜鹃花或红或白，或黄或紫，叠锦堆秀，艳美缤纷。其中红色的杜鹃花，鲜红欲滴，尤为美丽。诗人白居易曾把它比喻为“西施”美人。“杜鹃花与鸟，怨艳两何赊。疑是口中血，滴成枝上花。”相传杜鹃红花乃是杜鹃鸟啼血滴落所致。因此一些杜鹃花诗，常常把杜鹃花与杜鹃鸟放在一起来吟咏。“朱霞焰焰山枝动，绿野声声杜宇来。”那盛开枝头、朵朵灿如红霞的杜鹃花，被春风吹动，焰焰欲燃；碧绿树丛中又传来一声声杜鹃的鸣叫。这诗句仿佛把我们带到了一个鸟语花香的世界。

“蜀国曾闻子规鸟，宣城又见杜鹃花。一叫一回肠一断，三春三月忆三巴。”李白这首《宣城见杜鹃花》是一首咏物思乡之作。诗人由宣城的杜鹃花联想到蜀地的杜鹃鸟，由杜鹃鸟的悲鸣勾起对故乡三巴的怀念。此诗写出诗人对故乡的深切怀念，语浅而情深，平淡中透出清新，其中“一”“三”两字各重复三次，使得诗句抑扬回荡，静咏恬吟，顿觉有声中难写、响外别传之妙。

“一朵又一朵，并开寒食时。谁家不禁火，总在此花枝。”曹松这首《寒食日题杜鹃花》写得别有一番情趣。在寒时禁火之日，正是杜鹃花争相竞开之时。在这首诗中，诗人没有直接去描摹渲染杜鹃花的鲜艳火红姿色，而是通过寒食节万里禁烟熄火的景境反衬出那一朵又一朵的火红欲燃的杜鹃花。万里熄火，更显其花红艳美。这清冷的景境与栩栩欲燃的红花，不仅在色调上形成强烈的冷暖对比，而且唤起人们情感跌宕的变化。正是因为诗人选取了这独特时节的景致作为背景，从而也就使作者笔下的杜鹃花较之一般正面的描写，形象更加鲜明突出。由于此诗立意别致，给读者留下较多的想象余地，因而也就更加令人回味。

“何须名苑看春风，一路山花不负侬。日日锦江呈锦样，清溪倒照映山红。”何必一定非要在王公贵族的名苑里领略春风得意的群芳！看看眼前这一路上烂熳盛开的杜鹃花，真是没有辜负我的一片痴爱之情。美丽的锦江天天呈现出一幅锦绣灿烂景象，清清溪水倒映着那满山红遍的杜鹃花，多么美啊！杨万里这首《杜鹃花》没有正面去描绘杜鹃花，而是通过多侧面的渲染再现了杜鹃花的艳美迷人。诗人不仅从自己的感受中赞美这胜似名苑群芳的杜鹃花，而且还摄取了清澈的江水中映山红透的杜鹃花的美丽倒影，虚中取实，渲染杜鹃花的红艳。如此描写较平铺直叙的实笔描摹，其形象更加生动鲜明，意境也更为优美。

白居易《山石榴寄元九》一诗，娓娓道来二百多字，把杜鹃花铺叙描摹得细致入微，形神俱现。其中“泪痕裛损胭脂脸，剪刀裁破红绡巾；谪仙初堕愁在世，姹女新嫁娇泥春”的诗句，形容杜鹃花似被贬下凡的仙人，如新嫁夫家的少女，清雅娇丽，风韵动人。至于那“闲折两枝持在手，细看不似人间有。花中此物是西施，芙蓉芍药皆嫫母”的诗句，把杜鹃花喻为西施美人，而与之相比，芙蓉芍药竟成了丑妇人。由这贬芙蓉芍药而褒杜鹃的诗句，可见诗人之偏爱。

蔷　薇

咏蔷薇

〔南朝·齐〕谢朓

低枝讵胜叶[1]，轻香幸自通[2]。
发萼初攒紫[3]，馀采尚霏红[4]。
新花对白日，故蕊逐行风[5]。

【注释】

〔1〕讵（jù）胜叶：指岂能承当住叶子的重量。

〔2〕幸：幸亏。

〔3〕萼（è）：环列花朵外部的叶状薄片。攒（cuán）：聚集。

〔4〕尚：还。霏（fēi）：散，盛貌。

〔5〕故蕊：残落的花蕊。

看美人摘蔷薇

〔南朝·梁〕刘缓

新花临曲池，佳丽复相随[1]。
鲜红同映水，轻香共逐吹。
绕架寻多处，窥丛见好枝[2]。
矜新犹恨少[3]，故将复嫌萎[4]。
钗边烂熳插[5]，无处不相宜。

【注释】

〔1〕佳丽：美好的女子。鲍泉《咏蔷薇》诗：“佳丽新妆罢，含笑折芳丛。”

〔2〕窥：从缝隙处察看。

〔3〕矜（jīn）：通“怜”，同情。

〔4〕嫌：怨恨。萎（wěi）：枯萎。

〔5〕钗（chāi）：妇女的首饰。烂熳：随便、散乱的样子。

题蔷薇花

〔唐〕朱庆馀

四面垂条密[1]，浮阴入夏清。
绿攒伤手刺[2]，红堕断肠英[3]。
粉著蜂须腻[4]，光凝蝶翅明。
雨中看亦好，况复值初晴[5]。

【注释】

〔1〕垂条密：指蔷薇枝叶繁茂。

〔2〕伤手刺：蔷薇的茎有刺。

〔3〕红堕：指花落。断肠英：断肠花，极言花色娇艳。

〔4〕著：显明、突出。腻：细。

〔5〕况：何况。值：逢着。

题兴化寺园亭

〔唐〕贾岛

破却千家作一池[1]，不栽桃李种蔷薇。
蔷薇花落秋风起，荆棘满亭君自知[2]。

【注释】

〔1〕“破却”句：意思是耗损了大量钱财，修建了这么一座园池。

〔2〕荆棘：蔷薇茎有刺，花落尽，故称“荆棘”。君：指权臣裴度。

山亭夏日

〔唐〕高骈

绿树阴浓夏日长，楼台倒影入池塘[1]。
水晶帘动微风起[2]，满架蔷薇一院香。

【注释】

〔1〕楼台：指亭台楼榭。

〔2〕“水晶”句：意思是忽然微风吹起，水面上波光荡漾，倒影零乱，好似一条水晶帘在闪动。

重题蔷薇

〔唐〕皮日休

浓似猩猩初染素[1]，轻如燕燕欲凌空[2]。
可怜细丽难胜日[3]，照得深红作浅红。

【注释】

〔1〕猩猩：即红色，指蔷薇花色如猩猩之血。

〔2〕燕燕：燕子。凌空：飞上天空。

〔3〕细丽：指柔嫩的蔷薇。胜：胜过，抵挡。

蔷　薇

〔唐〕陆龟蒙

倚墙当户自横陈[1]，致得贫家似不贫。
外布芳菲虽笑日[2]，中含芒刺欲伤人。
清香往往生遥夜[3]，狂蔓看看及四邻[4]。
遇有客来堪玩处[5]，一端晴绮照烟新[6]。

【注释】

〔1〕当户：对着门户。横陈：杂陈。

〔2〕芳菲：指蔷薇的芳香。

〔3〕遥夜：长夜。一作“遥吹”。

〔4〕狂蔓：形容乱长的蔷薇的枝茎。及：到。

〔5〕堪：能。

〔6〕一端晴绮（qǐ）：一匹明亮的绫罗绸缎。这里是用明亮的细绸形容蔷薇花的绮丽色彩。端，古布帛长度名。杜预注《左传·昭公二十六年》云："二丈为一端，二端为一两，所谓匹也。"《集韵·二十六桓》则云"布帛六丈为端"。

野蔷薇

〔宋〕杨万里

浥露含风匝树开〔1〕，呼童净埽架边苔〔2〕。
湘红染就高张起〔3〕，蜀锦机成新剪裁〔4〕。
公子但贪桃夹道〔5〕，贵人自爱叶翻阶〔6〕。
宁知野老茅茨下〔7〕，亦有繁英送一杯〔8〕。

【注释】

〔1〕浥（yì）露：湿露。浥，湿润。匝：环绕。

〔2〕苔：青苔。

〔3〕"湘红"句：指野蔷薇花开放，像刚刚染成的湘绮高高地挂起。湘红：指湘水一带出产的红绫。

〔4〕蜀锦：古代丝织物的一种，产于四川。

〔5〕公子：豪门贵族子弟的通称。但：只。

〔6〕贵人：旧指地位显贵的人。

〔7〕宁：岂。野老：田野老人。茅茨：茅草屋。

〔8〕繁英：指盛开的野蔷薇。

外布芳菲虽笑日 中含芒刺欲伤人

——蔷薇诗欣赏

蔷薇，又名牛棘、买笑、刺红藤。相传汉武帝与爱妃丽娟在后苑看花，时逢蔷薇开花，态若含笑。武帝曰：此花绝胜佳人笑也。丽娟戏曰：笑可买乎？武帝曰：可！丽娟奉黄金百斤为买笑钱。从此蔷薇又名买笑。蔷薇身多刺，花或白、或黄、或紫，开时连春接夏不绝，清馥可人。在古人的咏蔷薇诗中，多以美人相衬，如“佳丽新妆罢，含笑折芳丛。”“新花临曲池，佳丽复相随。鲜红同映水，轻香共逐吹。”美人爱以蔷薇花插头，如“莫疑插鬓少，分人犹有余。”“钗边烂熳插，无处不相宜。”由这些诗句可以想象出人们对蔷薇的喜爱。

“绿树阴浓夏日长，楼台倒影入池塘。水晶帘动微风起，满架蔷薇一院香。”在一天长似一天的夏日，绿树浓荫，高楼台榭，参差掩映，一泓碧水映出它们的倒影。一阵微风吹来，远处那水面上银波荡漾，犹如一条水晶帘子在闪动。近处盛开的满架蔷薇在微风中香飘满院。高骈这首小诗是写夏日美景的。绿池倒影的幽景，衬托出盛布蔓生的蔷薇，满院飘溢的清香，令人心旷神怡。

“浓似猩猩初染素，轻如燕燕欲凌空。可怜细丽难胜日，照得深红作浅红。”皮日休这首《蔷薇》诗，语言亲切自然。诗的前两句，描摹了蔷薇的色彩和资质之美，其中以“猩猩初染素”“燕燕欲凌空”比喻其浓色和轻质，形象逼真，栩栩如在目前。诗的后两句，抓住了特定景境中蔷薇的色彩变化，突出其“变”，给人的视觉之感较之平易的描写，更为生动。如鲍泉的蔷薇诗中也有“片舒犹带紫，半卷未全红”的色彩描写，与陆诗相比，就略显逊色。

“倚墙当户自横陈，致得贫家似不贫。外布芳菲虽笑日，中含芒刺欲伤人。清香往往生遥夜，狂蔓看看及四邻。遇有客来堪玩处，一端晴绮照烟新。”这是陆龟蒙写的一首蔷薇诗。此诗从多侧面描摹渲染了蔷薇的芳姿美容，既有实笔描摹，又有虚笔渲染。诗的前两句，先渲染出蔷薇的茂盛，倚墙当户蔓布的蔷薇，装点得“贫家似不贫”，给人以总的印象。接下“外布”“中含”句又写出了蔷薇的突出特征，诗句新鲜有趣。后四句又从色、香、形三方面加以描写，那静静遥夜弥溢的清香和延及四邻的狂蔓，以及余烟映照如锦绮一般美艳的色彩，都足以令人赏心悦目。

在诗人笔下并非都是对蔷薇的赞美。也有的诗人甚至贬蔷薇以寄寓。如贾岛诗“破却千家作一池，不栽桃李种蔷薇。蔷薇花落秋风起，荆棘满亭君自知。”在这首诗中，作者以冷峭之笔讽喻了不种有益于人的桃李，却种了些蔷薇的人，一旦秋风吹起，蔷薇落尽，只剩得满园满亭的荆棘，其后果不堪触目。显然诗人并非是在褒桃李而贬蔷薇，不过是借此以讥刺权臣裴度修建兴化园亭的骄奢豪华罢了。

茉 莉

茉 莉

〔宋〕杨万里

江梅去去木樨晚[1]，芝草石榴刺人眼[2]。
茉莉独立幽更佳[3]，龙涎避香雪避花[4]。
朝来无热夜凉甚，急走山童问花信[5]。
一枝带雨折来归，走送诗人觅好诗[6]。

【注释】

〔1〕去去：越离越远。这里的意思是江梅早已开过花。木樨晚：指桂花秋季才开花。木樨：即“木犀”，桂花的别称。

〔2〕芝草：香草名。石榴：原名“安石榴”。叶对生，夏季开花，花常呈橙红色。

〔3〕茉莉：亦称“茉莉花”。叶对生，夏季开花最盛，花白色，有香气。我国南北各地都有栽培，是庭院或温室内常见的盆栽芳香植物之一。除供观赏外，花常用作熏制花茶的香料，亦为提取芳香油的原料。

〔4〕“龙涎”句：意思是龙涎香害怕和茉莉比香气，白雪害怕与茉

莉花比洁白，故皆躲避起来。龙涎，香名。雪，雪花，借指白色。

〔5〕走：疾趋，跑。信：消息。

〔6〕觅（mì）：寻找。

茉　莉

〔宋〕朱熹

旷然尘虑尽〔1〕，为对夕花明〔2〕。
密叶低层幄〔3〕，冰蕤乱玉英〔4〕。
不因秋露湿，讵识此香清。
预恐芳菲尽〔5〕，微吟绕砌行〔6〕。

【注释】

〔1〕旷然：旷达自适貌，清高的样子。尘虑：世俗的念头。

〔2〕夕花：指茉莉。夕，傍晚。

〔3〕低层幄：形容茉莉的叶子密密层层似低低的蓬帐。幄（wù），蓬帐。

〔4〕“冰蕤”句：指白色而透明的茉莉花似垂下的冰珠，可以乱白玉之花。蕤（ruí），下垂的装饰品。玉英，指白玉之花。

〔5〕芳菲：指茉莉花香。

〔6〕砌：台阶。

茉　莉

〔宋〕许梅屋

荔枝香里玲珑雪[1]，来助长安一夜凉[2]。
情味于人最浓处，梦魂犹觉鬓边香。

【注释】

〔1〕玲珑雪：形容茉莉洁白如雪。

〔2〕长安：古都城，故城在今陕西西安市西北。

茉　莉

〔唐〕张劭

碎剪玻璃簇晚芳[1]，肯从素柰斗春光[2]。
翠移小树来炎海[3]，白放疏花过夕阳。
竹几泉滋冰盏冷[4]，纱橱风透瓦盆香。
绾成一点珠球好[5]，添上松鬟浴后妆[6]。

【注释】

〔1〕玻璃：古代一般指天然水晶石。这里把茉莉花瓣的形状喻为水晶石。簇：丛聚或堆集成团。

〔2〕柰（nài）：果木名。俗名花红，亦名沙果。

〔3〕炎海：指南海炎热的地区。翠移、白放，皆倒装句，即移翠、放白。

〔4〕竹几：竹制的小桌。古人的几用以倚凭身体。

〔5〕绾（wǎn）：旋绕打结。这句是指茉莉正含苞待放。

〔6〕松鬟：指茉莉花叶像疏松的发髻。

茉 莉

〔元〕江夔

虽无艳态惊群目，幸得清香压九秋[1]。
应是仙娥宴归去[2]，醉中掉下玉搔头[3]。

【注释】

〔1〕九秋：秋天。因秋季九十天，故称九秋。

〔2〕应：该当，引申为理当如此。仙娥：仙女。

〔3〕玉搔头：一种首饰。这里代指玉白色的茉莉花。

应是仙娥宴归去
醉中掉下玉搔头
——茉莉诗欣赏

茉莉又名抹丽，意谓其能掩众芳也。茉莉弱茎繁枝，其叶如茶叶稍大，夏秋开花，冰姿玉蕊，清香沁人。因其芳香浓郁，人们竞相植之。古时，有些地方的女子，还用彩丝穿其花心，以为首饰。宋孝宗时，在宫中多植茉莉，暑天便鼓以风轮，清香满殿。

在咏茉莉诗中，有些诗篇较有特色。如许梅屋的《茉莉》："荔枝香里玲珑雪，来助长安一夜凉。情味于人最浓处，梦魂犹觉鬓边香。"此诗没有停留在一般地描摹形、姿、芳、色上，而把嗅觉所感受到的"荔枝香"和视觉所获得的"玲珑雪"诸方面的美感，通过"来助长安一夜凉"更亲切的身临其境的感受再现，其芬芳美色显得生动而鲜明。仅仅如此还不够，诗人又把笔墨转向梦中的嗅觉之感。"梦魂犹觉鬓边香"，有了这一笔，茉莉芳香所带给诗人的强烈感受，已是透肌入肤、浸融精神了。短短四句，不仅调动了视觉、嗅觉、触觉的感受，而且还调动起梦境的嗅觉，如此层层描摹渲染，怎不令人愈品而愈觉味浓。

"虽无艳态惊群目，幸有清香压九秋。应是仙娥宴归去，醉中掉下玉搔头。"江夔这首《茉莉》诗也是描摹赞美茉莉花香的，但表现手法与许梅屋诗却大不相同。诗中前两句赞美茉莉花虽没有艳丽美貌惊人眼目，却自有清香飘逸冠于群芳。后两句把洁白芬芳的茉莉花比喻为仙女宴罢醉归，从头上掉落到人间的"玉搔头"，诗人的这一想象，生动新颖。如此的夸张想象之笔，把茉莉花高洁清雅、不同凡品的美妙尽含其中，意趣盎然，不落俗套。

在一些茉莉诗中，同是抒发对茉莉的喜爱之情，以烘托其花之美的作品，也各有特色。“旷然尘虑尽，为对夕花明。密叶低层幄，冰蕤乱玉英。不因秋露湿，讵识此香清。预恐芳菲尽，微吟绕砌行。”朱熹这首《茉莉》诗，开头两句，直抒胸臆，抒叙诗人对茉莉发自内心的喜爱；中间四句，描写茉莉枝叶密翠，花朵冰洁，秋露润花，芳香愈重的美色美香。这又怎能不令诗人心旷神怡呢？“预恐芳菲尽，微吟绕砌行。”此句颇似元稹的“秋丛绕舍似陶家，遍绕篱边日渐斜”的咏菊花诗句，诗人那种流连忘返、喜悦欣然之情跃然纸上。

“江梅去去木樨晚，芝草石榴刺人眼。茉莉独立幽更佳，龙涎避香雪避花。朝来无热夜凉甚，急走山童问花信。一技带雨折来归，走送诗人觅好诗。”杨万里这首诗写得别有一番情趣。诗的前四句，以江梅去远，桂花未开，芝兰石榴的艳美耀眼，来反衬茉莉幽雅清芳，独立不凡的神姿，写得无甚大特色。然而一经托出后面的四句，便不同凡响了，使人顿觉清新活泼。天气微凉，夏热尚未来临，小山童急入山中寻看花期，不期那茉莉竟已开花，山童忙折下一枝尚带雨水的茉莉花，急忙跑回来，为的是好让诗人吟咏出好诗句。诗中通过山童的急去急归，折花觅诗，生动形象地描绘出山童和诗人对茉莉花的喜爱。诗中“走”字的重复出现，表面上看似拙呆，实则拙中更见情真意切。

兰　花

悲秋兰[1]

〔唐〕张九龄

幸得不锄去[2]，孤苗守旧根。
无心羡旨蓄[3]，岂欲近名园。
遇赏宁充佩[4]，为生莫碍门[5]。
幽林芳意在，非是为人论[6]。

【注释】

〔1〕秋兰：亦称“春兰”“兰花”“草兰”等。多年生常绿草本。根簇生，叶线形。早春由叶丛间抽生多数花茎，每茎顶开一花，花淡黄绿色，清香。野生于我国南部和东部山坡林荫下，也是我国历史悠久的盆栽观赏植物之一。

〔2〕幸得：亏得。

〔3〕羡：羡慕。旨蓄：贮备过冬的食品。

〔4〕佩：身上佩带的饰物。这里指以兰充佩。

〔5〕莫碍（ài）门：不要阻挡门。《典略》记载：曹操杀杨修曰：

芳兰当门，不得不除。

〔6〕论：品评，议论。

古　风

〔唐〕李白

孤兰生幽园，众草共芜没〔1〕。
虽照阳春晖〔2〕，复悲高秋月。
飞霜早淅沥〔3〕，绿艳恐休歇〔4〕。
若无清风吹，香气为谁发？

【注释】

〔1〕芜没：指众草杂乱互相湮没。

〔2〕阳春晖：春阳之光辉。

〔3〕淅沥：象声，形容霜落的声音。

〔4〕“绿艳”句：意思是树叶花朵都已凋零。

兰　诗

〔唐〕李白

兰生不当户，别是闲庭草。
夙被霜露欺〔1〕，红荣已先老〔2〕。
谬接瑶华枝〔3〕，结根君王池。
顾无馨香美〔4〕，叨沐清风吹〔5〕。
馀芳若可佩〔6〕，卒岁常相随〔7〕。

【注释】

〔1〕夙（sù）：素常。

〔2〕红荣：指紫寒兰，花带紫红色，寒冬开放。

〔3〕“谬接”句：意思是残败的紫寒兰仍留在枝茎上。

〔4〕顾：瞻望。馨香：特指散布很远的香气。

〔5〕“叨沐”句：承受着春风的沐浴。叨，谦词，承受。

〔6〕佩：身上佩带的饰物。这里指兰花。

〔7〕卒岁：终年，全年。

兰　诗

〔宋〕杨万里

雪径偷开浅碧花〔1〕，冰根乱吐小红芽。
生无桃李春风面，名在山林处士家〔2〕。
政坐国香到朝市〔3〕，不容霜节老云霞〔4〕。
江蓠圃蕙非吾耦〔5〕，付与骚人定等差〔6〕。

【注释】

〔1〕浅碧花：浅绿色的花，指兰花。

〔2〕处士：古时称有才德而隐居不仕的人。

〔3〕政：通“正”。坐：因。朝（zhāo）市：市集，指公众聚集的地方。

〔4〕霜节：高洁的节操。霜，比喻高洁。老云霞：指菊花。

〔5〕江蓠：也叫“龙须菜”“海面线”等。红藻门，江蓠科。藻体深褐色或棕红色，圆柱形或线形，有分枝。生长于中低潮带间。可提取琼胶，供食用及做工业原料用。蕙圃：兰圃。蕙，即“蕙兰”，叶似草兰而稍瘦长，暮春开花，一茎八九朵，香味比兰差，颜色也略淡。圃，种植花

木的绿地。耦（ǒu）：通“偶”，成对；配偶。

〔6〕付：交给。骚人：屈原作《离骚》，因称屈原为骚人。这里指识兰之人。

秋　兰

〔宋〕朱熹

秋兰递初馥[1]，芳意满冲襟[2]。
想子空斋里，凄凉楚客心[3]。
夕风生远思[4]，晨露洒中林[5]。
颇忆孤根在[6]，幽期得重寻[7]。

【注释】

〔1〕递（dì）：传送；飘至。馥（fù）：香；香气。

〔2〕襟：衣服前面的部分。

〔3〕楚客：指屈原，喻逐臣。

〔4〕夕风：傍晚的风。

〔5〕晨露：早晨的露水。

〔6〕颇：很，甚。

〔7〕幽期：幽隐的期约。

兰

〔宋〕朱熹

漫种秋兰四五茎[1]，疏帘底事太关情[2]。
可能不作凉风计[3]，护得幽香到晚清[4]。

【注释】

〔1〕漫：随意。四五茎：即四五株。

〔2〕底事：何事；何以。

〔3〕计：打算。

〔4〕护得，一作“获得”。

买　兰

〔宋〕方岳

几人曾识《离骚》面[1]？说与兰花枉自开[2]。
却是樵夫生鼻孔[3]，担头带得入城来。

【注释】

〔1〕《离骚》：屈原赋《离骚》中有咏兰品操的诗。故后人多以离骚代指兰花。

〔2〕枉：徒然；白费。

〔3〕樵夫：打柴的人。

题郑所南兰

〔元〕倪瓒

秋风兰蕙化为茅[1]，南国凄凉气已消。
只有所南心不改[2]，泪泉和墨写《离骚》[3]。

【注释】

〔1〕蕙：兰的一种。茅：茅草。屈原《离骚》：“兰芷变而不芳

兮。荃蕙化而为茅。”此用其意。气已消，气数已经消亡。

〔2〕所南：南宋末年诗人和画家郑思肖，字所南。

〔3〕“泪泉”句：是说用泪水调墨，画出兰花。

题　兰

〔元〕张翥

鹈鴂声中花片飞[1]，楚兰遗思独依依。
春风先自悲芳草，惆怅王孙又不归[2]。

【注释】

〔1〕“鹈鴂”两句：这两句是说在落花和鹈鴂声中，面对芳兰，不禁使我怀恋起楚国的贤臣屈原来。鹈鴂（tí jué），鸟名，即“子规”“杜鹃”。楚兰，屈原《离骚》：“余既滋兰之九畹兮。”意思是说他已经种了九畹（畹是土地的面积）地的兰花。

〔2〕王孙：古代贵族子弟的通称。这里指贤能而有才干的治世之臣。

兰

〔明〕董其昌

绿叶青葱傍石栽[1]，孤根不与众花开。
酒阑展卷山窗下[2]，习习香从纸上来[3]。

【注释】

〔1〕青葱：葱绿色。傍：依傍；临近。

〔2〕酒阑：酒已喝得差不多。《史记·高祖本纪》：“酒阑。”裴

骃《史记集解》："阑言稀也。谓饮酒者半罢半在，谓之阑。"展卷：打开画卷。

〔3〕习习：形容风轻轻地吹。

题画兰

〔明〕陈献章

阴崖百草枯〔1〕，兰蕙多生意〔2〕。
君子居险夷〔3〕，乃与恒人异〔4〕。

【注释】

〔1〕阴崖：山崖背阳面。枯：枯萎。

〔2〕兰蕙：泛指各种兰花。生意：生机；富有生命力的气象。

〔3〕君子：这里指兰花，暗喻人格高尚的人。居：处于。险：指周围环境的险恶。夷：与"险"相对，平坦；平易。

〔4〕乃：竟；竟然。恒人：普通人。异：不一样。

破盆兰花

〔清〕郑燮

春风春雨洗妙颜〔1〕，一辞琼岛到人间〔2〕。
而今究竟无知已〔3〕，打破乌盆更入山〔4〕。

【注释】

〔1〕妙颜：美妙容颜，这里指兰花的幽雅风姿。

〔2〕辞：辞别。琼岛：海上仙山。

〔3〕“而今”句：意思是如今没有人能够赏识兰花的芳洁之美。究竟，犹言穷尽。

〔4〕更：复；再。乌盆，指花盆。

折枝兰

〔清〕郑燮

多画春风不值钱，一枝青玉半枝妍[1]。
山中旭日林中鸟[2]，衔出相思二月天。

【注释】

〔1〕青玉：形容兰草青玉一般。半枝妍：半枝妍美的兰花。

〔2〕“山中”两句：意思是这枝兰花是在令人忧愁相思的二月天里，林中的鸟在旭日中从山里衔出来的。

多画春风不值钱 一枝青玉半枝妍

——咏兰诗欣赏

兰紫茎绿叶，四时常青，其花于长叶披离之间，或嫩黄、或浅绿，婀娜雅洁，芳郁香浓，如美人，似君子。自古以来，兰花就是诗人吟咏的珍品。昔屈原赋《楚辞》，引兰而吟咏的诗句极多。如“纫秋兰以为佩”“疏石兰兮以为芳”“沅有芷兮澧有兰，思公子兮未敢言”“怀兰英兮把琼若”“秋兰兮青青，绿叶兮紫茎”等等不胜计数，甚至汉武帝也有“兰有秀兮菊有芳，怀佳人兮不能忘”的诗句。历代诗人的咏兰诗更是令人目不暇瞩。综观历代咏兰诗，其内容丰富多彩，其艺术风格绮丽各异，如能入微探胜，颇能有些收益。

“雪径偷开浅碧花，冰根乱土小红芽。生无桃李春风面，名在山林处士家。政坐国香到朝市，不容霜节老云霞。江蓠圃蕙非吾耦，付与骚人定等差。”杨万里这首《兰诗》既描绘了兰花的形神姿色，又赞美了兰花的品质情操。表里兼容，面面点到，却又不落俗套。此诗一、二句绘其形色，突出“雪”“碧”相映，“冰”“红”相衬的色彩之美。三、四句由绘形转而写“神”。先说兰花没有春风桃李的美颜娇容，似有贬意，紧接着却又把兰花比喻为隐居处士，赞其清雅不俗之美。先贬后褒，跌宕成趣。五、六两句，先正面赞其“香”，然后再以菊反衬其香。一正一反，摇曳生姿。最后两句转而由兰花自发议论，以表明兰花清高芳洁。此诗描写议论，既有实笔描绘，又有虚笔渲衬，手法多变，角度时换，意味曲致。

“绿叶青葱傍石栽，孤根不与众花开。酒阑展卷山窗下，习习香从纸上来。”董其昌这首咏兰诗又别有一番特色。诗的前两句是把兰花摄入了“镜头”，展现了兰叶的青翠之色和兰花的孤芳之姿。这两句写得较平淡。接下诗人笔锋一转，那镜头转向了山窗下对花独酌的赏兰人。酒已喝得差不多了，赏花人展卷挥笔，一朵兰花泼洒而出，一阵阵香气仿佛从纸上习习飘出。啊！真是令人心醉神怡。由兰花而及人，这一笔转得好；由人画兰花，犹嗅出画中兰香，这一笔转得更妙。香气乃是由真花而来，诗人偏要说“习习香从纸上来”。于幻觉之中烘托出兰花之香，这一笔功力不凡，既从侧面渲染了真兰之香，又使人想见到诗人酒阑之态，更见诗人对兰花之痴爱。一石三鸟，构思新颖，意趣横生。

“多画春风不值钱，一枝青玉半枝妍。山中旭日林中鸟，衔出相思二月天。”（郑燮《折枝兰》）在诗人的眼中，浮艳绮丽的春色春风已不堪入画，只有那一枝青玉般的兰草，半枝淡雅的兰花显得分外清新娇妍。诗人所抒发的这种情思，初看似乎是太夸张了，然而后两句一经托出，立刻显现出一种优美的景境。那林中的鸟儿，从旭日初升的山里衔出半枝兰花，这是开在相思的二月里的一枝兰花，它胜过那千朵万朵。读者不难想象出，在这早春的二月，那火红的旭日，轻盈的飞鸟，淡雅的兰花，是何等美妙啊！诗中直接描绘兰花的笔墨不多，但于新颖独特的景物环境的描绘中，把兰花渲染得别有一番风姿。

在咏兰诗中，更多的是咏物寄寓之作。有的借兰以抒怀，有的借咏兰以言志，其寓托不同，手法上也各具特色。

“孤兰生幽国，众草共芜没。虽照阳春晖，复悲高秋月。飞霜早淅沥，绿艳恐休歇。若无清风吹，香气为谁发？”李白这首《兰诗》，写孤兰所遭受的“众草共芜没”“飞霜早淅沥”的不幸境遇，进而发出了“若无清风吹，香气为谁发？”的感慨，诗中隐含了诗人身处劣境，怀才不遇的感愤。此诗与郑燮的《破盆兰花》是异曲同工之作。“春风春雨洗妙颜，一辞琼岛到人间。而今究竟无知已，打破乌盆更入山。”一番春风春雨，把兰花美妙的容颜洗涤得更加动人，这兰花仿佛是辞别海上仙山来到人间的仙女，可是如今哪里有人能赏识你的清雅之美啊！难怪你要挤破乌盆，想要隐入深山中去。诗人借咏兰以自喻，在对幽兰的惋惜同情之中，寄寓了怀才不遇和孤芳无人赏识的感叹和对上层社会的鄙弃。

有感慨怀才不遇的咏兰诗，也有赞识才惜才的兰花诗。“凡人曾识《离骚》面？说与兰花枉自开。却是樵夫生鼻孔，担头带得入城来。”（方岳《买兰》）世上能有几个人赏识兰花清雅高洁的本来面目，兰花啊！可惜你独自地开放了！倒是山中的樵夫生了副识得芳香的鼻孔，采得菲芳的兰花从山中带到城里来。方岳这首诗写得清新自然，于议论句中感叹兰花不被世人赏识，于描写句中赞颂辨香识兰的樵夫。前两句写唐人的“不识”，正是为了反衬樵夫的“相识”。前虚后实，一反一正，手法巧妙，此诗虽短，内容却十分深刻，立意不凡。

“漫种秋兰四五茎，疏帘底事太关情。可能不作凉风计，护得幽香到晚清。”朱熹这首《兰》诗，描绘一位爱兰惜兰的“园丁”。他不经意地种下了四五株秋兰，不知为什么他却时时向着疏帘外探望。大概他是在心中希祈：凉风啊！莫要乍起，但愿护得清馨的幽香到傍晚也不散去。此诗写得自然亲切，不露声色，似漫不经心地一挥而就。而诗的字里行间却凝结了深挚的情感。诗中借咏兰而抒发了一种希望人才不受摧残的惜才之情，毫无生硬做作之感。

在寄托之作中，张九龄的《悲秋兰诗》写得警策劲健。“幸得不锄去，孤苗守旧根。无心羡旨蓄，岂欲近名园。遇赏宁充佩，为生莫碍门。幽林芳意在，非是为人论。”此诗以兰自喻，于感慨中抒怀言志，表明了诗人孤高自傲，不愿媚上、不谋名利的襟怀。尾句“幽林芳意在，非是为人论”既是赞颂芳兰“生深林不以无人而自芳”的高尚品质，又是咏怀自己，不为虚名只求修德立道的情操。.

倪瓒《题郑所南兰》一诗，则是借咏兰以颂人。“秋风兰蕙化为茅，南国凄凉气已消。只有所南心不改，泪泉和墨写《离骚》。”此诗开篇一反旧格而写兰花之衰败。诗人描绘了一幅秋风萧瑟，芳兰香蕙枯黄而变为茅草，南方的国度一片凄凉的画面。接着诗人写道：只有郑所南怀念故国之心始终不变，他用自己的泪水和墨写下一幅凌霜犹芳的秋兰图。自然界的兰花已经凋零残败，然而诗人所赞颂的郑所南心中的“兰花”却仍旧盛开不败。正是在这对比中，才更使人感受到郑所南那强烈的民族气节。（郑所南宋后隐居苏州，其诗画中表现了强烈的民族意识。）此诗语淡而意深，言短而情长，沉郁中透露出一种刚健之气。

菊 花

菊

〔晋〕袁山松

灵菊植幽崖[1]，擢颖凌寒飙[2]。
春露不染色，秋霜不改条。

【注释】

〔1〕灵：美好。菊：植物名，通称“菊花”。多年生草本。叶卵圆形至披针形，边缘具粗大锯齿或深裂。秋季开花，花序的大小、颜色和形状因品种而异。原产我国，久经栽培，品种很多，为著名的观赏植物。世界各地普遍栽培。白菊可供饮料用，中医学上，黄菊和白菊还可入药。

〔2〕擢（zhuó）颖：植物发荣滋长。颖，植物的末梢。凌寒飙：冒着寒风。飙，疾风。

答休上人菊

〔南朝·宋〕鲍照

酒出野田稻，菊生高冈草。
味貌复何奇[1]，能令君倾倒。
玉碗徒自羞[2]，为君慨此秋。
金盖覆牙柈[3]，何为心独愁。

【注释】

〔1〕“味貌”句：味，指酒；貌，指菊花。

〔2〕玉碗（wǎn）：指白菊。羞：进献。

〔3〕金盖、牙柈：皆以形象代指菊花。金、玉是指菊花的不同颜色。柈，同“盘”

菊

〔唐〕骆宾王

擢秀三秋晚[1]，开芳十步中。
分黄俱笑日[2]，含翠共摇风。
碎影涵流动，浮香隔岸通。
金翘徒可泛[3]，王晕竟谁同？

【注释】

〔1〕擢秀：草木之欣欣向荣。三秋：秋季。这里指秋季的第三个

月，即阴历九月。

〔2〕“分黄”两句：金黄色的菊花对日盛开，绿叶在微风中摇动。

〔3〕“金翘”两句：意思是可以泛舟赏菊，而无人同饮。金翘，首饰名，疑此处代指小船。

咏 菊

〔唐〕陈叔达

霜间开紫蒂〔1〕，露下发金英〔2〕。
但令逢采摘〔3〕，宁辞独晚荣。

【注释】

〔1〕蒂（dì）：花跟枝茎相连的部分。

〔2〕金英：金黄色的花。英，花。

〔3〕“但令”两句：意思是只要有人赏识，不怕开花晚。以咏菊喻人事。

感遇诗四首（其二）

〔唐〕李白

可叹东篱菊，茎疏叶且微〔1〕。
虽言异兰蕙〔2〕，亦自有芳菲〔3〕。
未泛盈樽酒〔4〕，徒沾清露辉〔5〕。
当荣君不采〔6〕，飘落欲何依。

【注释】

〔1〕疏：稀疏。微：少。

〔2〕兰蕙：均香草名。

〔3〕芳菲：芳香。

〔4〕泛：漂浮。盈：满。菊花可酿酒，这里引申为菊香不曾飘上酒樽。

〔5〕徒：空。

〔6〕荣：指盛开的菊花。草本植物的花叫荣。

和令狐相公玩白菊

〔唐〕刘禹锡

家家菊尽黄，梁国独如霜。
莹净真琪树〔1〕，分明对玉堂。
仙人披雪氅〔2〕，素女厌红妆〔3〕。
粉蝶来难见，麻衣拂更香〔4〕。
面风摇羽扇，含露滴琼浆〔5〕。
高艳遮银井，繁枝覆象床。
桂丛惭并发〔6〕，梅蕊妒先芳。
一入瑶华咏〔7〕，从兹播乐章〔8〕。

【注释】

〔1〕琪树：古人想象中仙境里的玉树。

〔2〕雪氅（chǎng）：白色的大衣。

〔3〕素女：传说中的神女名。仙人、素女皆喻白菊。

〔4〕麻衣：古人的常服。古时布衣皆为麻制，亦称白衣。

〔5〕“含露”句：比喻露珠沾染菊花的香气，变为美酒。琼浆，

美酒。

〔6〕“桂丛”两句：桂花与菊同时开，故曰“惭并发”；梅花后菊开，故曰“妒先芳”。

〔7〕瑶华：传说中的仙花，色白如玉。这里指白菊。

〔8〕兹：此。

重阳席上赋白菊

〔唐〕白居易

满园花菊郁金黄〔1〕，中有孤丛色似霜。
还似今朝歌酒席〔2〕，白头翁入少年场〔3〕。

【注释】

〔1〕郁金：即郁金香，花黄色。此处指黄色菊花。

〔2〕“还似”句：好像参加酒宴的人。

〔3〕白头翁：作者自指。

菊　花

〔唐〕元稹

秋丛绕舍似陶家〔1〕，遍绕篱边日渐斜。
不是花中偏爱菊，此花开尽更无花。

【注释】

〔1〕秋丛：指一丛丛的菊花。陶家：陶渊明的家。东晋陶渊明最爱菊，家中遍植菊花。

菊

〔唐〕郑谷

王孙莫把比荆蒿[1]，九日枝枝近鬓毛[2]。
露湿秋香满池岸，由来不羡瓦松高[3]。

【注释】

〔1〕王孙：古时对贵族子弟的通称。荆蒿：一种野生杂草。

〔2〕九日：即农历九月初九，也称“重阳”。古人在这一天，有登高和赏菊的习惯，饮菊花酒，佩茱萸囊，还采撷菊花插戴于鬓上。

〔3〕瓦松：一种寄生在屋顶瓦缝中的植物。

不第后赋菊

〔唐〕黄巢

待到秋来九月八[1]，我花开后百花杀[2]。
冲天香阵透长安[3]，满城尽带黄金甲。

【注释】

〔1〕九月八：农历九月八日，即重阳节前一日。古时有重阳赏菊的习俗。说“九月八”，是为了押韵。

〔2〕百花杀：菊花开后，深秋天寒，百花都已凋零。

〔3〕“冲天”两句：是说到那时，菊花发出阵阵冲天的芳香，弥漫

整个长安城，长安城到处都是金黄色的菊花。透：渗透，弥漫。黄金甲：此语意双关。形容菊花的颜色，暗喻起义军的盔甲。

题菊花

〔唐〕黄巢

飒飒西风满院栽[1]，蕊寒香冷蝶难来[2]。
他年我若为青帝[3]，报与桃花一处开[4]。

【注释】

〔1〕飒飒（sà）：风声。

〔2〕“蕊（ruǐ）寒”句：意思是菊花虽然散发着清香，但蜂蝶却因天寒不敢飞来。蕊，花蕊。

〔3〕他年：将来有那么一天。青帝：主宰春天的神。《尚书纬》云：“春为东帝，又为青帝。”

〔4〕“报与”句：意思是要让菊花和桃花同在春天开放。报：告知；报告。

菊

〔宋〕欧阳修

共坐栏边日欲斜，更将金蕊泛流霞[1]。
欲知却老延龄药[2]，百草开时始见花。

【注释】

〔1〕“更将”句：指用菊花浸泡的药酒。金蕊，指菊花。流霞：

美酒。

〔2〕“欲知”句：意思是想要知道防老延年的药，那就是菊花。却：去、除。

十月三日相公花下小饮赋四题（之一）

〔宋〕梅尧臣

零落黄金蕊[1]，虽枯不改香。
深丛隐孤秀[2]，犹得奉清觞[3]。

【注释】

〔1〕黄金蕊：指黄色的菊花。

〔2〕孤秀：指残菊。

〔3〕清觞（shāng）：酒杯。

画　菊

〔宋〕郑思肖

花开不并百花丛，独立疏篱趣未穷。
宁可枝头抱香死[1]，何曾吹落北风中[2]。

【注释】

〔1〕“枝头”句：菊花枯萎后，留于枝上不落。

〔2〕北风：此指兴起于北方的元朝。

野菊花

〔元〕元好问

柴桑人去已千年〔1〕，细菊斑斑也自圆。
共爱鲜明照秋色，争教狼籍卧疏烟〔2〕。
荒畦断陇新霜后，瘦蝶寒螿晚景前〔3〕。
只恐春丛笑迟暮〔4〕，题诗端为发幽妍。

【注释】

〔1〕柴桑：古县名，在今江西九江市西南，是晋朝诗人陶渊明的家乡，后人习惯作为陶渊明的代称。

〔2〕“争教”句：怎肯让它杂乱地散卧在烟雾里。争：怎。狼籍：亦作“狼藉”。狼常藉草而卧，起则践草使乱以灭迹。这里是形容菊花纵横散乱。

〔3〕寒螿（jiāng）：寒蝉。似蝉而小，青赤。北方称“伏天儿”。

〔4〕“只恐”两句：怕春花笑菊迟开，故写诗称道野菊的美好。迟暮，一般比喻晚景、老年。这里指菊花迟开。端，正是。幽妍，幽静秀美。

菊　花

〔明〕李梦阳

不随群草出，能后百花荣[1]。
气为凌秋健[2]，香缘饮露清。
细开宜避世[3]，独立每含情。
可道蓬蒿地，东篱万代名[4]。

【注释】

〔1〕“能后”句：意思是菊花盛开于百花谢后。

〔2〕“气为”二句：是说菊花因为冒着严寒开放，所以气质旺盛。因为吸收露水，所以气味清香。气：气质，精气。缘：因为。

〔3〕细开：指开得缓慢。避世：隐居。古人把菊花比作花中隐士。

〔4〕“东篱”句：陶渊明诗有“采菊东篱下”句，此句是说因为有了陶渊明的诗，万代之后，菊花就出了名。

不是花中偏爱菊
此花开尽更无花

——咏菊诗欣赏

菊花最早产于我国，是一种著名的观赏植物，现在世界各地普遍栽种。我国有着悠久的种植菊花的历史。战国时的《山海经》中就有了“女儿之山，其草多菊”的记载。西汉时编选的《礼记》中也有“季秋之月，菊有黄华”的记载。以后历代对种植菊花越来越重视，到宋代有了菊花专著《菊谱》，书中记载的有名菊花达四十多种。

“欲知却老延龄药，百花开时始见花。”菊花不仅是供人观赏的名花，而且也是延年益寿、散风清热的良药。我国古书多有这方面的记载。如《风俗通》中记叙“南阳郦县有甘谷，谷水甘美。其山有大菊，水从山上流下，得其滋液。谷中有三十余家，不复穿井，悉饮此水，上寿百二、三十，中百余，下七八十者，名之大夭。菊花轻身益气，令人坚强故也。司空王畅、太尉刘宽、太尉袁隗为南阳太守，闻有此事，令郦县，月送水二十斛，用之饮食，诸公多患风眩，皆得瘳。”因此苏洵有“古来鹤发翁，飧英饮其水”的诗句。

菊花以它的孤标劲节而为世人所爱。从屈原“朝饮木兰之坠露兮，夕餐秋菊之落英”到陶渊明的“采菊东篱下，悠然见南山”，评章菊花品质、陶情励志的诗篇不绝于今。这些诗作或取其形，或取其质，或取其貌，或取其姿，或借咏菊以寄志，或借咏菊以抒情，或借咏菊以喻事，各有各的格调，各有各的旨趣，各有各的手法，千姿百态，丰富多彩。

同是咏菊诗，由于各人胸怀、境遇不同，咏菊的着眼点、立意也不尽相同。李白、白居易、黄巢同是唐代诗人，但他们的咏菊诗作所寄托的情感、所创造的意境相去甚远。李白的“可叹东篱菊，茎疏叶且微。虽言异兰蕙，亦自有芳菲”是发自叹息的对菊花的赞美。在这里，诗人以菊自喻，抒发了一种怀才不遇的感慨：“当荣君不采，飘落欲何依。”而白居易“满园花菊郁金黄，中有孤丛色似霜。还似今朝歌酒席，白头翁入少年场”的诗句，流露的是怡静悠闲的情绪，表现的不过是一种闲情逸趣罢了。

黄巢的《题菊花》：“飒飒西风满院栽，蕊寒香冷蝶难来。他年我若为青帝，报与桃花一处开。”诗人不是在赞美满院盛开的菊花的顽强生命力，而是在为菊花开放在寒冷的时节鸣不平。这里菊花是处于社会底层、被压迫被剥削的劳苦大众的化身。这与黄巢另一首咏菊诗——把菊花喻为起义军战士的立意是一致的。“他年我若为青帝，报与桃花一处开”的诗句，实际上表达了诗人决心推翻旧政权，让劳苦大众得以平等生存的宏伟抱负。

这三首咏菊诗，因诗人托物寄情的感触、立意不同，而各具特色。但是相比之下，黄诗立意更为新颖，主题更为深刻。

不同的作者有不同的寄托，同一作者咏菊也可有不同的寓意。曹雪芹创作的十二首咏菊诗就是最明显的例证。在《红楼梦》第三十八回中，曹雪芹通过忆菊、种菊、对菊、供菊、问菊、残菊等十二首菊花诗，托物言情，展现了宝玉、黛玉、宝钗、湘云等不同人物的不同思想情感及性格特征。林黛玉的《咏菊》《问菊》中的“孤标傲世”“千古高风”正是她情感性格的写照与流露。贾宝玉《访菊》《种菊》则曲折地表露出他对封建礼教的叛逆和对新生活的渴望与追求。十二首咏菊诗便有十二种别情异趣。

菊花的美不尽在其外观飘洒清雅，华润多姿，更因其“擢颖凌寒飙”“秋霜不改条”那经风历霜的顽强生命力。“能后百花荣”是菊花的特性，取其这一特征吟咏的诗篇很多，如元稹的“不是花中偏爱菊，此花开尽更无花”；李梦阳的“不随群草出，能后百花荣”；黄巢的“待到秋来九月八，我花开后百花杀”，同是赞美菊花“后百花而荣”的品质，其立意的深浅却是有差别的。艺术格调也不大相同。

“秋丛绕舍似陶家，遍绕篱边日渐斜。”元诗前两句没有正面写菊花的形貌之美，而是以淡淡的几笔，勾勒出秋菊田舍的平淡景致，我们仿佛看到围舍绕篱种植的丛丛秋菊。我们也可以从诗中感受到主人赏菊入迷、流连忘返的欣喜之情。景致虽淡雅，却烘托出主人对菊花的喜爱。“不是花中偏爱菊，此花开尽更无花。”诗结尾点明了喜爱菊花的缘由。是赞美菊花岁晚仍荣，还是珍惜这岁暮最后盛开的鲜花，或是两者兼而有之，或是由此想到暮年之人……寓意十分含蓄。前两句写景，后两句抒情，景中有情，情中有景，物我兼叙，外意毕象，内意尽情。

“不随群草出，能后百花荣。气为凌秋健，香缘饮露清。细开宜避世，独立每含情。可道蓬蒿地，东篱万代名。”李诗纯是站在第三者角度咏物的。此诗颂菊可称得上毕象尽理，其中也不乏警策诗句。但所缺的是“弦外音，诗外味。”清人周济在《蕙风词话》中回答“咏物如何始佳”时说：“未易言佳，先勿涉呆。”这首诗诗意直露，似有“呆寄托”之嫌。

黄诗既不同于元诗，更异于李诗。诗人不是以第三者身份赞颂菊花，而是把自己的情感完全融注于菊花之中。他在诗中运用了“移情”手法。“待到秋来九月八，我花开后百花杀。”百花凋落，菊花开放，这是习以为常的自然现象。但是诗中，菊花的“花开”与百花“花杀”却似乎成为因果关系而对立起来，仿佛菊花的盛开导致了百花的凋零。因“移情”手法的运用，菊花拟人化了，因此这大胆的夸张，不失其真切感。在这里，艺术的渲染夸饰，把诗人的主观情感表现得更为强烈，从而形象地展示了被压迫人民的胜利，必将导致反动腐朽统治者灭亡的深刻道理。“冲天香阵透长安，满城尽带黄金甲。”这咏菊诗句，也就不是一般的毕象尽现了，而是融会了诗人强烈的特有的感情。菊花与诗人融为一体，出乎其神，物我合一。

三诗相比较，元诗清丽而蕴藉，李诗沉郁而直露，黄诗刚劲而洒脱。由于黄诗托菊咏怀，寓意深刻，其意境更为完美。

咏菊诗品第高下，不尽在其寓意之深浅，也在其艺术手法之优劣。有的咏菊诗爱把笔墨泼洒在图形状貌上，只求形似毕象，写出的诗篇，往往平淡无味，成为泛泛之作。如唐人僧广宣的《九日菊花应诏诗》："可讶东篱菊，能知节候芳。细枝青玉润，繁蕊碎金香。爽气浮朝露，浓姿带夜霜……"描绘菊花之美可谓纤巧细腻，但读后却不能不感到失之意味。而有的咏菊诗没有毕肖其形，而是舍貌求神，却成为咏菊佳作。郑谷的《菊》便是较有代表性的一首。"王孙莫把比荆蒿，九日枝枝近鬓毛。"重阳九月九，枝枝秀美沁香的菊花戴在人们的鬓头，这是多么富有特色的描绘！它把菊花的高洁清雅和人们对菊花的喜爱渲染得淋漓尽致。这绝巧的一句胜似那平庸的数句。"露湿秋香满池岸，由来不羡瓦松高。"以池岸菊花与高屋瓦松两相对照，一幽香清雅，不吝芳菲；一踞高寡情，位显无用。诗人在对比中自然涌颂出对菊花高尚品质的赞美。此诗构思巧妙，语言洁畅而不俗，意味隽永而不失之隐晦，不愧为咏菊佳作。

水 仙

忆钱塘江

〔宋〕李觏

昔年乘醉举归帆〔1〕，隐隐前山日半衔〔2〕。
好是满江涵返照〔3〕，水仙齐着淡红衫〔4〕。

【注释】

〔1〕昔年：过去有那么一年。

〔2〕“隐隐”句：夕阳西下之际，青山衔日，余辉隐现。

〔3〕涵：沉浸。

〔4〕水仙：石蒜科。多年生草本，叶扁平，冬季开花。花白色，芳香，内有黄色杯状花心，为冬季室内观赏植物。着：穿。红衫：红衣。

次韵中玉水仙花[1]

〔宋〕黄庭坚

借水开花自一奇，水沉为骨玉为肌[2]。
暗香已压酴醾倒[3]，只比寒梅无好枝。

【注释】

〔1〕中玉：马瑊字。

〔2〕水沉：即沉香。玉为肌：形容水仙花润泽莹洁。

〔3〕酴醾（tú mí）：花名。落叶小灌木，羽状复叶，小叶椭圆形，花白色，有香气，供观赏。

水 仙

〔宋〕黄庭坚

凌波仙子生尘袜[1]，水上轻盈步微月。
是谁招此断肠魂[2]，种作寒花寄愁绝[3]。
含香体素欲倾城[4]，山矾是弟梅是兄[5]。
坐对真成被花恼，出门一笑大江横。

【注释】

〔1〕凌波仙子：仙女。此指水仙。

〔2〕断肠魂：销魂神往，形容极度思念。

〔3〕寒花：指水仙。愁绝：极端忧愁。

〔4〕倾城：形容绝色的女子。这里指水仙。

〔5〕山矾（fán）：即矾山。宋代士大夫暑月咽客，席上置矾山，堆于盘中，用以象冰。矾，矾石。

以水仙供都运判院

〔宋〕张孝祥

玉壶寒露映真色[1]，雾阁云窗立半身。
可但凌波学仙子[2]，绝怜空谷有佳人[3]。

【注释】

〔1〕玉壶：玉制的壶。这里指栽种水仙的器物。

〔2〕可但：岂止。凌波：形容女子步履轻盈。这里是形容水仙的姿态。

〔3〕“绝怜”句：这句的意思是说水仙更像杜甫诗中“幽居在空谷”的那位绝代佳人。

瓶　花

〔宋〕范成大

水仙携腊梅，来作散花雨[1]
但惊醉梦醒，大辨香来处。

【注释】

〔1〕散花雨：形容纷纷乱落的花瓣。

水仙花

〔宋〕杨万里

韵绝香仍绝[1]，花清月未清[2]。
天仙不行地[3]，且借水为名。

【注释】

〔1〕“韵绝”句：水仙的风韵和香气都是极品。韵：风韵，韵致。绝：极。仍：更。

〔2〕“花清”句：水仙与月相比，水仙更加清秀高洁。

〔3〕“天仙”两句：意思是水仙像天仙一样不沾泥土，借水供养，所以叫水仙。

水　仙

〔元〕倪瓒

晓梦盈盈湘水春[1]，翠虬白凤照江滨[2]。
香魂莫逐冷风散，拟学黄初赋洛神[3]。

【注释】

〔1〕盈盈：美好的样子，此指水仙的风姿仪态。湘水：水名，又名湘江，湖南省最大的河流。

〔2〕翠虬（qiú）白凤：疑水仙花的品种名。

〔3〕拟（nǐ）：计划，打算。黄初：三国魏曹丕的年号（220–226年）。这里是说打算学曹植在黄初年间写的《洛神赋》。

水仙花

〔清〕陶孚尹

澧兰沅芷若为邻〔1〕，澹荡疑生罗袜尘〔2〕。
昨夜月明川上立，不知解佩赠何人〔3〕？

【注释】

〔1〕澧（lǐ）：澧水，水名。在湖南省西北，源出桑植县北，东流至澧县新洲入洞庭湖。兰：幽兰。沅（yuán）：水名，即沅江，源出贵州都匀市云雾山。自西向东，至湖南汉寿县注入洞庭湖。芷：香草。

〔2〕“澹荡”句：意思是水仙脚穿白丝袜踏水而来，微微荡漾的水波好像随着脚步扬起飞尘。

〔3〕解佩：解下玉佩。

天仙不行地
且借水为名
——咏水仙花诗欣赏

水仙冰心粉色，叶幽兰香，清翠的长叶映簇着朵朵秀美的小花，姿态绰约，清香袭人，如水上的仙女婀娜多姿，它是冬季生长开花的珍品。一些吟咏水仙花的诗篇，或描绘水仙之神姿，或吟颂水仙之清雅，很是优美动人。

“韵绝香仍绝，花清月未清。天仙不行地，且借水为名。”其风韵优雅到了极点，其芳香也到了极点。水仙如此的清秀高洁，甚至月亮与它相比，也似乎算不得清朗了。它像天仙一样不沾泥土，只可奉以清水，所以它名叫水仙。杨万里这首《水仙花》，施以虚笔夸张，渲染出水仙花的清雅、芬芳和高洁，虽仅二十字，却写尽了水仙之佳美。

“玉壶寒露映真色，雾阁云窗立半身。可但凌波学仙子，绝怜空谷有佳人。”清水寒露映衬着水仙的妙色美容，在那雾云缭绕的楼阁幽窗中，隐隐露出水仙花袅娜的身姿。与其说它象踏浪凌波的仙女，不如说它更像幽居空谷的绝代佳人。此诗既有生动描绘，又有巧妙烘托。在描写句中，诗人惜墨如金，只是对形象略加勾勒，主要侧重于景境的渲染，其中“玉壶”“寒露”“雾阁”“云窗”的景致都浸透着一股清冷的色调，从而更加衬托出水仙的不惧寒霜的风韵。在议论句中，诗人一反世人把水仙喻做凌波仙子的旧说，而把它说成是杜甫诗中色美绝伦的幽谷佳人，意在赞美水仙花清芳自守、不失高洁的品质。

“水仙携腊梅，来作散花雨。但惊醉梦醒，不辨香来处。”范成大这首诗构思颇为精巧。前两句写梦幻之景，诗人虚境实写，使读者以幻为真，描绘出水仙与腊梅袅娜多姿，宛如散花天女，撒下纷纷弥空的花雨。第三句才点出“梦”字，是香入醉梦，还是因香而惊梦？似醒非醒，幽香满室，却又不辨香出何处。实境与梦境朦胧难辨，扑朔迷离，诗味浓郁而耐人咀嚼。

“澧兰沅芷若为邻，澹荡疑生罗袜尘。昨夜月明川上立，不知解佩赠何人？”与澧水幽兰和沅江香草为邻的水仙花，脚着白丝袜踏浪而来，那荡漾的浪花，好似随着脚步扬起白尘。昨夜在明月映照的河川上她俏然伫立，解下玉佩不知要赠送何人？陶孚尹这首《水仙花》把水仙花喻为绰约柔美的踏波江女，形象生动媚人。诗第一句取意于屈原“沅有芷兮澧有兰”的诗句，意在点染水仙如香草幽兰一般芳洁。诗第二句乃是由黄庭坚“凌波仙子生尘袜，水上轻盈步微月”的诗句点化而来，再现了水仙宛如凌波仙子一般娴雅轻盈之姿。之后的两句，诗人又以拟人手法虚幻出江妃二女解佩欲赠人的极为动人的情节，把水仙花那犹似江妃含情脉脉的情态渲染得栩栩如生，呼之欲出。

山　茶

邵伯梵行寺山茶

〔宋〕苏轼

山茶相对阿谁栽[1]？细雨无人我独来。
说似与君君不会[2]，烂红如火雪中开。

【注释】

〔1〕山茶：常绿灌木或小乔木，冬春开花，花大型，常大红色。园艺上品种很多，有单瓣、重瓣，花色红白不一。久经栽培，为著名观赏植物。阿：吴方言中作语助，表示询问。相当于北方话的“可”。

〔2〕“说似”句：意思是说给您只怕您很难领会。君，对人的敬称。

赵昌四季·山茶

〔宋〕苏轼

游蜂掠尽粉丝黄〔1〕，落蕊犹收蜜露香。
待得春风几枝在，年来杀菽有飞霜〔2〕。

【注释】

〔1〕粉丝黄：指山茶花黄细的花蕊。

〔2〕“杀菽（shū）”句：这里意为使豆菽植物凋残。

和子由柳湖久涸，忽有水，开元寺山茶旧无花，今岁盛开二首（其二）

〔宋〕苏轼

长明灯下石阑干〔1〕，常共松杉守岁寒〔2〕。
叶厚有棱犀甲健〔3〕，花深少态鹤顶丹〔4〕。
久陪方丈曼陀雨〔5〕，羞对先生苜蓿盘〔6〕。
雪里盛开知有意，明年归后更谁看。

【注释】

〔1〕长明灯：燃灯供佛前，昼夜不灭，故谓长明。

〔2〕杉：木名。

〔3〕“叶厚”句：《群芳谱》载：山茶高者丈余，低者二三尺。枝

干交加，叶似木樨硬，有棱稍厚，中阔寸余，两头尖，长三寸许，面深绿光滑，背浅绿，经冬不脱。

〔4〕鹤顶丹：山茶花的一种。《群芳谱》载：十月开至二月，有鹤顶茶，大如莲，红如血，中心塞满。

〔5〕方丈：寺院长老称“方丈”。曼陀：山茶又叫曼陀罗。

〔6〕苜蓿（mù sù）盘：据五代王定保《唐摭言·闽中进士》载：“薛令之……累迁左庶子。时开元东宫官僚清淡，令之以诗自悼，复纪于公署曰：‘朝旭上团团，照见先生盘。盘中何所有？苜蓿长阑干。饭涩匙难绾，羹稀筋易宽。只可谋朝日，那能度岁寒！’”后以苜蓿盘形容小官清苦冷落的生活。

山　茶

〔宋〕刘克庄

青女行霜下晓空〔1〕，山茶独殿众花丛〔2〕。
不知户外千林缟〔3〕，且看盆中一本红。
性晚每经寒始拆，色深却爱日微烘〔4〕。
人言此树尤难养，暮灌晨浇自课童〔5〕。

【注释】

〔1〕青女：神话中霜雪之神。

〔2〕殿：镇守。

〔3〕缟（gǎo）：白色。

〔4〕烘：烤。

〔5〕课：指使。童：童仆。

山　茶

〔宋〕王十朋

莺声老矣移虽晚，鹤顶丹时看始佳。
雨叶鳞鳞成小盖[1]，春枝艳艳著群花[2]。

【注释】

〔1〕鳞鳞：像层层的鱼鳞。

〔2〕艳艳：美丽的样子。著：附着。

山　茶

〔宋〕杨万里

树子团团映碧岑[1]，初看唤作木樨林[2]。
谁将金粟银丝脍[3]，簇饤朱红菜碗心[4]。
春早横招桃李妒，岁寒不受雪霜侵。
题诗毕竟输坡老[5]，叶厚有棱花色深。

【注释】

〔1〕岑（cén）：小而高的山。

〔2〕木樨：桂花的别称。

〔3〕金粟：桂花的别称。银丝：凡物色白而细长者，多以银丝为喻。金粟银丝：此以桂花蕊喻山茶蕊。脍（kuài）：细切。

〔4〕饤（dìng）：食物堆砌于器皿中。

〔5〕坡老：指苏东坡。

宝珠茶

〔明〕张新

胭脂染就绛裙襕[1]，琥珀装成赤玉盘[2]。
似共东风解相识[3]，一枝光已破春寒。

【注释】

〔1〕“胭脂”句：意思是这红艳艳的山茶花像是猩红的胭脂染成的大红裙。胭脂，一种红色颜料。绛裙襕，大红裙。襕，古时上下衣相连的衣服。

〔2〕“琥珀”句：意思是这红艳艳的山茶花也像是血红的琥珀装饰成的赤玉盘。琥珀，松柏树脂的化石。色黄褐或红褐，燃烧时有香气。红的叫琥珀，黄而透明的叫蜡珀。可制装饰物。

〔3〕解：懂得，知道。

白山茶

〔明〕瞿佑

消尽林端万点霞[1]，丛丛绿叶衬瑶华[2]。
宝珠买断春前景[3]，宫粉妆成雪里花[4]。
余子竞传丹灶术[5]，此身甘傍玉川家[6]。
江头梅树无颜色，何况溪边瑞草芽。

【注释】

〔1〕消尽林端：犹消失到林的尽头。

〔2〕瑶华：喻光明洁白的山茶花。

〔3〕宝珠：珍贵的财宝珠玉。

〔4〕雪：指白山茶。

〔5〕余子：古指嫡子之外的诸子。这里指葛洪，东晋道教理论家，擅炼丹术，由于他是三国时吴国道士葛玄的从孙，又从葛玄的弟子郑隐受炼丹术，故云“余子竟传丹灶术”。丹灶术：道士炼丹的方法。

〔6〕傍：接近，临近。玉川：唐诗人卢仝喜欢茶，尝汲井泉煎煮，自号玉川子。

说似与君君不会 烂红如火雪中开

——山茶诗欣赏

山茶高者丈余，低者二三尺，枝干交加，叶面深绿光滑，叶背浅绿，经冬不脱。其花艳美，可由秋十月开至早春二月。“惟有山茶殊耐久，独能深月占春风。”“劲节不推岷岭雪，芳姿偏爱建溪风。”山茶劲节芳姿，耐寒占春，诗人黄庭坚在咏山茶赋中曾赞它是“禀金天之正气，非木果之匹亚。”因此山茶极受人们喜爱和推崇。

“常共松杉守岁寒”“春枝艳艳著群花”，诗人们赞美它像松柏一样经冬历霜，早春竞放。“江头梅树无颜色，何况溪边瑞草芽”，在诗人的笔下，梅花与之相比，也大为逊色了。在咏山茶诗中，有两首小诗写得颇有意境。

“胭脂染就绛裙襕，琥珀装成赤玉盘。似共东风解相识，一枝先已破春寒。”红艳艳的山茶花像是猩红的胭脂染成的大红裙，又像是血红的琥珀装饰出的赤玉盘。这是冒着料峭春寒怒放的第一枝红山茶，它破寒迎春来得多么早啊！也许因为它是东风的老相识，东风已透露给它了春的信息。张新的这首小诗把山茶花的容貌神态描写得极为动人。诗的前两句着重描摹渲染红山茶色彩的艳丽。红山茶红似丹砂，美如赤玉，明艳如火。诗中以“胭脂”“绛裙”“琥珀”“赤玉”等词，层层描写，把山茶花的容颜艳色描摹得极为鲜明动人。诗的后两句清新活脱，情趣盎然。其中“一枝先已破春寒”的“一枝”两字运用极妙，此句仿佛令人感受到山茶那迫不及待盼望春天来临的急切心情。而那东风与山茶旧相识的想象尤为巧妙，富于景境之美，把物态描摹得富于灵感生气。

“山茶相对阿谁栽？细雨无人我独来。说似与君君不会，烂红如火雪中开。”是谁在寺院里栽下这两株山茶？鲜花相对竞开，在清冷的细雨中只有我独自一人来此观赏。这盛开的山茶花此时此刻多么美啊！恐怕说与你，你也不会相信，绚丽艳美的朵朵红花，好似跳动的火苗，在白雪中星星欲燃。苏轼这首山茶诗没有用更多的笔墨去描绘山茶花的形姿神色，而是通过诗人在清冷的景致中独来赏花，豁然发现艳美盛开的山茶，以及把惊喜的感受告诉对方等描叙，先施以侧面烘托的手法，最后用实笔托出山茶“烂红如火雪中开”的描绘。通过诗人自我情绪的变化，先使人于想象中感受到山茶之美妙，最后再施以点睛之笔，构思自然而诗意浓郁。

草

咏青草

〔南朝·陈〕刘删

雨淋三春叶[1]，风传十步香。
暎袍怜色重[2]，临书喜带长。

【注释】

〔1〕三春：春季三个月称“三春”，即春天。

〔2〕暎（yìng）：同“映”，照。

赋得古原草送别

〔唐〕白居易

离离原上草[1]，一岁一枯荣[2]。
野火烧不尽，春风吹又生。
远芳侵古道[3]，晴翠接荒城[4]。
又送王孙去[5]，萋萋满别情[6]。

【注释】

〔1〕离离：分披繁盛的样子。

〔2〕枯：枯槁，指草枯死。荣：指草生长茂盛。

〔3〕远芳：远处的芳草。古道：古老的驿路。

〔4〕晴翠：阳光照在草上反射出一片碧绿的颜色。

〔5〕王孙：古代贵族子弟的通称，犹言公子。这里泛指出门远游的人。语出《楚辞·招隐士》："王孙游兮不归，春草生兮萋萋。"

〔6〕萋萋（qī）：草茂盛的样子。

曲江春草

〔唐〕郑谷

花落江堤簇晓烟[1]，雨余草色远相连[2]。
香轮莫辗青青破[3]，留与游人一醉眠[4]。

【注释】

〔1〕江堤：沿江河的边岸修建的挡水建筑物。簇（cù）：簇聚。

〔2〕余：以外，以后。

〔3〕青青：指青草地。

〔4〕游人：一作"愁人"。

芳　草

〔唐〕罗邺

芳草和烟暖更青[1]，闲门要路一时生[2]。
年年点检人间事[3]，唯有春风不世情。

【注释】

〔1〕芳草：香草。

〔2〕要路：主要通道。

〔3〕点检：检查，查察。

春草曲

〔宋〕杨万里

散雪枝头寒已老〔1〕，平芜一夜铺春草〔2〕。
江梅著子怯东风〔3〕，花落满庭浑不埽〔4〕。

【注释】

〔1〕寒已老：即冬天已经过去了。

〔2〕平芜：平旷的原野。

〔3〕著子：指生长出的新梅子。怯：怕。

〔4〕浑：全。

吉祥草

〔宋〕王元章

得名良不恶〔1〕，潇洒在山房〔2〕。
生意无休息〔3〕，存心固久长〔4〕。
风霜徒自老〔5〕，蜂蝶为谁忙。
岁晚何人问，山空暮雨荒。

【注释】

〔1〕良：确实、真。

〔2〕潇洒：清高脱俗。山房：山中的屋舍。

〔3〕生意：生机。

〔4〕固：一定。

〔5〕徒：徒然，空。

春草

〔明〕杨基

嫩绿柔香远更浓，春来无处不茸茸[1]。
六朝旧恨斜阳里[2]，南浦新愁细雨中[3]。
近水欲迷歌扇绿，隔花偏衬舞裙红[4]。
平川十里人归晚[5]，无数牛羊一笛风。

【注释】

〔1〕茸茸：柔密丛生的样子。

〔2〕六朝旧恨：指亡国之恨。六朝，指三国的吴、东晋，南朝的宋、齐、梁、陈，都以建康（今南京）为都，史称六朝。相继三百年间，南北征伐不已，统治者贪图享乐，内部互相残杀，不务国事，朝廷不断更迭，最后陈后主祯明三年（589年）终亡于隋。

〔3〕南浦：南面的水边，用以称送别之地。

〔4〕偏：遍。衬：衬托。

〔5〕平川：广阔平坦的陆地。

咏春草

〔明〕李昂妻陈氏

无人种春草，随意发芳丛[1]。
绿遍郊原外，青回远近中。
幂烟粘落絮[2]，和雨衬残红。
不解王孙去，凄凄对晚风[3]。

【注释】

〔1〕芳丛：香草丛。

〔2〕幂（mì）：覆盖；罩。

〔3〕凄凄：悲伤。

嫩草柔香远更浓
春来无处不茸茸
——咏草诗欣赏

“散雪枝头寒已老，平芜一夜铺春草。”孟春冰溶，百草荣生。当春天来到人间，春草便铺满大地。青青绵绵，柔香飘弥，给大地带来无限生气。自古以来，诗人写下许多咏草诗篇。“暮春三月，江南草长”（丘迟）；“凉风九月，塞外草衰”（李陵）。不同的境遇，不同的思绪，便有不同的吟咏和感怀。有的借咏草以抒怀，有的借咏草以寓理，有的咏春草之佳妙，有的赞野草之品高。清新隽永，耐人寻味的佳作，读之有“余音绕梁”之妙。

“嫩草柔香远更浓，春来无处不茸茸。六朝旧恨斜阳里，南浦新愁细雨中。近水欲迷歌扇绿，隔花偏衬舞裙红。平川十里人归晚，无数牛羊一笛风。”杨基这首《春草》构思奇巧，意境优美，笔触如行云流水，清新自然。诗前两句极真切细致地点染出大地铺满春草。其中“茸茸”，描摹出春草的质感，“嫩绿柔香”的描摹，调动起人们视觉、触觉、嗅觉的感受。而这种感触，远望就更加浓厚。这两句虽仅仅是十几个字，但字字都富于感染力。以下六句则透过不同的景境，从多侧面去渲染春草情态形姿的美妙。“六朝”句借刘禹锡“朱雀桥边野草花，乌衣巷口夕阳斜”“台城六代竞豪华”“万户千门成野草”的诗句点化而出。“六朝旧恨”既是代指春草，又借典故来渲染夕阳映照之下的春草，好似隐含多少六朝亡国遗恨。“南浦”句则是借“南浦”这一送别之地，揉和李煜“离恨恰如春草，更行更远还生”的词句，以“南浦新愁”代指春草，描摹在濛濛细雨之中的春草，赋予春草郁郁带愁之情。这两句借用典故，以拟人手法，再现斜阳细雨之中的春草，仿佛也有了人的情感神态。接下两句渲染出近水的春草翠绿欲滴，似乎迷于歌女的绿香扇，隔花的青草偏偏把少女的舞裙映衬得更加红艳。这两句写得生动，富于动态之感，“歌扇绿”与“舞裙红”两相对照，其色彩分外绮丽。同时这两句与前两句又形成明暗暖凉色调对比，如此景境极富变化。诗的结尾两句在十里平川、绿草茸茸的广阔背景中，又出现了晚归的人，无数牛羊和随风飘扬的悠悠笛声，给这幅美丽的春草风光画又增添了动人情思的几笔，显得意境清幽美妙。这首咏春草诗，没有在诗中用更多的笔墨直接描摹春草，然而句句却不离春草，“斜阳”“细雨”“歌扇”“舞裙”“牛羊”“笛声”“晚归的人”，一切都是围绕“无处不茸茸”铺展的，诗中这些景境人物的描写没有一处不是在渲染和烘托春草的佳美。每一句都是别有一种极美的春草风光，句句相连便构成一幅意境完美的春草风光画。此诗仿佛是一首清新的春草交响乐，一部优美的春草风光片，醇香不绝于耳目。

“花落江堤簇晓烟，雨余草色远相连。香轮莫辗青青破，留与游人一醉眠。”郑谷这首《曲江春草》也是吟咏春草的，虽不及杨基诗写得清雅，然而却也别有一番情趣。诗人主要是以抒发自己对春草的惜爱之情，来再现春草之美。“香轮莫辗青青破，留与游人一醉眠。”在诗人的眼中，春草青青茸茸，仿佛是柔软清洁的青毡，游人在它的怀抱中一定会醉眠不醒的。诗人的如此想象可谓巧妙有趣。诗句中的“香轮莫碾”的希冀，是诗人内心情感的真切表露，它不仅抒发了诗人对春草的惜爱之情，同时也渲染出了春草的清嫩柔美。

“离离原上草，一岁一枯荣。野火烧不尽，春风吹又生。远芳侵古道，晴翠接荒城。又送王孙去，萋萋满别情。”白居易这首《赋得古原草送别》是写古原草兼抒送别之情的诗作。此诗不同于杨、郑两诗侧重渲染春草之形姿，而是在咏赞草之风骨品格，是一首脍炙人口的佳作。诗的前两句描述了古原野草的枯荣——秋枯春荣，岁岁循环，永不泯灭。这不过是一般地点染野草的生生不已的活力，语意平平，似无甚特色。然而接下两句一经托出，顿觉气势不凡。在这里野草已成为顽强不息的生命力的象征。烈火可以燎原，可以烧尽野草，可以烧毁一切，然而诗人偏要说出“野火烧不尽”。因为诗人知道，尽管烈火可以烧尽野草茎叶，然而却烧不尽它那埋藏在地下的根须，一但春风吹来，生命得到了复苏，它又生出新的绿叶。这两句不是一般的赞咏，充满了积极意义和深刻哲理。它生动地展示了野草顽强不息的生命力，这野草形象寓含了一种刚毅的精神力量，人们可以从中得到鼓舞和启迪。因此这诗句成为咏草的千古绝唱。据说此诗是白居易十六岁时应考的习作。京城名人顾况读此诗，初不以为然，当他读到“野火烧不尽”二句时，不禁击案叫绝，大为赞赏。此诗便广为传诵了。

诗的五、六两句再施以实笔描摹，再现出古原草的形色姿态。“远芳”令人可嗅野草之芳菲，“晴翠”令人可见野草之秀色。而从“侵”“接”中更可以看到春草给“古原”和“荒城”带来的勃勃生机，显示出春草蔓延伸展无处不及的繁盛。如此描写，正是照应了前面，为“春风吹又生”作生动的补注。

诗的结尾句“又送王孙去，萋萋满别情”应题目“送别”二字。似乎每一片草叶都浸透了凄凄别情，诗句含思婉转，令人产生一番情思。

第二篇

PART TWO

果木部

柳

咏　柳[1]

〔唐〕贺知章

碧玉妆成一树高[2]，万条垂下绿丝绦[3]。
不知细叶谁裁出，二月春风似剪刀。

【注释】

〔1〕柳：落叶乔木或灌木。枝条柔韧、叶常狭长，花雌雄异株，柔荑花序。常见的有垂柳、旱柳、杞柳等。

〔2〕碧玉：形容柳树嫩绿如碧玉一般。妆：妆饰。

〔3〕丝绦（tāo）：丝带。

柳边诗

〔唐〕杜甫

只道梅花发，那知柳亦新。

枝枝总到地，叶叶自开春。
紫燕时翻翼，黄鹂不露身。
汉南应老尽[1]，霸上远愁人[2]。

【注释】

〔1〕汉南：这里指东晋桓温。《世说新语》载，桓温北伐时经过金城（今江苏句容县北），见到自己年轻时所种柳树都已长得很粗大，感慨地说："木犹如此，人何以堪！"使攀枝执条，泫然流涕。

〔2〕霸上：《三辅黄图》载，汉人送客至灞桥，往往折柳赠别。李白所作《忆秦娥》中有"年年柳色，灞陵伤别"。

和练秀才杨柳

〔唐〕杨巨源

水边杨柳曲尘丝[1]，立马烦君折一枝[2]。
惟有春风最相惜，殷勤更向手中吹。

【注释】

〔1〕曲尘丝：指色如酒曲般细嫩的柳叶。

〔2〕立马：驻马。君：对人的敬称。

江边柳

〔唐〕雍裕之

袅袅古堤边[1]，青青一树烟[2]。
若为丝不断，留取系郎船。

【注释】

〔1〕袅袅（niǎo）：纤长柔美的样子。

〔2〕青青：指柳叶的嫩绿。

柳　絮

〔唐〕雍裕之

无风才到地，有风还满空。
缘渠偏似雪[1]，莫近鬓毛生[2]。

【注释】

〔1〕缘：循；沿。偏似雪：指渠边的柳絮洁白如雪。偏，倾斜，这里指渠坡。

〔2〕鬓毛：此指头发。

池上絮

〔唐〕韩愈

池上无风有落晖[1]，杨花晴后自飞飞[2]。
为将纤质凌清镜[3]，湿却无穷不得归[4]。

【注释】

〔1〕晖：日光。

〔2〕杨花：即柳絮。

〔3〕纤质：形容轻柔细小的柳絮。凌：渡过；逾越。清镜：指池水。

〔4〕湿却：湿了。

柳绝句

〔唐〕杜牧

数树新开翠影齐[1]，倚风情态被春迷[2]。
依依故国樊川恨[3]，半掩村桥半掩溪[4]。

【注释】

〔1〕数树：指柳树极多。

〔2〕“倚风”句：柳在春风中轻轻摇动，那娇媚的神态，好像被春天迷醉了。

〔3〕依依：依恋的样子。故国：故乡。樊川：在唐首都长安城南，是杜牧的祖父杜佑的别墅所在地，杜牧小时常在那里游玩。

〔4〕掩溪：一作“拂溪”。

赠　柳

〔唐〕李商隐

章台从掩映[1]，郢路更参差[2]。
见说风流极[3]，来当婀娜时[4]。
桥回行欲断[5]，堤远意相随[6]。
忍放花如雪[7]，青楼扑酒旗[8]。

【注释】

〔1〕章台：汉代长安街道名，街多柳树，唐时称为“章台柳”。从：

任从。掩映、参差：均是形容柳色或明或暗，柔条垂拂的繁茂景象。

〔2〕郢：战国时楚国建都于郢，在今湖北江陵。这两句的意思是：柳从北到南，秀色千里。

〔3〕见说：听见别人说。

〔4〕“来当”句：自己来到柳前，正当柳婀娜多姿时。

〔5〕行：指柳迹。

〔6〕意相随：指春柳随长堤而去，也指诗人的心随柳而去。

〔7〕忍：忍心。花：指柳絮。

〔8〕青楼：指妓院，这里指歌舞宴饮之地。酒旗：即“酒帘”，酒店的标帜。

柳

〔唐〕李商隐

曾逐东风拂舞筵〔1〕，乐游春苑断肠天〔2〕。
如何肯到清秋日〔3〕，已带斜阳又带蝉！

【注释】

〔1〕逐：追逐。

〔2〕乐游苑：又称乐游原，长安东南名胜。地势很高，可俯瞰长安全城，是当时士女节日游赏之处。断肠天：指繁花似锦的春天。言花之色香使人心醉神怡。断肠，犹断魂、销魂。

〔3〕清秋：秋色已深。

冬　柳

〔唐〕陆龟蒙

柳汀斜对野人窗[1]，零落衰条傍晓江[2]。
正是霜风飘断处，寒鸥惊起一双双。

【注释】

〔1〕汀（tīng）：水边的平地。野人：是指在郊外的村人。
〔2〕傍：依傍；临近。

柳

〔唐〕罗隐

灞岸晴来送别频[1]，相偎相倚不胜春。
自家飞絮犹无定，争解垂丝绊路人[2]？

【注释】

〔1〕灞岸：参见杜甫《柳边诗》。灞桥，故址在今陕西西安市东。
〔2〕争：怎。

咏 柳

〔唐〕韩偓

一笼金线拂弯桥[1]，几被儿童损细腰[2]。
无奈灵和标格在[3]，春来依旧袅长条[4]

【注释】

〔1〕“一笼”句：柳条像一笼金线似的轻轻擦过一座弯桥。
〔2〕损：折断，弄坏。
〔3〕灵和：灵魂。标格：犹风范、风度。
〔4〕袅（niǎo）：摇曳的样子。

杨花落

〔唐〕张乔

北斗南回春物老，红英落尽绿尚早。
韶风淡荡无所依[1]，偏惜垂杨作春好[2]。
此时可怜杨柳花[3]，萦盈艳曳满人家[4]。
人家女儿出罗幕，净埽玉除看花落[5]。
宝环纤手捧更飞，翠羽轻裙承不著[6]。
历历瑶琴舞袖陈[7]，飞红拂黛怜玉人[8]。
东园桃李芳已歇，犹有杨花娇暮春[9]。

【注释】

〔1〕韶：美好。梁简文帝《答湘东王书》："暮春美景，风云韶丽。"

〔2〕怜：爱惜。

〔3〕杨柳花：即柳絮。

〔4〕萦盈艳曳：形容洁白的柳絮漫天飞舞。

〔5〕玉除：玉阶。曹植《赠丁仪》："凝霜依玉除，清风飘飞阁。"

〔6〕承：承受。

〔7〕历历：分明可数。瑶琴：饰以美玉的琴，泛指精美贵重的乐器。

〔8〕黛：青黑色的颜料，古代女子用以画眉。引申为妇女眉毛的代称。

〔9〕娇：宠爱。

杨　花

〔唐〕吴融

不斗秾华不占红〔1〕，自飞晴野雪蒙蒙〔2〕。
百花长恨风吹落，唯有杨花独爱风。

【注释】

〔1〕斗：争。不占红：不期待红艳。占：候，期待。

〔2〕雪：比喻杨花白如雪。

垂　柳

〔唐〕唐彦谦

绊惹春风别有情[1]，世间谁敢斗轻盈[2]？
楚王江畔无端种[3]，饿损纤腰学不成[4]。

【注释】

〔1〕绊惹：撩逗的意思。惹，牵引住。春风：一作“风光”。

〔2〕轻盈：形容动作、姿态的轻巧优美。

〔3〕楚王：指楚灵王。江：疑为长安附近的曲江。唐代曲江江畔多柳。

〔4〕“饿损”句：《韩非子·二柄》：“楚灵王好细腰，而国中多饿人。”

水龙吟·次韵章质夫杨花词

〔宋〕苏轼

似花还似非花，也无人惜从教坠[1]。
抛家傍路，思量却是，无情有思[2]。
萦损柔肠[3]，困酣娇眼，欲开还闭。
梦随风万里[4]，寻郎去处，又还被莺呼起。

不恨此花飞尽，恨西园，落红难缀[5]。
晓来雨过，遗踪何在？一池萍碎[6]。

春色三分：二分尘土，一分流水。
细看来不是杨花[7]，点点是离人泪。

【注释】

〔1〕惜：怜惜。

〔2〕有思（sì）：有意。

〔3〕“萦损”三句：这三句是写杨花坠落时的情态，并把杨花视为一个思妇。萦，回绕。萦损柔肠，诗人把柔软的柳枝比作思妇的“柔肠”。困酣，困倦得很。娇眼，在这里作者把柳叶当作思妇“欲开还闭”的“娇眼”。

〔4〕“梦随”三句：是写杨花随风飘浮，时起时落，黄莺儿在柳条间穿梭鸣叫。见唐金昌绪《春怨》：“打起黄莺儿，莫叫枝上啼。啼时惊妾梦，不得到辽西。”

〔5〕落红难缀（zhuì）：《洞山语录》：“落叶难上枝。”“落红”、杨花“飞尽”，均表明春已归去。

〔6〕萍碎：作者自认为“飞絮落水中，经宿即化为萍”（《再和曾仲锡荔支》）。苏轼此词原注也说：“杨花落水为浮萍，验之信然。”

〔7〕“细看来”两句：由唐人诗“君看陌上梅花红，尽是离人眼中血”点化而来。

杨花宛转曲

〔元〕马祖常

空中游丝已无赖[1]，宛转杨花犹百态。
随风扑帐拂香奁[2]，度水点衣萦锦带。
轻薄颠狂风上下[3]，燕子莺儿各新嫁。
钗头熠坠玉虫初[4]，盆里丝缫银茧乍。

欲落不落春沼平[5]，无根无蒂作浮萍。
缬波绣苔总成媚[6]，人间最好是清明[7]。
清明艳阳三月天[8]，帝里烟花匝酒船。
石桥横直人家好，小海白鱼跳碧藻[9]。
榆荚荷钱怨别离[10]，不似杨花宛转飞。
杨花飞尽绿阴合，更看明年春雨时。

【注释】

〔1〕游丝：杨花所吐的丝，因飘荡于空中，故称游丝。无赖：犹无奈，无可奈何。

〔2〕香奁（lián）：古代盛放梳妆用品的器具，漆木制。也有陶制的明器。流行于战国至唐宋间，有圆形、长方形或多边形，大都分层。后代成为一种可以开合的梳妆镜匣。

〔3〕轻薄：指杨花。

〔4〕玉虫：首饰。

〔5〕“欲落”两句：这两句是说杨花像无根无花蒂的浮萍一样漂浮在水池上。沼，水池。

〔6〕缬（xié）：玄应《一切经音义》卷十：“谓以丝缚缯，染之，解丝成文曰缬也。”媚：美好。

〔7〕清明：清澈明朗。

〔8〕“清明”两句：《月令七十二候集解》：“三月节……物至此时，皆以洁齐而清明矣。”到了清明，黄河中下游及其以南地区平均气温一般在10℃以上。我国大部分地区气候温暖，草木萌茂，改变了冬季寒冷枯黄的景象。帝里，京都。市：市井；市集。

〔9〕藻（zǎo）：水草的总称。

〔10〕榆荚：《本草纲目·本部二》：“榆未生叶时，枝条间先生榆荚，形状似钱而小，色白成串，俗称榆钱。”榆钱嫩时可食。荷钱：荷叶初长时，形小如钱。

秋　柳

〔明〕高启

欲挽长条已不堪[1]，都门无复旧毵毵[2]。
此时愁杀桓司马[3]，暮雨秋风满汉南。

【注释】

〔1〕挽：牵引。

〔2〕都门：指南京。毵毵（sān）：枝条细长的样子。孟浩然《高阳池诗》：“绿岸毵毵杨柳垂。”

〔3〕“此时”两句：桓司马，指东晋桓温，他曾任大司马。汉南，汉水之南，此指江陵（今湖北江陵县）。桓温是在镇守江陵时北伐的。

咏新柳

〔明〕杨基

浓如烟草淡如金，濯濯姿容袅袅阴[1]。
渐软已无憔悴色[2]，未长先有别离心[3]。
风来东面知春浅，月到梢头觉夜深。
惆怅吴宫千万树[4]，乱鸦疏雨正沉沉。

【注释】

〔1〕濯濯（zhuó）：光泽、清朗。袅袅：轻柔缭绕的样子。

〔2〕憔悴：形容人瘦弱，面色不好看。这句是说柳条嫩绿不枯。

〔3〕“未长”句：柳条在没有长得很长的时候就分了枝杈。

〔4〕惆怅：因失望或失意而哀伤。吴宫：春秋时吴国宫阙。这里指宫阙遗址。

种　柳

〔明〕木公恕

双杨初种几经春，始见长条已拂尘[1]。
万里绿阴堪作帐，一枝不许赠行人[2]。

【注释】

〔1〕拂尘：指柳条低垂到地面。

〔2〕“一枝”句：古时人们送别多有折柳的习俗，所以这里不许折赠行人。《战国策·魏策》中惠子有言云：“今夫杨，横树之则生，倒树之则生，折而树之又生。然使十人树杨，一人拔之，则无生杨矣。故以十人之众，树易生之物，然而不胜一人者，他可？树之难而去之易也。”诗之末句隐用此意。言不仅栽植树木，尚须保护树木。比喻培育人才，又要爱惜人才。

渡江云·杨花

〔清〕周济

春风真解事，等闲吹遍[1]，无数短长亭[2]。
一星星是恨[3]，直送春归，替了落花声。
凭阑极目[4]，荡春波、万种春情。应笑人[5]春粮几许？
便要数征程。

冥冥[6]，车轮落日，散绮余霞[7]，渐都迷幻景。
问收向、红窗画箧[8]，可算飘零？
相逢只有浮云好，奈蓬莱东指[9]，弱水盈盈[10]。
休更惜，秋风吹老莼羹[11]。

【注释】

〔1〕等闲：随便；漫不经心。

〔2〕短长亭：古代“十里一长亭，五里一短亭。”

〔3〕一星星：一点点。是恨：指杨花被春风吹落而言。

〔4〕极目：一眼望去。

〔5〕“应笑人”两句：这两句以杨花被春风吹遍短长亭为比，觉得以舂粮计划征程的人为之可笑。舂（chōng）：用杵臼捣去谷物的皮壳。

〔6〕冥冥（míng）：昏暗。“冥冥”“落日”，是写暮景。

〔7〕散绮（qǐ）余霞：残留的晚霞铺散成一片锦缎。

〔8〕箧（qiè）：小箱子。

〔9〕蓬莱：古代传说中的三神山之一，在山东省东部。

〔10〕弱水：古籍中释弱水者不一。《山海经》：“西海之南，流沙之滨，有大山曰昆仑之邱，其下有弱水之渊环之。”注云：“其水不胜鸿毛。”盈盈：水清浅的样子。

〔11〕莼（chún）羹：《晋书·张翰传》：“翰因见秋风起，乃思吴中菰菜、莼羹、鲈鱼脍，曰：‘人生贵得适志，何能羁宦数千里，以要名爵乎？’遂命驾而归。”

忆秦娥·杨花

〔清〕宋征舆

黄金陌[1]，茫茫十里春云白[2]。
春云白，迷离满眼，江南江北。

来时无奈珠帘隔，去时著尽东风力[3]。
东风力，留他如梦[4]，送他如客。

【注释】

〔1〕黄金陌：指江南春天油菜开花，满田如铺黄金。陌，田间小路。
〔2〕春云白：指杨花。
〔3〕著：显明，显出。
〔4〕他：指杨花。

杨　花

〔清〕周京

南陌风光剧可怜[1]，杨花撩乱扑鞭千[2]。
一年春事抛流水，半醉心情付别筵。
冉冉惯寻芳草岸[3]，蒙蒙欲下夕阳天[4]。
残红同尽无消息，又化浮萍上钓船。

【注释】

〔1〕陌：田间小路。剧：甚。可怜：可爱。

〔2〕鞭千：同“翩跹”。

〔3〕冉冉（rǎn）：枝条柔软下垂。

〔4〕蒙蒙：形容雨雪迷蒙的样子。这里形容杨花纷纷飘落。

不知细叶谁裁出 二月春风似剪刀

——杨柳诗词欣赏

青青袅袅，如烟似舞，绿采散风，清阴交陌，杨柳以它婀娜之美和顽强的生命力，给大自然带来了无限生机。自古以来，我国人民就爱柳植柳。晋陶渊明为彭泽县令时，宅边栽五株柳树，号“五柳先生”。唐范希朝出任振武节度使，曾在边远的单于城广植柳，后柳树成林，边城人们将柳比之“甘棠”。

“长安陌上无穷树，惟有垂杨绾别离”（刘禹锡）。折柳枝以赠别，是古时习俗。自古诗言“昔我往矣，杨柳依依”以来，杨柳已与惜别相思之情结下了不解之缘。“伤见路旁杨柳春，一重折尽一重新。今年还折去年处，不送去年离别人”（施肩吾《折杨柳》）。借咏柳以赋别，在杨柳诗中是最常见的。其中李商隐的《赠柳》、雍裕之的《江边柳》、罗隐的《柳》，便是这方面较有代表性的作品。

“灞岸晴来送别频，相偎相依不胜春。自家飞絮犹无定，争解垂丝绊路人？”罗隐的这首诗表面咏柳，实则咏人。诗的前两句描写了河岸杨柳，依依春风，缠绵春意的景致，也写出了倡女与郎客惜惜相别的情景。后两句则是在议论中抒发了一种感慨。诗人把柳絮飘舞不定和柳条垂丝多情缠绵的情景放在一起加以夸张地说出，以暗喻倡女不能掌握自己命运、摆脱自己处境，那缠绵之情也难以真正地挽留思恋之人。这是一首站在第三者的角度写倡女送别的诗篇。全诗四句，描写的笔墨不多，更兼有议论句，但咏柳喻人，还是真致贴切的。尤其是那通过物象含蓄的议论，很发人兴味。

“袅袅古堤边，青青一树烟。若为丝不断，留取系郎船。”雍裕之这首诗的前两句既写杨柳的形态，也写了杨柳的色彩，以“袅袅”状垂柳轻柔之态，用“青青”写春柳苍翠之色，精练而鲜明。接下的两句是写女主人公的惜别之情。假如眼前的柳丝绵绵不断，那有多好啊！那样它就能系住情人驶离的小舟。这是想象中的夸张之笔，但又真切地表现了诗中女主人公恋恋不舍的深挚的相思之情。在这里，诗人没有落入俗套，像一般诗篇那样通过折枝表现惜别，而是以柳丝不断的新颖的想象表现抽象的惜别之情，确实别有一番情致。其中的“丝”与“思”同音，“思”之不断，系留郎舟，其用意可为深致。

再看李商隐《赠柳》一诗。“章台从掩映，郢路更参差。见说风流极，来当婀娜时。桥回行欲断，堤远意相随。忍放花如雪，青楼扑酒旗。”起篇的两句对杨柳的描写，是放在一个极壮阔的背景下展现的。北从长安，南到江陵，杨柳青青，翠色叠映，垂枝袅袅，参差纷错。远远眺望，秀色千里，美不胜收。接下两句写早已听说杨柳风流无比，此时此刻自己眼前看到的才是杨柳婀娜多姿的最美的神态。之后两句写诗人的目光由眼前的柳色所引动，移动着到了桥边，柳色突然被小桥隔断，越过小桥，那柳色又展现于你眼前，顺着长堤而伸远，伸远……望不见了，可是心依然被那迷人的柳色萦系而去，绵绵不绝。结尾两句是写，在那青楼酒旗的歌舞宴饮的繁华之地，如雪的柳絮飘舞轻拂，春风得意。这两句写歌舞繁华之地，言春柳放絮极盛之美，由“忍”字而透露出痛惜之情，既是繁华已极，凋零也就不远了。其寓意极为深沉。

千里秀色，风姿婀娜；小桥长堤，柳色迷人；青楼酒旗，絮花如雪。由远而近，再由近而慢慢放远，构思曲折而深致。

同是咏柳赋别，三诗各有特色。同是描写春柳，罗诗取其情态，雍诗取其形态和色彩，都精练而鲜明。李诗则由远而近，由近而远，多层次地描写，细致而有波澜。结尾句，罗诗以议论，雍诗以想象，而李诗虽仍是写景描绘之笔，但又不无想象的成份。“咏物诗不待分明说尽，只仿佛形容便见妙处。”李诗以写景形容之笔结尾，韵味幽然，正如纪昀评此诗言“结亦情致可思”，耐人琢磨。

杨柳是春天的舞女，而春风便是杨柳最知心的伴侣，因此诗人们多爱借春风以咏柳。如“梁苑隋堤事已空，万条犹舞旧春风”（韩琮）；“为道都门多送别，长条折尽减春风”（白傅）；“绊惹春风别有情，世间谁敢斗轻盈”（唐彦谦）等等，不胜枚举。

“碧玉妆成一树高，万枝垂下绿丝绦。不知细叶谁裁出，二月春风似剪刀。”贺知章的这首《咏柳》诗，一反常规，没有像一般诗篇从正面写“春风”吹拂柳枝，而是把“春风”喻为能裁剪出春柳细叶的“剪刀”，这一想象巧妙生动，造成了优美的意境。这一想象既写活了春柳，也写活了春风。那迷人的春柳，轻柔的丝绦，嫩绿的细叶和那早春的暖风，一起扑向你的眼前，使人真正感觉到春的气息，柳的秀美。

“水边杨柳曲尘丝，立马烦君折一枝。惟有春风最相惜，殷勤更向手中吹。”水边的杨柳柔拂着嫩绿的垂丝，即将远行的人从情人手中接过一枝杨柳。只有春风是最相恋惜的，此时它仍然殷勤地吹拂着手中的折枝。春风吹柳是常见于诗人笔端的，而春风“殷勤更向手中吹”，意象是难见的。诗人选取了如此新颖独特的意象，并非刻意求奇，而是恰到好处地表现了惜别的深挚之情。柳枝折下，犹如行人将别；春风殷勤吹拂，好似情人挚情难舍。以春风和柳枝比喻送者和行者是十分贴切的，因此“殷勤更向手中吹”一句所表现的恋恋不舍之情，意味无穷。

春给杨柳带来了盛茂，而秋给杨柳带来的却是凋零。尽管如此，在杨柳诗中仍然有咏秋柳的诗篇。这些诗多是借咏柳来抒发迟暮伤感之情，多是凄切、惆怅之语。如高启的《秋柳》：“欲挽长条已不堪，都门无复旧毵毵。此时愁杀桓司马，暮雨秋风满汉南。”枯枝败柳，暮雨秋风，满目凄凉，真个愁杀人！这不过是借咏秋柳以感叹都门的变异和年华的消逝。李商隐写的秋柳诗《柳》，表现的也是这种惆怅之情，但写法却与高诗有所不同。诗人咏秋柳，不是从秋日秋柳写起，而是从春日春柳写起。

“曾逐东风拂舞筵，乐游春苑断肠天。”一个“曾”字，便把人们带入昔日的情景之中。在那销魂荡魄的春日里，杨柳犹如婀娜的舞女，“逐东风”“拂舞筵”，春苑乐游，神醉心迷。骄艳之姿、快乐之情可谓已到极点。接下的两句却陡然一转，“如何肯到清秋日，已带斜阳又带蝉！”显现的却是另一番情景。由芳春转而清秋，便见其凄清；清秋之日却是夕阳斜晖之时，又见其凄凉；斜阳之中又有秋蝉哀鸣之声，则更见其凄切。由盛春到暮秋，这强烈的对比变化，足以使人想象到秋柳那凄惨之景。“如何肯到”，这反诘之语的运用，使得诗人凄楚的感慨自然流出，弦外之音不言自明。历经盛衰荣枯变化的秋柳，正是诗人“迟暮之伤，沉沦之痛”的无言慨叹。此诗咏柳以自喻，情、景、物、人，四者融合一体，“有神无迹，任人领味，真高唱也。”（冯诘之）

在杨柳诗作中有不少诗篇是咏杨花的。这些杨花诗，或纯以咏物，或微有寄托，或通篇寓意，各不相同，如能赏析几篇，颇能醒人耳目。

“空中游丝已无赖，宛转杨花犹百态。”马祖常的《杨花宛转曲》写杨花“随风扑帐”“度水点衣”“轻薄颠狂”“欲落不落”等各种神情姿态，笔触细腻，确实写出了杨花的形态之美。

“不斗秾华不占红，自飞晴野雪蒙蒙。百花长恨风吹落，唯有杨花独爱风。”吴融的这首诗，把杨花与百花两相对比，写杨花不争华斗艳、晴野高飞和杨花爱风，百花恨风，展示了杨花质朴奋发的风姿神韵，赞美了杨花不同流俗、不畏风飙的高飞之态。其中也不无诗人的寄托之意。

苏轼的《水龙吟·次韵章质夫杨花词》，是一首借咏杨花写思妇伤春之情的佳作。词的上片，诗人以拟人化的手法，描写了杨花的形神姿态。把柔软的柳枝比作思妇“萦损”的“柔肠”，把细长的柳叶比作思妇“欲开还闭”的“娇眼”。而那“梦随风万里，寻郎去处，又被莺呼起”，以思妇相思之梦被黄莺啼醒的《春怨》诗的典故来表现杨花随风飘去的“梦魂”。如此想象都是极为贴切生动的。既是咏杨花，又是写思妇，一笔两意，韵味无穷。词的下片，通过“恨西园，落红难缀”，叹杨花“一池萍碎”，“细看来不是杨花，点点是离人泪”的几个层次的描写，再抒思妇相思之苦切，伤春之痴情，其情致更深一层。综观全词，通篇既不粘着于物象，又不脱离于物象，既写尽了杨花的妙处，又抒发了悠悠不尽的相思之情。咏物言情，不即不离，恰到好处。

松

汉乐府艳歌行

无名氏

南山石嵬嵬[1]，松柏何离离[2]。
上枝拂青云[3]，中心十数围。
洛阳发中梁，松树窃自悲。
斧锯截是松[4]，松树东西摧。
持作四轮车[5]，载至洛阳宫。
观者莫不叹，问是何山材。
谁能刻镂此[6]，公输与鲁班[7]。
被之用丹漆[8]，熏用苏合香。
本是南山松，今为宫殿梁。

【注释】

〔1〕嵬嵬（wéi）：高峻的样子。

〔2〕松：常绿或落叶乔木，少数为灌木。树皮多为鳞片状。结球果，种属甚多。木材用途很广。树脂可提松香和松节油等。种子可榨油和

食用。离离：忧伤的样子。

〔3〕“上枝”两句：形容松树的高大、粗壮。

〔4〕“斧锯”两句：松树被砍伐得遍地皆是。

〔5〕“持作”两句：砍伐的松树被装上车子，送到洛阳宫。

〔6〕刻镂（lòu）：雕刻。

〔7〕公输：公输氏，名般，春秋时鲁国人。般与班同音，故亦称鲁班。他为我国古代的建筑工匠。曾创造攻城的云梯和磨粉的碨，相传曾发明木作工具。

〔8〕“被之”两句：把这些松木刷上红漆，用苏合香薰。苏合香，落叶乔木。叶掌状。供观赏。树脂称“苏合香”，可提制苏合香油，用作香精中的定香剂。

赠从弟（其二）

〔魏〕刘桢

亭亭山上松〔1〕，瑟瑟谷中风〔2〕。
风声一何盛，松枝一何劲〔3〕。
冰霜正惨凄〔4〕，终岁常端正〔5〕。
岂不罹凝寒〔6〕，松柏有本性〔7〕。

【注释】

〔1〕亭亭：挺拔独立的样子。

〔2〕瑟瑟（sè）：风声。

〔3〕劲：坚强有力。

〔4〕惨凄：这里是形容景象悲凉寒冷。

〔5〕端正：指松柏挺立不屈的姿态。

〔6〕罹（lí）：遭遇。凝寒：严寒。

〔7〕本性：指松柏不怕严寒的本性。

咏寒松

〔南朝·梁〕范云

修条拂层汉[1]，密叶障天浔[2]。
凌风知劲节[3]，负雪见贞心[4]。

【注释】

〔1〕“修条”句：比喻寒松高耸入云。修条，修长的枝条。层汉，即天河，这里泛指天。古人认为天有好多层，故称“层汉”。

〔2〕障：阻塞、遮隔。天浔（xún）：天边。

〔3〕凌风：迎着寒风。劲节：比喻坚贞的节操。

〔4〕负：遭受。

咏　松

〔唐〕李峤

郁郁高岩表[1]，森森幽涧陲[2]。
鹤栖君子树[3]，风拂大夫枝[4]。
百尺条阴合，千年盖影披。
岁寒终不改[5]，劲节幸君知[6]。

【注释】

〔1〕郁郁：繁盛的样子。表：屹然独立的样子。

〔2〕森森：繁密的样子。

〔3〕栖：鸟类歇宿称栖。君子树：指松树。

〔4〕大夫枝：指松枝。

〔5〕“岁寒”句：耐寒是松树的本性。

〔6〕劲节：比喻坚贞的节操。君：作者自指。

画松

〔唐〕景云

画松一似真松树，且待寻思记得无[1]？
曾在天台山上见[2]，石桥南畔第三株。

【注释】

〔1〕“且待”句：这句的意思是等我想一想，曾在哪儿见过。

〔2〕天台山：东南名山，在浙江省东部。

孤松

〔唐〕柳宗元

商山临路有孤松[1]，往来斫以为明[2]。好事者怜之，编竹成椤，遂其生植。感而赋诗。

孤松停翠盖[3]，托根临广路[4]。
不以险自防[5]，遂为明所误。
幸逢仁惠意[6]，重此藩篱护。
犹有半心存[7]，时将承雨露。

【注释】

〔1〕商山：山名，在陕西商县东南。

〔2〕斫（zhuó）：砍。

〔3〕停：疑为“亭”。亭，高耸的样子。翠盖：枝叶茂密如华盖。

〔4〕“托根”句：在靠近大路的地方扎根。

〔5〕“不以”两句：意思是没有对生长在路边的危险环境加以防备，被人们用作松明而害了自己。作者在这里隐喻自己因政治改革失败而遭到打击迫害。

〔6〕“幸逢”两句：幸好碰上好心人，用篱笆保护起来。

〔7〕“犹有”两句：这两句的意思是孤松还有一些生命力，等待着雨露滋润，重新蓬勃生长。时，通“伺”，等待。

题遗爱寺前溪松

〔唐〕白居易

偃亚长松树〔1〕，侵临小石磎〔2〕。
静将流水对，高共远峰齐。
翠盖烟笼密，花幢雪压低。
与僧清影坐，借鹤稳枝栖。
笔写形难似，琴偷韵易迷。
暑天风槭槭〔3〕，晴夜露凄凄〔4〕。
独憩依为舍〔5〕，闲行绕作蹊〔6〕。
栋梁君莫采，留著伴幽栖〔7〕。

【注释】

〔1〕偃亚：犹俯仰。

〔2〕磎：同“溪”。

〔3〕槭槭：象声词，风吹叶动的声音，一作“瑟瑟”。

〔4〕凄凄（qī）：寒冷的样子。晴夜，一作“静夜”。

〔5〕憩（qì）：休息。

〔6〕蹊（xī）：山路，泛指道路。

〔7〕著：“着”的本字。

书院二小松

〔唐〕李群玉

一双幽色出凡尘[1]，数粒秋烟二尺鳞[2]。
从此静窗闻细韵[3]，琴声长伴读书人[4]。

【注释】

〔1〕“一双”句：这句是说两棵小松不同凡俗。

〔2〕二尺鳞：形容小松树的外表。张揖《广雅》：“松多节皮，极粗厚，远望如龙鳞。”

〔3〕细韵：形容两棵小松发出轻细的声音。

〔4〕琴声：诗人把小松发出的声音视为琴声。

高　松

〔唐〕李商隐

高松出众木[1]，伴我向天涯[2]。
客散出晴后[3]，僧来不语时。
有风传雅韵[4]，无雪试幽姿[5]。
上药终相待[6]，他年访伏龟。

【注释】

〔1〕出：高出；凌越。

〔2〕天涯：极远的地方，此指桂林。

〔3〕“客散”两句：写初晴客散，诗人与来访的高僧在松树下相对不语。后，一作“候”。

〔4〕雅韵：犹清响，形容松涛声。

〔5〕“无雪”句：松树在风雪严寒中更显得苍翠挺拔，而桂林，终年无雪，故说“无雪试幽姿”。

〔6〕“上药”两句：这两句是说高松终究会生成上药伏龟，为人们所重视。上药，指所谓延年益寿的药物。伏龟，指茯苓，菌类植物，多生于赤松或马尾松根上。茯苓可供食用，并可入药。旧有千百岁松树之精变为伏龟的说法。

小　松

〔唐〕杜荀鹤

自小刺头深草里〔1〕，而今渐觉出蓬蒿〔2〕。
时人不识凌云木〔3〕，直待凌云始道高〔4〕。

【注释】

〔1〕刺头：松树长满松针，又直又硬，所以诗人称小松为“刺头”。

〔2〕出蓬蒿：高出蓬蒿。蓬蒿，即蓬草、蒿草，草类中长得较高者。

〔3〕时人：时俗之人，指眼光短浅的人。凌云木：指小松。

〔4〕凌云：指大松。

赠卖松人

〔唐〕于武陵

入市虽求利〔1〕，怜君意独真〔2〕。
欲将寒涧树〔3〕，卖与翠楼人。
瘦叶几经雪〔4〕，淡花应少春。
长安重桃李〔5〕，徒染六街尘！

【注释】

〔1〕入市：送入市场。

〔2〕怜：可怜。君：指卖松人。

〔3〕“欲将”两句：想把寒涧青松卖给富贵人家。翠楼人，指富贵人家。

〔4〕瘦叶：松树叶针形，故称“瘦叶”。

〔5〕“长安”句：唐代的长安，那些高门贵族只喜欢欣赏妖艳的桃李，松树的价值不被重视，因此卖松人只能使寒涧青松白白为六街尘染。徒：徒然；白白。

小　松

〔唐〕齐己

发地才盈尺〔1〕，蟠根已有灵〔2〕。
严霜百草白，深院一株青〔3〕。
后夜萧骚动〔4〕，空阶蟋蟀听。

谁于千岁外[5]，吟倚老龙形。

【注释】

〔1〕盈尺：一尺多高。盈，通“赢”，有余；多出。一作“过膝”。

〔2〕蟠根：盘曲的松根。

〔3〕一株青：指小松。

〔4〕萧骚：松枝被风吹拂所发出的声音。

〔5〕“谁于”两句：谁于千年之后，倚松吟咏。倚，一作“逶”。

道旁大松人取为明

〔宋〕王安石

龙甲虬髯不可攀[1]，亭亭千丈荫南山[2]。
应嗟无地逃斤斧[3]，岂愿争明爝火间[4]。

【注释】

〔1〕龙甲虬髯：喻松树。松树树皮鳞片状，松叶针状，如古代传说中的龙，故喻之龙甲虬髯。

〔2〕亭亭千丈：形容松树高大挺拔的样子。

〔3〕嗟（jiē）：感叹。

〔4〕爝（jué）：火把。

和黄鲁直效进士作二首·岁寒知松柏

〔宋〕苏轼

龙蛰虽高卧[1]，鸡鸣不废时[2]。
炎凉徒自变，茂悦两相知。
已负栋梁质，肯为儿女姿。
那忧霜贸贸[3]，未喜日迟迟。
难与夏虫语，永无秋实悲。
谁知此植物，亦解秉天彝[4]。

【注释】

〔1〕龙蛰：冬天潜伏在土中的虫豸。《易·系辞下》："龙蛇之蛰，以存身也。"杜甫有诗云："蛰龙三冬卧，老鹤万里心。"

〔2〕鸡鸣句：意为鸡鸣守时，不论风雨。比喻君子虽居乱世，不改变其节度。

〔3〕霜贸贸：指霜雪浓烈纷乱。韩退之《琴操》："雪霜贸贸，荠麦之茂。"

〔4〕秉天彝：执守天之常道。彝，常。

双　松

〔宋〕陆游

东冈天矫两苍龙[1]，千尺蟠空黛色浓[2]。

六十余年松若此，谁知我更老于松。

【注释】

〔1〕夭矫两苍龙：形容双松屈曲而有气势。

〔2〕黛：青黑色的颜料。这里指松树枝为黛绿、墨绿色。

栽　松

〔元〕行端

钝䦆横肩雪未消[1]，不辞艰步上岧峣[2]。
等闲种得灵根活[3]，会看春风长绿条[4]。

【注释】

〔1〕䦆（jué）：大锄头。

〔2〕岧峣（tiáo yáo）：高山。

〔3〕等闲：寻常；随便。灵根：指松。

〔4〕会：能。

松下听泉图

〔清〕高其佩

夏取松毛覆作棚[1]，危然独坐有余清[2]。
若思泉石长松下[3]，蘸墨图来更有声[4]。

【注释】

〔1〕松毛：即松针。覆：覆盖。

〔2〕危然：端正的样子。余清：留下来的寂静。

〔3〕若思：如果想到。

〔4〕蘸（zhàn）墨：用笔浸入砚中沾取墨汁。更有声：好像听到了画上风吹松树、泉水叮咚的声音。

笔写形难似
琴偷韵易迷

——咏松诗欣赏

论语曰：“岁寒，然后知松柏之后凋也。”松树岁寒不凋，吟风振雪，森梢峻节，磊落殊状，不改枝叶，给人以高洁坚毅之感，为世人所喜爱。历代的诗人曾写过许多咏松诗篇。这些诗作内容、寓意不尽相同，艺术风格各具特色。

“偃亚长松树，侵临小石磎。静将流水对，高共远峰齐。翠盖烟笼密，花幢雪压低。与僧清影坐，借鹤稳枝栖。笔写形难似，琴偷韵易迷。暑天风槭槭，晴夜露凄凄。独憩依为舍，闲行绕作蹊。栋梁君莫采，留著伴幽栖。”白居易的这首诗，笔触细腻，神思独具。诗人笔下的松树形神毕肖，其情、其姿、其神、其貌，都被描摹得生动而有韵味。诗人没有单纯正面地描写松的形貌姿态，而是把松所处的四周的景致都调动了起来，使之与松树发生巧妙的关连，从而使松树形象得以鲜明地烘托出来。松之静与“流水对”、松之高与“远峰齐”，这想象和夸张的诗句与“与僧清影坐，借鹤稳枝栖”拟人化的诗句同样赋予了松树性灵和血肉，给人以一种动态之感。而那“翠盖烟笼密，花幢雪压低”的实笔描写和“笔写形难似，琴偷韵易迷”的虚笔烘托，使得松树形象在生动之外又蒙上一层发人想象的朦胧色彩。“独憩依为舍，闲行绕作蹊。栋梁吾莫采，留著伴幽栖。”最后四句，跃然于纸上的是诗人对松的由衷的喜爱。全诗吟写性灵，流连光景，清新而深致，句句都浸透了诗人独特的浓厚的感受。

“一双幽色出凡尘，数粒秋烟二尺鳞。从此静窗闻细韵，琴声长伴读书人。”李群玉的这首《小松》，清新宜人，极富韵味。第一句意笔虚写，点染出小松不同凡俗的幽雅鲜翠之色，并给人留以想象的余地。第二句工笔实描，画出小松嫩叶鳞身之美。松叶如“粒”、松皮似“鳞”，乃是远望的感觉，真切形象。以上两句绘形绘色，接下两句则侧重于其声其韵。如此才俱形、声、色之美。

“怀风音而送声”是松树的一个显著特征。因此“松叶吟风”常见于诗人笔端，如：“梢耸振寒声，青松标暮色”（沈约），“凝音助瑶瑟，飘蕊泛金罍”（刘禹锡）等。而李群玉的诗句并非一般描写，其中流露充溢着令人陶醉的意境。诗人在静窗中听到的不是松涛的澎湃，而是小松清音细韵的柔歌。只有在“静窗”之中才会闻其“细韵”，这“静”不仅是松声之轻柔，也可令人想见诗人倾心静听赏心悦耳之神情。当诗人想到，这优美的“琴声”将会与他长相结伴，他又怎能不欣喜若狂呢？诗中流露出的诗人对小松的怜爱，是何等的深致啊！而这深致之情又是由自然寻常之语再现的，因此就更见其真切动人了。

描写松树风姿神态，抒发对松树的喜爱之情的读篇，可以给人以美的享受。那些吟咏松树风格品质的诗句，可以给人以力量和鼓舞。如范云的“凌风知劲节，负雪见贞心”；苏东坡的“已负栋梁质，肯为儿女姿……难与夏虫语，永无秋实悲”；刘桢的“亭亭山上松，瑟瑟谷中风。风声一何盛，松枝一何劲。风霜正惨凄，终岁常端正。岂不罹霜雪，松柏有本性”。这些诗句，风调清俊，立意宏深，无一点佻巧刻饰之痕，既是对松树坚贞高洁的品格的赞颂，也是诗人们陶情励志的抒怀。

正是由于松树有着高尚的品格，因此那些胸怀壮志、渴望用世的诗人，常常以松自喻，在咏松诗篇中寓托他们各自不同的思想情感。

“高松出众木，伴我向天涯。客散初晴后，僧来不语时。有风传雅韵，无雪试幽姿。上药终相待，他年访伏龟。”李商隐的这首《孤松》，前四句写高松凌越众木，形寄云端，临风怀音，幽居独处，以表现诗人孤标不羁、卓然俊逸的风度气韵，同时也流露出诗人流落荒僻才能不为世用的感慨。结尾句以高松日久能生成珍贵的伏龟药材，来隐喻自己仍将励志不息，以待出世报效社稷。全诗咏物抒情，乐观明朗，无忧郁之感。诗作豪放之气，可谓风神超迈。

“东冈夭矫两苍龙，千尺蟠空黛色浓。六十余年松若此，谁知我更老于松。”陆游的这首诗，通过对千尺蟠空、黛色犹浓的苍松的赞美，含蓄而巧妙地抒发了自己的暮年壮志。此诗与曹操“烈士暮年，壮心不已”有异曲同工之妙。

诗人兼改革之士的柳宗元、王安石，在改革失败后，都写下了咏松诗，以抒发各自的心情和感愤。

“孤松停翠盖，托根临广路。不以险自防，遂为明所误。幸逢仁惠意，重此藩篱护。犹有半心存，时将承雨露。”这首《孤松》，是柳宗元参加王叔文集团革新运动失败后，被谪贬柳州刺史，由长安赴柳州途中，有感于来往人斫松枝以燃明所作。词中的“不以险自防，遂为明所误”虽是写松树遭受砍斫之灾，却暗喻了王叔文的革新运动由于没有防备守旧派的阴谋诡计而遭到了失败。这是吸取教训的总结。“犹有半心存，时将承雨露。”遭受摧残的孤松其生命力并没有完全泯灭，它还在期待着雨露的滋润，渴望着重新蓬勃地生长。从这诗句中，我们可以感受到，诗人并没有因革新运动的失败而一蹶不振，他还期待着重新奋起。全诗借咏孤松表现了诗人坚强不屈、乐观无畏的精神风貌。

“龙甲虬髯不可攀，亭亭千丈荫南山。应嗟天地逃斤斧，岂愿争明爝火间。”王安石这首诗题为《道旁大松人取为明诗》，与柳宗元诗所取的是同一题材同一角度，但其立意、情趣却大不一样。诗句是在为松树鸣不平，感叹松树无处不遭受斤斧之灾，倍受摧残的不幸命运。诗中也借咏松表明了自己的改革之举，并非是邀名谋利，但其苦苦衷心终不被人所理解，反而遭受打击的痛苦心情，全诗于愤懑中流露出一种伤感的情绪，这是与柳诗所不同的。

李群玉的小松诗，侧重描绘其形、声、色，以抒发诗人喜爱之情。齐己的《小松》则侧重赞美小松的风格。“严霜百草白，深院一株青。”“谁于千岁外，吟倚老龙形。”诗人笔下的小松不受令于霜威，不凋贞于寒暮，其风姿劲节令人赞佩。而杜荀鹤的《小松》，则托物讽喻，咏小松以兴讽喻，意在讥讽那些目光短浅，不识有用之才的庸人。“自小刺头深草里，而今渐觉出蓬蒿。时人不识凌云木，直待凌云始道高。”在这首诗中，诗人赞美了初生的小松，即使被埋没于深草之中，也显示出向上冲刺的锐气和那些“渐觉”小松高出蓬蓬蒿草的有心之人；嘲笑了那些不识有用之材，当事实摆在面前才瞠目结舌的可笑面孔。这首小诗寓理于幽默之中，描写与议论虚实相间，立意深远，讥讽有致，颇耐人寻味。

桂

岩桂诗

〔南朝·宋〕刘彦冲

凉飔振远村[1]，寂寞度清芳[2]。
山路不知处，月窗时夜闻。
孤根寒抱石，落子半飘云。
袖手空延伫[3]，无才可赋君[4]。

【注释】

〔1〕凉飔（sī）：凉风。

〔2〕度：过，这里指散发。清芳：犹清香。

〔3〕延伫（zhù）：久立。

〔4〕君：指岩桂。桂，亦称“木犀”“桂花”。常绿灌木或小乔木。叶对生，椭圆形。秋季开花，花簇生于叶腋，黄色或黄白色，极芳香。久经栽培，变种较多，常见的有金桂（丹桂，花橙黄色）、银桂（花黄白色）和四季桂等，为珍贵的观赏芳香植物。花可提取芳香油或用作食品、糖果等的香料。

咏桂树

〔南朝·梁〕范云

南中有八树[1]，繁华无四时[2]。
不识风霜苦，安知零落期[3]。

【注释】

〔1〕南中：泛指南部地区；南方。
〔2〕繁华：繁花。
〔3〕安知：如何知道；怎知。

桂

〔唐〕李峤

未植蟾宫里[1]，宁移玉殿幽[2]。
枝生无限月[3]，花满自然秋。
侠客条为马[4]，仙人叶作舟[5]。
愿君期道术[6]，攀折可淹留[7]。

【注释】

〔1〕蟾宫：传说月中神仙所居之处。
〔2〕玉殿：月中的宫殿。
〔3〕“枝生”两句：枝、花皆指桂花。
〔4〕侠客：旧指抑强扶弱的豪侠之士。

〔5〕仙人：古代道家和方士所幻想的一种超出人世、长生不死的人。

〔6〕期：希望，获得。

〔7〕淹留：亦作“奄留”，停留；久留。

试月中桂诗

〔唐〕张乔

与月转洪濛[1]，扶疏万古同[2]。
根非生下土，叶不堕秋风。
每以圆时足，还随缺处空。
影高群木外，香满一轮中。
未种丹霄日[3]，应虚玉兔宫[4]。
何当因羽化[5]，细得问玄功。

【注释】

〔1〕洪濛：雾气迷茫。

〔2〕扶疏：繁茂分披的样子。

〔3〕丹霄日：指天上的太阳。丹霄，天空。贾谊诗：“青青云寒，上拂丹霄。”

〔4〕虚：天空。玉兔宫：指月宫。古代神话传说，月中有白兔。

〔5〕羽化：指飞升成仙。李白《过彭蠡湖》：“余将振衣去，羽化出嚣烦。”

山上桂

〔唐〕于武陵

日暖上山路，鸟啼知已春。
忽逢幽隐树[1]，如见独醒人。
石冷开常晚，风多落亦频。
樵夫应不识[2]，岁久伐为薪[3]。

【注释】

〔1〕幽隐树：指山中桂树。

〔2〕樵夫：打柴的人。应：表示想当然之词。

〔3〕岁久：年久。薪：柴火。

桂 花

〔宋〕朱淑真

弹压西风擅众芳[1]，十分秋色为伊忙[2]。
一枝淡贮书窗下[3]，人与花心各自香[4]。

【注释】

〔1〕弹压：制服，镇压。擅（shàn）：压倒；胜过。

〔2〕伊：这里指桂花。

〔3〕淡：淡黄色的桂花。贮（zhù）：储存。

〔4〕香：馨香；香气。

以楚词所谓桂，数见于唐人诗句及图画间，今不复见矣，作绝句属山僧野人试求之

〔宋〕陆游

丹葩绿叶郁团团[1]，消得姮娥种广寒[2]。
行尽天涯年八十，至今未遇一枝看。

【注释】

〔1〕丹葩（pā）：红花，这里指桂花。葩，花。郁团团：形容桂树茂盛的样子。

〔2〕消：消受，受用。姮（héng）娥：即“嫦娥”，传说中的月中女神。

木樨花

〔元〕方夔

曾住仙山九折岩[1]，夜凉萝荔挂衣衫[2]。
月窥尊里如相伴[3]，人立花边自不凡。
丛绿联环玱玉佩[4]，残黄琐骨现金函[5]。
枝空蟾窟今谁记[6]，犹道东陵系旧衔[7]。

【注释】

〔1〕仙山：仙人居住的山。

〔2〕萝茘：植物名，指女萝、薜茘。

〔3〕尊：酒器。

〔4〕玉佩：玉石制的佩饰，这里指如玉的桂花。

〔5〕“残黄”句：意思是残败的桂花还呈现着金黄色的小匣。

〔6〕蟾窟：借指月宫。《酉阳杂俎》：“月中有桂树，高五百丈。”苏轼《八月十七日天竺山送桂花分赠元素》：“鹫峰子落惊前夜，蟾窟枝空记昔年。”

〔7〕“犹道”句：这句的意思是虽然花残败，隐士会到这里来欣赏桂花。东陵，秦人召平，封东陵侯，秦破，为布衣，于长安城东种瓜，瓜美，故世俗谓之东陵瓜。这里指隐士。

红木樨

〔明〕瞿佑

滴露研朱染素秋[1]，轻黄淡白总包羞。
量空金粟知难买[2]，击碎珊瑚惜未收[3]。
仙友自传丹灶术[4]，状元须作锦衣游[5]。
一枝拟向嫦娥乞[6]，管取花神暗点头。

【注释】

〔1〕研：美好。素秋：秋季。

〔2〕量（liáng）：商酌。金粟：桂花的别称。

〔3〕珊瑚：热带海中的腔肠动物，骨骼相连，形如树枝。

〔4〕丹灶术：道士炼丹的方法。

〔5〕状元：科举考试殿试第一名称状元。锦衣：彩衣，古代显贵之服。

〔6〕拟：打算。

桂子月中落
天香云外飘

——咏桂诗欣赏

金粟玉花，冬荣夏绿，香宜泛酒，味可蠲疴，桂树自古以来就为人们所重视。《说文》称桂为“百药之长”。我国人民很早就以桂花酿酒，其酒味淳香而溢人。古时一些建筑常以桂木为柱，如汉朝甘泉宫昆明池中的灵波殿，就是以桂木为柱的，风来自香，沁人心脾。“桂子月中落，天香云外飘。”桂花清雅高洁，飘香四溢，因而被人们称为“仙友”“仙客”。在屈原的《楚辞》中，引桂而吟咏的诗句多达十几处，如“桂櫂兮兰枻”“桂栋兮兰橑”“桂树列兮纷敷，吐紫华兮布条，实孔鸾兮所居，今其集兮谁鸮”等等。古人的一些咏桂诗句，如李峤的“枝生无限月，花满自然秋”；陆游的“丹葩绿叶郁团团，消得姮娥种广寒”；方夔的“月窥尊里如相伴，人立花边自不凡”等，都写得很动人情思。

在众多的咏桂诗中，其立意、手法、内容也多有不同。有的赞其“气节”，有的颂其“芳香”，有的咏花而自况，有的咏花而赞人。细品之，其内容旨趣丰富多彩。

“凉飔振远树，寂寞度清芳。山路不知处，月窗时夜闻。孤根寒抱石，落子半飘云。袖手空延伫，无才可赋君。”凉飔之际，寒石之上，寂寞之中，更显其清芳怡人，飘洒欲仙。刘彦冲这首《岩桂诗》清峻疏简，突出地表现了岩桂之凛凛气节。尾句诗人以袖手伫立，无言吟咏的自我写照，进一步烘托了岩桂的高洁不俗之气。

“清淮南岸家山树，黑水东边第一栽。影近画梁迎晓日，香随绿酒入金杯。根留本土依江润，叶起寒棱映月开。早晚阴成比梧竹，九霄还放彩鹏来。”刘禹锡这首咏初栽桂树诗写“影”、绘“香”、咏“根”、吟“叶”，其芳姿神态与物景妙融，神肖而形著。结尾句悠然意远，于期望之意隐含赞美。新桂终将与梧桐青竹比肩，彩鹏一定会自九霄而临集。此诗是《酬令孤楚别斋，初栽桂树，见怀之作》，其弦外之音，不言自明。

皎然的《赋得青桂，歌送徐长史》一诗，赋青桂以抒离别之情，赞桂喻人。“秋风桃李摇落尽，为君青青伴松柏，谢公南楼送客还，高歌桂树凌寒山。应怜独秀空林上，空赏敷华积雪间。”桂树如松柏常青，凌寒不凋，孤标独秀。诗虽是叙离别而咏赞，但字里行间含蓄着对被送者的称颂。“昨夜一枝生在月，婵娟可望不可折。若为天上堪赠行，徒使亭亭照离别。”诗的最后几句转而歌天上月之桂，借月桂再叹离别感伤之情，情感深致，而又含吐曲微。

“弹压西风擅众芳，十分秋色为伊忙。一枝淡贮书窗下，人与花心各自香。”朱淑真这首《桂花》诗写得气韵生动，意境优美。压西风之淫威，擅众芳之首位，飘溢浓郁的桂花芳香是何等醉人！那绮丽的秋色风光也似乎因增添桂花的馨香而显得纷忙而热闹起来。诗人也情不自禁地采了一枝淡黄桂花供在书窗之下；人花相对，花心映人心，芳香各溢出。此诗咏桂花以自况，淡淡几笔，既描摹出桂花的风韵神采，又借以寄托了诗人自己高洁孤芳的精神情操。诗虽短小，然而却写得清雅闲静，沁人心脾。

桐

咏　桐

〔隋〕魏澹

未求裁作瑟[1]，何用削成珪[2]。
愿寄华庭里[3]，枝横待凤栖[4]。

【注释】

〔1〕瑟：拨弦乐器。春秋时已流行。形似琴，通常有二十五弦，每弦有一柱。瑟在当时是按五声音阶定弦的，由低到高，弦的粗细不同。

〔2〕珪：通“圭”，古代作为瑞信的玉，后因以桐圭指帝王封拜。《史记·晋世家》：“成王与叔虞戏，削桐叶为珪以与叔虞曰：‘以此封若！’……于是遂封虞于唐。”

〔3〕寄：暂居。

〔4〕凤：凤凰的简称。古代传说中的鸟王。雄的叫“凤”，雌的叫“凰”。

段宥厅孤桐

〔唐〕王昌龄

凤凰所宿处，月映孤桐寒。
槁叶零落尽[1]，空柯苍翠残[2]。
虚心谁能见，直影非无端。
响发调尚若，清商劳一弹[3]。

【注释】

〔1〕槁叶：枯干的叶子。

〔2〕柯：树枝。

〔3〕清商：古五音之一（宫、商、角、徵、羽），商声。

咏梧桐

〔唐〕戴叔伦

亭亭南轩外[1]，贞干修且直。
广叶结青阴[2]，繁花连素色。
天然韶雅性[3]，不愧知音识。

【注释】

〔1〕轩：有窗槛的长廊或小室。

〔2〕“广叶”两句：梧桐的叶子大，成掌状。夏天开花，花小，淡黄绿色。

〔3〕韶（sháo）：美好。天然：一作“天资”。

宿曾峰馆夜对桐花寄乐天

〔唐〕元稹

微月照桐花，月微花漠漠[1]。
怨澹不胜情[2]，低徊拂帘幕[3]。
叶新阴影细，露重枝条弱。
夜久春恨多，风清暗香薄。
是夕远思君[4]，思君瘦如削。
但感事睽违[5]，非言官好恶。
奏书金銮殿，步屣青龙阁[6]。
我在山馆中，满地桐花落。

【注释】

〔1〕漠漠：寂静无声。
〔2〕怨澹（dàn）：忧怨的样子。
〔3〕低徊：起伏回荡。
〔4〕是：此。
〔5〕睽（kuí）违：违失。
〔6〕屣（xǐ）：鞋，这里引伸为登临。

咏井上桐

〔唐〕陆龟蒙

美人伤别离，汲井常待晓。
愁因辘轳转[1]，惊起双栖鸟。

独立傍银床〔2〕，碧桐风袅袅。

【注释】

〔1〕辘轳：井上汲水的起重装置。

〔2〕银床：指井水。

梧　桐

〔元〕丁鹤年

井桐彻夜下霜风〔1〕，锦绣园林瞬息空〔2〕。
老尽秋容何足惜，凤巢吹堕月明中。

【注释】

〔1〕彻夜：整夜，通宵。

〔2〕瞬息：一转眼之间，形容时间短促。

春日忆山中故居

〔清〕彭孙遹

樾馆春来绿万丛〔1〕，三年前此种梧桐。
新荫定向墙头过〔2〕，乱洒桐花隔院中。

【注释】

〔1〕樾（yuè）馆：作者山中旧居。樾，树荫。

〔2〕“新荫”两句：意思是新抽出的枝条恐怕要伸出墙外了，隔壁院中也洒上零乱的桐花了。

天然韶雅性 不愧知音识

——咏桐诗欣赏

梧桐枝干森竦，叶大如掌，青霭浓荫，遮暑而沁爽。其木轻虚，不生虫蛀，可做器物屋柱，尤以做琴瑟为最佳。相传神农氏曾削桐为琴。“家有梧桐树，何愁凤不至。”在人们的心目中，只有梧桐树，才是凤凰栖居翔集之处所。梧桐被看作是韶雅圣洁之树。人们爱梧桐，也爱吟咏梧桐。

历代的梧桐诗，以描摹梧桐形姿神貌的作品较少，而托物感兴、咏物言情之作居多。间或有些侧重赞美梧桐质品的诗篇。

“亭亭南轩外，贞干修且直。广叶结青阴，繁花连素色。天然韶雅性，不愧知音识。”戴叔伦这首《咏梧桐》诗描写了梧桐贞干修直，亭亭楚楚，广叶青荫，繁花素色，形姿之美；同时也赞美了梧桐那为知音者而赏识的“韶雅”品质。此诗写得质朴平淡，诗人意在赞美梧桐的品质。

“美人伤别离，汲井常待晓。愁因辘轳转，惊起双栖鸟。独立傍银床，碧桐风袅袅。”陆龟蒙这首诗则是描绘梧桐愁思之态。诗人把井上梧桐比作茕茕孑立的美妇人，感伤与爱人别离，寒风摇曳，独守“银床”，夜盼至晓，当辘轳转响，惊飞那两栖之鸟，更勾起她的惆怅之情。此诗比喻贴切，意象生动，诗人笔下的梧桐已栩栩然如美人，其幽思伤别之神情，足以令人感于心而媚于目。

“井桐彻夜下霜风，锦绣园林瞬息空。老尽秋容何足惜，凤巢吹堕月明中。”丁鹤年的《梧桐》诗乃是一首咏物感伤之作。诗中写秋风凋残了井边的梧桐，吹尽了满园的锦绣。面对老尽的秋容，诗人似乎还没有感到什么，只是可怜那凤巢已被吹落在明月影动的井中。归来的凤凰又何以安家呢？！诗中流露的一股难言的忧郁、伤感之情，读之令人忧思顿生。

“未求裁作瑟，何用削成珪。愿寄华庭里，枝横待凤栖。”魏澹这首《咏桐》诗，也是借咏物以寄托。但与丁诗相比，其格调大不相同。此诗借咏梧桐不期裁削成琴瑟，珪符，而愿寄生于华庭以待凤栖，意在抒发赞美那种不甘受人雕饰，渴望自由地生存，自由地追求的精神。诗中所流露出的是一种清俊的情调。诗人在诗中寄托了自己的情怀志趣。

“微月照桐花，月微花漠漠。怨澹不胜情，低回拂帘幕。叶深阴影细，露重枝条弱。夜久春恨多，风清暗香薄。是夕远思君，思君瘦如削……我在山馆中，满地桐花落。”元稹这首《宿曾峰馆夜对桐花寄乐天》诗写得细腻，情景交融。微微的月光映照着桐花，那随风摇曳的桐花，轻柔拂动着帘幕，灯光透过密叶而投下细细碎荫，浓重的露水缀得弱枝沉沉欲垂，夜风不时地送来阵阵桐花的微香。这里的景致隐含着静寂凝思的气氛。诗人在这月夜之中，思念远方的友人，伫立久久，地上已落满了桐花。静寂的月夜，无言的桐花，伫立的诗人，物、我、境三者似乎一起融注了深深的情思。此诗于平淡中寓以深情，如流风香霭，舒卷自如。

“樾馆春来绿万丛，三年前此种梧桐。新荫定向墙头过，乱洒桐花隔院中。”彭孙遹这首《春日忆山中故居》乃是一首借写梧桐而抒思乡之情的小诗。这首诗写得清新秀媚。面对万丛碧绿的春色，诗人逸兴思飞，不由得回想起三年前自己在山中故居亲手植种的梧桐。那新抽出的枝条恐怕已伸出墙头之外，隔壁院中大概也会洒落了不少桐花吧！桐树在诗人的想象中是多么亲昵可爱啊！这一往情深的萦思想象充满了深厚的思乡之情。这首诗毫无忧郁沉闷之感，而是洋溢着一种深挚的兴奋的情绪，一反大多思乡之作的低沉情调。

石　榴

榴　花

〔唐〕韩愈

五月榴花照眼明〔1〕，枝间时见子初成〔2〕。
可怜此地无车马〔3〕，颠倒青苔落绛英〔4〕。

【注释】

〔1〕榴花：即石榴花。石榴，原名“安石榴”。落叶灌木或小乔木。夏季开花，花常呈橙红色，亦有黄色或白色。浆果近球形，秋季成熟，可供鲜食或加工成清凉饮料。花供观赏。照眼明：花红如火，明亮耀眼。

〔2〕子初成：果实开始长成。

〔3〕可怜：可惜。无车马：没有车马往来。意为不被人们注意。

〔4〕颠倒：纷乱。绛英：红花，这里指榴花。

海　榴

〔唐〕温庭筠

海榴开似火，先解报春风〔1〕。
叶乱裁笺绿〔2〕，花宜插鬓红〔3〕。
蜡珠攒作蒂〔4〕，缃彩剪成丛〔5〕。
郑驿多归思〔6〕，相期一笑同〔7〕。

【注释】

〔1〕解：分裂，裂开。

〔2〕笺（jiān）：精美的纸张，供题诗、写信等用。

〔3〕鬓（jì）：发髻。

〔4〕攒（cuán）：聚集、集中。蒂（dì）：花或果跟枝茎相连的部分。

〔5〕缃（xiāng）：浅黄色。张协《石榴赋》："素粒红液，金房缃隔。"

〔6〕郑驿：指郑庄。《汉书》："郑庄常置驿马长安诸郊，请谢宾客。"驿，古时供递送公文的人或来往官员暂住、换马的处所。

〔7〕相期：期约，互相约定时间回乡。

石　榴

〔唐〕孔绍安

可惜庭中树，移根逐汉臣〔1〕。
只为来时晚，开花不及春〔2〕。

【注释】

〔1〕逐汉臣：石榴是汉代张骞自西域安国传入，故称安石榴或番石榴，逐汉臣指此。逐，追随。

〔2〕不及：赶不上。

山石榴

〔唐〕杜牧

似火山榴映小山，繁中能薄艳中闲〔1〕。
一朵佳人玉钗上〔2〕，只疑烧却翠云鬟〔3〕！

【注释】

〔1〕繁：多，盛。闲：闲雅。

〔2〕玉钗（chāi）：玉做的首饰。曹植《美女篇》："头上金爵钗，腰佩翠琅玕。"

〔3〕翠云鬟：古代妇女发式的美称。

石榴歌

〔唐〕皮日休

蝉噪秋枝槐叶黄〔1〕，石榴香老愁寒霜。
流霞色染紫罂粟〔2〕，黄蜡纸裹红瓠房〔3〕。
玉刻冰壶含露湿〔4〕，斓斑似带湘娥泣〔5〕。
萧娘初嫁嗜甘酸〔6〕，嚼破水晶千万粒〔7〕。

【注释】

〔1〕噪（zào）：群鸣。

〔2〕流霞：指晚霞。莺粟：植物名。此指石榴的外皮颜色已成紫红色。

〔3〕红瓠房：指石榴粒。

〔4〕冰壶：成冰的玉壶，比喻洁白。

〔5〕斓斑：亦作“斑斓”，颜色错杂灿烂。湘娥：指舜妃娥皇、女英。

〔6〕萧娘：唐代人以“萧娘”为女子的泛称。嗜：嗜好，喜爱。甘酸：甜味和酸味。

〔7〕水晶：石榴种子，肉质半透明，汁如红液，状如水晶。

又病中庭际海石榴花盛发感而有寄

〔唐〕皮日休

一夜春工绽绛囊〔1〕，碧油枝上昼煌煌〔2〕。
风匀只似调红露，日暖唯忧化赤霜。
火齐满枝烧夜月〔3〕，金津含蕊滴朝阳〔4〕。
不知桂树知情否，无限同游阻陆郎〔5〕。

【注释】

〔1〕绽绛囊：形容石榴花怒放。绛，大红色。

〔2〕“碧油”句：油绿的枝叶上石榴花光彩鲜明。煌煌，形容光彩鲜明。

〔3〕“火齐”句：满枝盛开的石榴花像团火一样燃烧，照亮月夜。

〔4〕“金津”句：金蕊含津在朝阳下欲滴。

〔5〕陆郎：指陆龟蒙。陆龟蒙有用皮日休诗韵《和海石榴花发诗》。

榴　花

〔宋〕欧阳修

絮乱丝繁不自持[1]，蜂黄燕紫蝶参差[2]。
榴花自恨来时晚，惆怅春期独后期。

【注释】

〔1〕不自持：不能控制自己。

〔2〕差参：不齐的样子。

石　榴

〔宋〕苏轼

风流意不尽[1]，独自送残芳。
色作裙腰染[2]，名随酒盏狂[3]。

【注释】

〔1〕风流：犹风韵。

〔2〕裙：即石榴裙，大红裙。梁元帝《乌栖曲》：“芙蓉为带石榴裙。”

〔3〕酒盏：浅而小的酒杯。石榴有酸淡两种，取汁可酿美酒，称之为石榴酒。

安石榴[1]

〔宋〕梅圣俞

安榴若拳石，中蕴丹砂粒[2]。
剖之珠满盘，不待鲛人泣[3]。

【注释】

〔1〕安石榴：石榴的别名。

〔2〕蕴：蕴藏。丹砂粒：石榴素粒红液。

〔3〕鲛人：神话传说中居于海底的怪人。晋张华《博物志》："鲛人从水中出，寓人家积日，卖绢将会，从主人索一器，注而成珠满盘，以与主人。"

榴　火

〔明〕朱之蕃

天付炎威与祝融[1]，海波如沸沃珍丛[2]。
飞将宝鼎千重焰[3]，炼就丹砂万点红[4]。
自抱赤衷迎晓日，应惭艳质媚春风。
农家祈粟须甘雨[5]，愁拟焚林望碧空[6]。

【注释】

〔1〕炎威：极热。祝融：火神。

〔2〕沃：灌；浇。

〔3〕宝鼎：古时多以鼎为王朝权力的象征，得天下曰定鼎。鼎可作容器、祭器、烹饪之器，炼丹、煮药、烹茶用。这句是形容榴花灿烂如火。

〔4〕“炼就”句：此句形容石榴子如万点红砂。

〔5〕粟（sù）：古代也称“禾”“稷”“谷”。粮食的通称。

〔6〕拟：打算。焚林：烧掉这片榴树。

石榴

〔清〕吴伟业

五月华林宴[1]，榴花入眼来。
百株当户牖[2]，万火照楼台。
绛帐垂罗袖[3]，红房出粉腮。
江南逢巧笑[4]，龋齿向人开。

【注释】

〔1〕华林：花林。

〔2〕户牖（yǒu）：门窗。牖，窗。

〔3〕“绛帐”两句：形容石榴花的色彩和姿质之美。绛帐、红房，喻花萼。罗袖、粉腮，喻花瓣。

〔4〕“江南”两句：是以龋齿笑巧喻石榴竞裂。江南的石榴多裂开。龋齿：即龋齿笑，一种故意做作的笑。

风流意不尽
独自送残芳

——石榴诗欣赏

朱芳赫奕，红萼参差，丹葩结秀，华实并丽，石榴美得别有一番风姿情致。它如英吐秀，乍含乍披，灿若百枝并燃；它朱实星悬，光若琥珀，如珊瑚之映绿水。

面对如此艳花美果，诗人不能不驰思兴辞，写下赞美石榴的诗篇。

“五月华林宴，榴花入眼来。百株当户窗，万火照楼台。绛帐垂罗袖，红房出粉腮。江南逢巧笑，龋齿向人开。”吴伟业这首《石榴》诗写得很巧妙，所用笔墨不多，然而却做到了神韵独出。开头两句写榴花扑面而来，给人一个总的印象，同时又点明时节和地点。接下六句的描写由远及近，仿佛是电影镜头，由远景拉向近景，最后推出特写镜头。首先扑入人们眼帘的是葱葱百株榴树，郁郁万朵榴花，如烟似火，映窗照台。远远望去一片锦绣之色，煞是明媚鲜艳。接下的近景画面，更为具体细腻。那石榴其花萼如绛帐、红房，而花瓣又似罗袖、粉腮。以红绡床帐微微垂露的罗袖形容那石榴花的柔薄之质；以那红烛洞房淡施胭粉的红颜美人，来比喻石榴花那俏丽之色。其质、其色、其形、其神，分外娇娆动人。最后两句，诗人以龋齿巧笑来描绘形容裂开的石榴。抓住石榴竞裂的主要特征加以渲染、突出，使得诗句情趣盎然。全诗把石榴描写得风姿绰约，富有神韵。

石榴种子颜如丹砂，粲若银烁，千房同蒂，十子如一，甚是可爱。

因此石榴诗大多有吟咏榴籽的诗句。如皮日休的“萧娘初嫁嗜甘酸，嚼破水晶千万粒”，庄布的“霜风击破锦香囊，鹦鹉啄残红豆颗”，白居易的“日射血珠将滴地，风翻火焰欲烧人”。这些诗句形象新颖，取喻精彩，各具传神之功。而朱之蕃的“飞将宝鼎千重焰，炼就丹砂万点红”的诗句，把如火之花和似丹之籽有机地联系在一起，构成完美的意象，其取象精巧，立意深隽。

在石榴诗中，以火喻榴花的诗句极多。如萧绎有“燃灯疑夜火，连珠胜早梅”；温庭筠有“海榴开似火，先解报春风”；元稹有“风翻一树火，电转五六车”；皮日休有“火齐满枝烧夜月，金津含蕊滴朝阳”，等等。这些诗句多工于描画，其形象也较鲜明。然而与杜牧的《山石榴》一诗相比，便显得韵味有所不足了。杜牧的《山石榴》诗，虽也是以火来喻榴花的，然而描写的角度、全诗的立意，都独具一格，新颖而不落俗套。“似火山榴映小山，繁中能薄艳中闲。一朵佳人玉钗上，只疑烧却翠云鬟。”火红的山石榴花映山怒放，繁英灿烂，在艳丽之中又别有一番闲雅之姿。摘一朵红榴花，美人把它插在自己鬓边的玉钗上。啊！那火红的花朵，只怕是要把乌黑的发髻烧着了呢。这是多么美妙动人的画面。这里的“一朵佳人玉钗上，只疑烧却翠云鬟”的诗句，较之白居易“风翻火焰欲烧人”的诗句的形象更具体细致，其描写的角度也更别致。在这首诗中，诗人先写丛丛映山之火“似火山榴映小山”，从大处着眼，然后再转入小处渲染，“一朵佳人玉钗上”，由远及近，由粗略到细微，由大画面到小特写，这既是变化，显出其层次，又是重叠，反复渲染，从而把“榴花似火”的印象感受描摹得更加鲜明耀眼。而那玉钗、乌发、榴花、红焰点缀在一起，其色彩也分外令人赏心悦目。总之，这首小诗能给人们一种诗情画意之美。

“涂抹未应发，春暮转相催。”（萧绎《咏石榴》）“只为来时晚，开花不及春。”（孔绍安《咏石榴》）石榴花开，乃在暮春之际，此时那“春意枝头闹”“春风花草香”的春盛之时已过，如此冷落，怎能不勾起诗人际遇不佳之感？因此有些咏石榴花的诗句，流露的多是惆怅感伤的概叹。然而苏轼的《石榴》一诗却一反常格。不是慨叹，而是赞美，表现了一种爽乐欣喜之情。“风流意不尽，独自送残芳。色作裙腰染，名随酒盏狂。”在这“浮萍断送春归去，尽向东流载落花”的暮春之际，石榴花却枝新花艳，亭亭玉立，目送凋落残芳，似有悠悠不言之情，却无郁郁不快之意。前两句以虚笔取胜，其风流神韵不言自显。后两句，诗人赞榴花佳色绝美，既不说花似石榴红裙，也不说裙似石榴之花，却是石榴花色之美是因石榴裙色相染，不落别人窠臼。写人们对石榴花的喜爱，偏不直说酒因石榴之名而美，却言石榴因酒盏之醉，其名愈狂愈盛，这又见诗人神思之独到。全诗如行云流水，出神入化，无拘无束。初看未见，愈久愈切。诗人于淡中求真味，虽无一笔浓墨重彩，然石榴花之神韵风骨犹在。

在石榴诗中，大多是纯以咏物的诗篇，托物寓情之作较少。韩愈的《榴花》虽有寄托之意，但也不甚深致。“五月榴花照眼明，枝间时见子初成。可怜此地无车马，颠倒青苔落绛英。”五月的榴花红艳如火，辉映耀眼，花叶之间朱实间缀，粲若星烁。如此鲜花珍果却无人欣赏，车马绝迹，红花落满青苔，一片清冷寂寞。花之红火，人之绝迹，两种情景形成强烈对照，不能不使人感兴万端。在对榴花遭受冷落的吟咏中，诗人发出了人生坎坷的感慨。

芙　蓉

芙　蓉[1]

〔唐〕韩愈

新开寒露丛，远比水间红。
艳色宁相妒[2]，嘉名偶自同[3]。
采江秋节晚，搴木古祠空[4]。
须劝勤来看，无令便逐风。

【注释】

〔1〕芙蓉：亦称木芙蓉、芙蓉花等，别于莲花之称芙蓉。落叶灌木，叶掌状浅裂。秋开白、黄或淡红色花。

〔2〕宁：岂。相妒：相互妒忌。

〔3〕“嘉名”句：指水芙蓉与木芙蓉偶然同名。嘉名，好的名字。

〔4〕搴（qiān）木：指拔取木芙蓉。搴，拔取。

芙　蓉

〔唐〕柳宗元

有美不自蔽[1]，安能守孤根[2]。
盈盈湘西岸[3]，秋至风露繁。
丽景别寒水[4]，浓芳委前轩[5]。
芰荷料难比[6]，反此生高原。

【注释】

〔1〕蔽：遮挡。

〔2〕安：如何。

〔3〕盈盈：仪态美好的样子。湘西岸：泛指湖南湘江一带。当时此地多木芙蓉，故有芙蓉国之称。

〔4〕丽景：美丽的景致。

〔5〕委：通“萎”，衰败。

〔6〕芰（jì）荷：指出水的荷花。

芙　蓉

〔唐〕柳宗元

新亭俯朱槛[1]，嘉木开芙蓉，
清香晨风远，溽彩寒露浓[2]。
潇洒出人世[3]，低昂多异容[4]。
尝闻色空喻[5]，造化难为工[6]。

留连秋月晏[7]，迢递来山中[8]。

【注释】

〔1〕俯：向下。槛：亭下的栏杆。

〔2〕“溽（rù）彩”句：浓重的寒露把艳丽的芙蓉花瓣打湿了。溽，湿。

〔3〕潇洒：清高脱俗。

〔4〕低昂：高低起伏。

〔5〕尝：曾经。

〔6〕造化：指自然的创造化育。

〔7〕留连：舍不得离开。晏：晴朗无云。

〔8〕迢递（tiáo dì）：亦作“迢遰”，远貌。

野芙蓉

〔宋〕欧阳修

溪边野芙蓉，花水相媚好[1]。
半看池莲尽，独伴霜菊槁[2]。

【注释】

〔1〕相媚好：彼此亲密。

〔2〕槁：干枯。

木芙蓉

〔宋〕王安石

水边无数木芙蓉，露染胭脂色未浓[1]。
正似美人初醉著[2]，强抬青镜照妆慵[3]。

【注释】

〔1〕胭脂：一种红色颜料。这里指芙蓉花浅红的颜色。
〔2〕著："着"的本字。
〔3〕青镜：指清澈的水。慵（yōng）：困倦，懒散。

和陈述古拒霜花

〔宋〕苏轼

千林扫作一番黄，只有芙蓉独自芳。
唤作拒霜知未称[1]，看来却是最宜霜[2]。

【注释】

〔1〕拒霜：因木芙蓉不怕霜摧，又名"拒霜"。未称：不恰当。
〔2〕宜霜：犹言喜欢霜。宜，谓适宜的事。看来：一作"细思"。

芙　蓉

〔宋〕宋景文

江南江北树，秋至仅成丛[1]。
向晚谁争艳[2]，酡颜浅作红[3]。

【注释】

〔1〕仅：才能够。
〔2〕向：将近，接近。
〔3〕酡（tuó）颜：醉容，此指芙蓉花。

窗前木芙蓉

〔宋〕范成大

辛苦孤花破小寒[1]，花心应似客心酸[2]。
更凭青女留连得[3]，未作愁红怨绿看[4]。

【注释】

〔1〕孤花：指木芙蓉。小寒：犹言微寒，初冷。
〔2〕客：指旅居他乡作客者。犹如说“游子”“离人”。
〔3〕凭：凭借、依靠。青女：霜神。留连：留恋不愿离开。
〔4〕愁红怨绿：指春天将残败的花叶。

木芙蓉

〔宋〕朱熹

红芳晓露浓[1]，绿树秋风冷。
共喜巧回春，不妨闲弄影。

【注释】

〔1〕红芳：指芙蓉花。

更凭青女留连得 未作愁红怨绿看

——木芙蓉诗欣赏

木芙蓉，又称木莲、拒霜。晚秋开花，其花或红或白，或半白半桃红，大而美艳，弄霜不凋。其中尤以朝白、午桃红、晚大红者和黄者为珍品。《成都记》载：孟后主成都，城上遍种芙蓉，每至秋，四十里如锦绣，高下相照，因名锦城。古人还喜用芙蓉花染缯为帐，名为芙蓉帐。唐明皇还以芙蓉汁调粉，作御墨，称之龙香剂。凡此种种，可见古人对木芙蓉的喜爱。

古人写下不少芙蓉诗，有些诗篇寥寥几笔便写出芙蓉花优美的形姿神色。“水边无数木芙蓉，露染胭脂色未浓。正似美人初醉著，强抬青镜照妆慵。”王安石这首小诗把木芙蓉的姿色神态描摹得很是气韵生动。诗的前两句施以实笔，描绘点染出静澈的江水岸边，晨光之中，无数的木芙蓉，那盛开的浅红花朵上，浸动着晶莹的露珠，美色未浓。后两句以拟人手法，把芙蓉花喻为醉酒的美人，在前两句实笔描绘的基础上，再施以虚笔渲染。那美艳的芙蓉花映在清澈的水边，恰似醉酒的红颜美人，慵妆照镜。以美人的醉颜娇柔之态形容芙蓉的芳姿美容，美妙传神，栩栩如生。

木芙蓉花的美不仅在其形姿神色，更在其凌霜不凋的品质。“红芳晓露浓，绿树秋风冷。共喜巧回春，不妨闲弄影。”朱熹这首小诗写出木芙蓉回春之巧。芙蓉花开得最晚，“元自不争春”，但它却能“巧回春”。在许多咏木芙蓉诗中，都赞美了芙蓉花的这一贞质劲节，其手法却颇不相同。

“溪边野芙蓉，花水相媚好。半看池莲尽，独伴霜菊槁。”欧阳修这首诗以池莲、霜菊凋零枯槁，来反衬木芙蓉不畏霜摧的坚贞。诗人们多爱把水芙蓉（莲花）和木芙蓉放在一起来写，如“艳色宁相妒，嘉名偶自同”（韩愈）；“莫怕秋无伴醉物，水莲花尽木莲开”（白居易）。两花同名，同样娇艳媚人，但在诗人的笔下，常以水莲的早凋来反衬木芙蓉的耐霜。欧阳修这首诗不仅以水莲反衬，而且还以霜菊衬托，菊本是耐霜寒之草花，然而与木芙蓉相比，却犹不及。由此可见诗人对木芙蓉的爱赞之情。

“千林扫作一番黄，只有芙蓉独自芳。唤作拒霜知未称，看来却是最宜霜。”暮秋寒风吹遍千林，满目黄叶，一片凄凉，唯有木芙蓉树独放鲜花。诗的前两句实笔描摹，使人犹见挺立于西风之中的那红艳的芙蓉花，在万林叶黄的萧瑟景致中芳雅不凡的神彩。诗的后两句情趣盎然，表面上诗人似做“翻案文字”，实际上却是赞美不畏寒霜的品质。木芙蓉又称“拒霜”。诗句颇为风趣地说：看来把它叫作“拒霜”并不确当，霜愈打，花愈艳，它喜欢凌霜开放，倒应称它为“宜霜”。正如纪昀评此诗所说：用意颇为深曲，查初自以浅讥之，似乎未喻其旨。

“辛苦孤花破小寒，花心应似客心酸。更凭青女留连得，未作愁红怨绿看。”暮秋百花凋零，只有辛苦的木芙蓉花破寒开放。难道它也像客居在外的诗人一样心酸吗？尽管霜神留连不去，然而芙蓉花没有像春花那样愁红怨绿，显出一副可怜相。此诗咏物寓情，深切曲尽。诗人通过对身处恶境孤芳独放的芙蓉花充满同情的咏叹，想象着它也像自己一样辛苦心酸。本来似应无限愁苦，然而它却处困境而不消沉，不畏风霜。诗人从木芙蓉花形象中得到了鼓舞，寄托了自己的情操。

荔　枝

荔　枝

〔唐〕徐夤

日日薰风卷瘴烟[1]，南园珍果荔枝先[2]。
灵鸦啄破琼浆滴[3]，宝器盛来蚌腹圆[4]。
锦里只闻消醉渴[5]，蕊宫惟合赠神仙[6]。
何人刺出猩猩血，深染罗纹遍壳鲜。

【注释】

〔1〕薰风：和风，指初夏时的东南风。瘴（zhàng）烟：指南方有瘴气的烟雾。

〔2〕南园：泛指园圃。

〔3〕琼浆：喻甘美的汁液。

〔4〕蚌腹圆：即“蚌胎”，指珍珠，这里指荔枝。

〔5〕锦里：地名，在四川成都市南。

〔6〕蕊宫：道家传说天上上清宫有蕊珠宫，神仙所居。这里指道士的宫观。

荔　枝

〔宋〕曾巩

玉润冰清不受尘[1]，仙衣裁剪绛纱新[2]。
千门万户谁曾得？只有昭阳第一人[3]。

【注释】

〔1〕玉润：是说荔枝的果实肉汁液洁白如玉。

〔2〕“仙衣”句：形容荔枝果鲜红如纱。

〔3〕昭阳：宫殿名。这里指杨贵妃所居之宫。第一人，指杨贵妃。

食荔枝二首（其二）

〔宋〕苏轼

罗浮山下四时春[1]，卢橘杨梅次第新[2]。
日啖荔枝三百颗[3]，不辞长作岭南人[4]。

【注释】

〔1〕罗浮山：今广东省东江北岸，东北、西南走向。主峰飞云顶，多瀑布泉水，风景优美，被道家称为“第七洞天”。

〔2〕卢橘：即金柑，一说枇杷。花冠淡黄白色，有芳香。果橙黄或淡黄色，原产我国湖北西部与四川东部一带，以福建、浙江、江苏等地栽培最盛。品种颇多。果供生食外，可制罐头食品。树供观赏。杨梅：常绿乔木，初夏果熟，原产我国，分布于长江以南各地。著名品种有“白杨

梅”“长叶细蒂”“大乌杨梅”等。果供鲜食及制多种加工品。树供观赏。次第：依次。

〔3〕啖（dàn）：吃。

〔4〕岭南：指五岭以南地区。

四月十一日初食荔枝

〔宋〕苏轼

南村诸杨北村卢〔1〕，白华青叶冬不枯。
垂黄缀紫烟雨里〔2〕，特与荔子为先驱〔3〕。
海山仙人绛罗襦〔4〕，红纱中单白玉肤〔5〕。
不须更待妃子笑〔6〕，风骨自是倾城姝。
不知天公有意无，遣此尤物生海隅〔7〕。
云山得伴松桧老〔8〕，霜雪自困楂梨麄〔9〕。
先生洗盏酌桂醑〔10〕，冰盘荐此赪虬珠〔11〕。
似闻江鳐斫玉柱〔12〕，更洗河豚烹腹腴〔13〕。
我生涉世本为口，一官久已轻莼鲈〔14〕。
人间何者非梦幻，南来万里真良图〔15〕。

【注释】

〔1〕杨：杨梅。卢：卢橘。

〔2〕垂黄缀紫：结着黄色、紫色的果实。

〔3〕“特与”句：指杨梅、卢橘开花结实都在荔枝之前，好像特地为荔枝作“先驱”。

〔4〕海山仙人：喻荔枝。襦（rú）：短衣。

〔5〕中单：指荔枝壳内的薄膜。

〔6〕妃子：指唐玄宗的妃子杨玉环。杨贵妃喜吃荔技，常命专人以

快马传递荔枝到长安来。杜牧《过华清宫三绝句》其一："一骑红尘妃子笑，无人知是荔枝来。"

〔7〕尤物：珍贵的物品，这里指荔枝。

〔8〕"云山"句：福建、广东一带多在松桧间种荔枝，为的是枝叶阴覆。

〔9〕樝（zhā）：同"楂"，即山楂。麤（cū）：即粗。这句是说山楂、梨因缺乏霜雪，果实质粗。

〔10〕桂醑（xǔ）：桂酒。

〔11〕赪虬（chēngqiú）珠：红色龙珠，比喻荔枝。赪，赤色。虬，古代传说中的一种龙。

〔12〕江鳐：即江瑶，也叫"江珧"。贝壳大而薄，壳内有柱，美如珧玉。斫（zhuó）：砍，斩。

〔13〕腹腴（yú）：指河豚腹下的肥肉。

〔14〕莼鲈：《晋书·张翰传》载：张翰因见秋风起，乃思吴中菰菜、蓴羹、鲈鱼脍，曰："人生贵得适志，何能羁宦数千里以要名爵乎？"遂命驾而归，后以"莼鲈之思"指怀乡、思乡。在这首诗里，作者反其意以用之，说自己为生活所迫，做官久已，很久不思念故乡了。

〔15〕南来万里：指惠州。

荔 枝

〔宋〕陶弼

五月南游渴，欣逢荔子丹。
壳匀仙鹤顶[1]，肉露水晶丸。
色映离枝火，甘殊木作酸。
枝繁恐相染[2]，树重欲成团。
赤蚌遗珠颗[3]，红犀露角端。

爽能清内热[4]，润可濯中干。
一簇冰蚕茧[5]，千苞火凤冠。
隔瓤红叶嫩，透膜玉浆寒。

【注释】

〔1〕“壳匀”两句：这两句是比喻荔枝壳的颜色像仙鹤顶一样呈红色，荔枝的肉嫩白，如水晶丸一般。

〔2〕“枝繁”两句：形容荔枝枝叶繁茂，果实累累。

〔3〕“赤蚌”两句：形容荔枝珍美，像红蚌遗下的珍珠，外壳像红犀牛露出的头角。

〔4〕“爽能”两句：荔枝可消内热，滋润心肺。濯，洗除。中干，内心燥热。

〔5〕“一簇”两句：这两句是形容荔枝肉像蚕茧一样莹洁光润，荔枝像凤冠一样火红。

龙　眼[1]

〔明〕王象晋

何缘唤作荔枝奴[2]，艳冶丰姿百果无[3]。
琬液醇和羞沆瀣[4]，金丸的皪赛玑珠[5]。
好将姑射仙人产[6]，供作瑶池王母需[7]。
应共荔丹称伯仲[8]，况兼益智策勋殊[9]。

【注释】

〔1〕龙眼：果名，俗称桂圆。树如荔枝，但枝叶稍小。壳青黄色，形圆如弹丸，核如木梡子而不坚，肉白，其甘如蜜。产于闽、粤等地。

〔2〕荔枝奴：龙眼的别名。荔枝过后龙眼熟，常随其后，故谓之荔枝奴。

〔3〕艳冶：艳丽。

〔4〕琬液：指龙眼汁液。羞：同馐，意谓龙眼汁比露水还精淳。沆瀣（hàng xiè）：露水。

〔5〕的皪：光亮、鲜明的样子。玑（jī）珠：即珠玑、珠宝，玑指不圆的珠。

〔6〕姑射（yè）仙人：典出《庄子·逍遥游》："藐姑射之山有神人居焉，肌肤若冰雪，淖约若处子。"后因以"姑射"形容女子貌美，如姑射仙姿。这里用以形容龙眼之珍贵，乃仙人所产。

〔7〕瑶池：古代神话中神仙所居。王母：即西王母，神话中的女神。

〔8〕荔丹：指荔枝、龙眼。伯仲：古代以伯、仲、叔、季表示兄弟之间的顺序，这里是说应把荔枝、龙眼摆在果树中的老大、老二的位置。

〔9〕策勋殊：记大功于策。策，即册。

不须更待妃子笑
风骨自是倾城姝
——荔枝诗欣赏

荔枝树高五六丈，大如桂树，绿叶蓬蓬，冬夏荣茂，青华朱实，实白如肪。白居易的《荔枝图》形容巴峡荔枝“树形团团如帷盖，叶如桂冬青，华如橘春荣，实如丹夏熟，朵如葡萄，核如枇杷，壳如红缯，膜如紫绡，瓤肉洁白如冰雪，浆液甘酸如醴酪”。荔枝红透青笼，香连翠叶，火实天浆，花叶果皆美，色香味俱佳，倍受人们喜爱。然其果鲜而不易存，果离枝“一日而色变，二日而香变，三日而味变，四五日外色香味尽去”。

“一骑红尘妃子笑，无人知是荔枝来”（杜牧）；“宫中美人一破颜，惊尘溅血流千载。”（苏轼）昔唐玄宗为博取杨贵妃的欢心，飞马走送荔枝，而引起多少诗人的感慨议论。其实并非是荔枝不好，而是诗人们借咏荔枝以斥统治者之奢侈，哀百姓之不幸。因此，既有“我愿天公怜赤子，莫生尤物为痓痏”，也有“日啖荔枝三百颗，不辞长作岭南人”的诗句。

诗人们所作的荔枝诗，除了借咏荔枝而兴讽喻的篇什，还有不少描摹赞颂荔枝佳美的诗作，这些诗篇手法不一，风格各异。

“五月南游渴，欣逢荔子丹。壳匀仙鹤顶，肉露水晶丸。色映离枝火，甘殊木作酸。枝繁恐相染，树重欲成团。赤蚌遗珠颗，红犀露角端。爽能消内热，润可濯中干。一簇冰蚕茧，千苞火凤冠。隔瓤红叶嫩，透膜玉浆寒。”陶弼这首《荔枝》诗，运用博喻的手法，从多侧面描摹荔枝鲜美艳丽，写出其枝、其树、其肉、其壳，形姿色味。诗中以“仙鹤顶”形容其“壳”，以“水晶丸”喻其“肉”，犹嫌不够，又喻之“赤蚌遗珠颗，红犀露角端”“一簇冰蚕茧，干苞火凤冠。”由此可见此诗铺叙丰彩华丽，但也有些失之板滞味淡。

苏轼的《四月十一日初食荔枝》一诗，虽也是以多侧面地描摹来渲染荔枝佳美的，但此诗意味较浓。“南村诸杨北村卢，白华青叶冬不枯。垂黄缀紫烟雨里，特与荔子为先驱。”诗的前四句先托出荔枝生长的环境，以那垂黄缀紫的杨梅、卢橘做烘衬，渲染出一幅柔和美丽的景境。接下“海山仙人绛罗襦，红纱中单白玉肤。不须更待妃子笑，风骨自是倾城姝。”前两句用以实笔描摹。以身着红衣的、红纱露出玉肌白肤的海山仙女比喻荔枝的柔美嫩艳、形姿神彩，别有一番生动情趣。后两句以虚议论，赞美荔枝自有倾国倾城的风韵贞骨，并非因贵妃的欣喜笑颜而珍贵。这四句虚实相映成趣，荔枝形色风韵之美淋漓尽致地被描摹渲染出来。接下的诗句又以松桧烘托，以樝梨反衬，并通过诗人食荔枝所感受的“似闻江鳐斫玉柱，更洗河豚烹腹腴”等等，把对荔枝的渲染推上高潮。最后几句，诗人再抒发因食荔枝而得“南来万里真良图”的感慨。全诗挥笔泼墨，娓娓写来，如行云流水自然流成。虚实相间，情趣盎然。

橘

橘

〔南朝·齐〕虞羲

冲飙发陇首[1]，朔雪度炎州[2]。
催折江南桂，离披汉北楸[3]。
独有凌霜橘，荣丽在中州[4]。
从来自有节，岁暮将何忧。

【注释】

〔1〕冲飙：指狂风。陇首：泛指甘肃一带。

〔2〕朔雪：北方的雪。炎州：古时泛指南海之州为炎州。

〔3〕离披：散乱的样子。汉北楸：生长在长江以北的一种树。

〔4〕中州：指黄河流域。荣丽：繁盛。

园中杂咏橘诗

〔北周〕李元操

嘉树出巫阴[1]，分根徙上林。
白华如霰雪[2]，朱实似悬金[3]。
布影临丹地，飞香布玉岑[4]。
自有凌冬质，能守岁寒心。

【注释】

〔1〕嘉树：指橘树。嘉，好。

〔2〕白华：白花。霰（xiàn）雪：雪珠，为白色不透明的固体，多在下雪前落下。

〔3〕朱实：指橘子。

〔4〕玉岑：仙山名。

感遇十二首（其七）

〔唐〕张九龄

江南有丹橘，经冬犹绿林。
岂伊地气暖[1]？自有岁寒心[2]。
可以荐嘉客[3]，奈何阻重深！
运命唯所遇[4]，循环不可寻。
徒然树桃李[5]，此木岂无阴？

【注释】

〔1〕伊：那，指江南。

〔2〕“自有”句：丹橘有它耐寒的本性。

〔3〕“可以”两句：是说丹橘本可以进献朝廷以待贵宾，但是路远水深，阻碍重重。荐，奉献。

〔4〕“运命”两句：人的命运只能听任遭遇，祸福的循环往复难以寻根。

〔5〕“徒言”两句：人们只知道桃树、李树值得种植，难道橘树就没有用处吗？其寓意是感慨自己的品格不为人所了解。树，栽种。阴，树荫。

奉和拣贡橘

〔唐〕张彤

凌霜远涉太湖深[1]，双卷朱旗望橘林。
树树笼烟疑带火，山山照日似悬金。
行看采掇方盈手[2]，暗觉馨香已满襟[3]。
拣选封题皆尽力，无人不感近臣心。

【注释】

〔1〕太湖：湖名，在江苏省南部，沿湖盛产稻、麦、杨梅和柑橘等。

〔2〕盈手：满手。

〔3〕馨（xīn，旧读xīng）香：芳香。

橘　园

〔唐〕李绅

江城雾敛轻霜早[1]，园橘千株欲变金。
朱实摘时天路近，素英飘处海云深。
惧同枳棘愁迁徙[2]，每抱馨香委照临[3]。
怜尔结根宜自保[4]，不随寒暑换贞心。

【注释】

〔1〕敛：收聚。

〔2〕惧：害怕。枳（zhǐ）棘：枳木与棘木。二木皆多刺，因常用以比喻艰难险恶的环境。迁徙：变易。

〔3〕委：付托。

〔4〕怜：宠爱。宜：一作“能”。

田园杂兴

〔宋〕范成大

新霜彻晓报秋深[1]，染尽青林作缬林[2]。
惟有橘园风景异，碧丛丛里万黄金[3]。

【注释】

〔1〕彻：通，透。

〔2〕缬（xié）：有花纹的丝织品。这里是形容树林染霜后的颜色。

〔3〕碧丛：碧绿的树丛，这里指橘林。万黄金：指树上结满了金黄色的橘子。

树　间

〔唐〕杜甫

岑寂双柑树〔1〕，婆娑一院香〔2〕。
交柯低几仗〔3〕，垂实碍衣裳〔4〕。
满岁如松碧，同时待菊黄。
几回沾叶露，乘月坐胡床〔5〕。

【注释】

〔1〕岑寂：寂静。
〔2〕婆娑：形容枝叶纷披。
〔3〕交柯：树枝交错。
〔4〕碍：碰。
〔5〕胡床：亦称“交床”“绳床”，一种可以折叠的轻便坐具。

柳州城西北隅种柑树〔1〕

〔唐〕柳宗元

手种黄柑二百株〔2〕，春来新叶遍城隅〔3〕。
方同楚客怜皇树〔4〕，不学荆州利木奴〔5〕。
几岁开花闻喷雪〔6〕，何人摘实见垂珠？
若教坐待成林日〔7〕，滋味还堪养老夫。

【注释】

〔1〕柳州：辖境相当于今广西柳州市柳江、鹿寨等县地。

〔2〕柑：果木名，常绿灌木或小乔木，春末夏秋开白色花，果扁圆形，红或橙黄色，味酸甜不一，性较耐寒。果供生食或加工，果皮、核、叶供药用。柑和橘常统称“柑橘”，但还是有区别的。柑的果皮海绵层较厚，剥皮稍难；橘的海绵层薄，剥皮较易。柑的种子中胚为淡绿色，而橘的胚则为深绿色。

〔3〕城隅：城边侧之地。

〔4〕楚客：指屈原。屈原有《橘颂》。皇树：橘树。屈原《橘颂》：“后皇嘉树，橘徕服兮。”

〔5〕荆州利木奴：指三国时丹阳太守李衡植橘。相传李衡种橘千树，号千头木奴，言利薄也。

〔6〕“几岁”两句：这两句的意思是这幼小的黄柑究竟要过多久才能开花，将来由谁来摘它的果实？闻喷雪：闻到柑橘花的芳香。喷雪：形容柑树花开。垂珠：形容柑橘硕果累累。

〔7〕“若教”两句：如果等到柑橘长大成林之日，拿自己亲手种的柑橘来养老，还是很有趣的。滋味：比喻生活上的苦乐感受。

咏　橘

〔清〕陈灿霖

洞庭朱实饱经霜〔1〕，信手拈来满座香。
有柚愿教兄弟合〔2〕，成林休虑子孙忙。
厥包锡贡来天府〔3〕，作诵留名重楚湘。
但得贞心能不改，纵令移植亦何妨〔4〕。

【注释】

〔1〕朱实：指橘子。

〔2〕柚（yòu）：《尚书·禹贡》曰："小曰橘，大曰柚。"果木名，常绿乔木。叶大而厚，果实大，成熟时呈浅黄色或橙色。果皮厚，不易剥离。果肉白色或红色，秋末成熟，耐贮藏。果实供生食或加工，果皮可制蜜饯。花、叶均可提芳香油。

〔3〕厥（jué）包、锡贡：均是橘名。橘中的上品，古时多用来进贡朝廷。天府：指四川。

〔4〕纵令：连词，即使。

惟为橘园风景异
碧丛丛里万黄金

——咏橘诗欣赏

橘树白花绿叶，朱实金衣。其枝叶凌冬而愈荣，其果实经霜而溢香。苏东坡曾有词句描绘食橘之美："香雾噀人惊半破，清泉流齿怯初尝。"食橘真如饮琼浆玉液。因此古时人们多以橘来赠亲馈友，臣子以此进贡，皇帝也以此赐臣。有些地方，如巴郡等甚至还设有橘官，主岁贡御橘。人们对橘的喜爱，不仅是因此果实味美，更令人赏爱的是它"不随寒暑换贞心"的品质。

"后皇嘉树，橘徕服兮，受命不迁，生南国兮。深固难从，更其志兮，绿叶素荣，纷其可嘉兮……"自屈原写下这《橘颂》名篇后，历代的文人便盛爱咏橘赋诗。

"江城雾敛轻霜早，园橘千株欲变金。朱实摘时天路近，素英飘处海云深……"（李绅《橘园》）在诗人笔下的橘园别是一番绚丽美妙。远望之"树树笼烟疑带火，山山照日似悬金"。近摘之"行看采掇方盈手，暗觉馨香已满襟"。其景致绚烂明媚，其果味馨香怡人。如此描画景媚物艳，令人如置身其中。

"新霜彻晓报秋深，染尽青林作缬林。惟有橘园风景异，碧丛丛里万黄金。"范成大这首《咏橘诗》写橘的笔墨不多，诗人先渲染出霜染青林的景境，给人以萧条冷暗的色调。然而在这个背景相衬下，却有一处与此迥然相异的景致。丛丛碧绿的橘园，树树枝枝缀满金橘，在阳光映照下显得分外媚人。深秋之际，一片暮色，面对如此生机盎然、丰收在望的橘园，确实令人欣喜，写橘虽只一笔，然而于反衬中托出景致，更显其美妙。

“自有凌冬质，能守岁寒心。”这赞美橘树品格的诗句出自于李元操《园中杂咏橘诗》。诗人在这首诗中既描写了橘的“白华如霰雪，朱实似悬金。布影临丹地，飞香度玉岑”其花、实、影、香的形姿神态，又赞美了橘的品质风格。人们往往以松柏有“岁寒心”，却无视橘树之凌冬之质。此诗道出了橘的真性天质。“冲飙发陇首，朔雪度炎州。摧折江南桂，离披汉北楸。独有凌霜橘，荣丽在中州。从来自有节，岁暮将何忧。”虞羲的《橘》则写寒飙朔雪摧折凋残、南桂北楸，来反衬凌霜俏丽的橘树，赞颂橘树凌霜犹荣的质节。最后发问句更见其诗劲节俊逸之气，读之陶情励志。

在众多的咏橘诗中，我们不难看出有不少寄托之作。屈原的《橘颂》是借咏橘以言志，虞羲的《橘》，乃不无托物述怀之意。再看张九龄的诗，其《感遇》的标题就告诉了我们，这是一首借咏物而发感慨的作品。“江南有丹橘，经冬犹绿林。岂伊地气暖？自有岁寒心。可以荐嘉客，奈何阻重深！运命唯所遇，循环不可寻。徒言树桃李，此木岂无阴？”诗中先是赞美江南的丹橘，经冬犹绿。接下诗人以反诘句发问：难道这是因为地气和暖的缘故吗？并非如此，丹橘有它自己耐寒的本质。诗人这一“欲擒故纵”的手法，较之以上的诗句直接道出更显其跌宕生姿。接下几句，于感叹的语气中道出：这样的佳树美果，是可以荐之于朝廷，贡献给嘉宾的，然而却为山水路途所阻隔，不由送达，奈何之！看来命运的好坏只听凭际遇，这正如福祸循环往复一样难以寻究啊。诗句委婉深沉，似有不少难言之隐。诗的最后两句，其语调已由感慨转而愤怒：人们只是忙于栽植桃李，难道橘树不能遮荫，没有用处吗？！这反诘之语将其感愤不平一泄无余。此诗句句言橘，然而句句又是感兴，于咏橘中抒发自己的感慨悲愤，其情致深沉、曲折，语淡而意深。

竹

咏竹

〔南朝·齐〕谢朓

窗前一丛竹，青翠独言奇。
南条交北叶，新笋杂故枝〔1〕。
月光疏已密〔2〕，风声起复垂。
青扈飞不碍〔3〕，黄口独相窥〔4〕。
但恨从风箨〔5〕，根株长相离。

【注释】

〔1〕笋：又名“竹笋”，竹类的嫩芽。故：旧。杂：掺杂。

〔2〕“月光”两句：意思是风吹打着竹子，在月光下竹子忽起忽落，竹叶忽疏忽密。

〔3〕扈（hù）：一种候鸟。碍：阻碍。这句的意思是青扈自由自在地飞。

〔4〕黄口：雏鸟。

〔5〕箨（tuò）：俗称“笋壳”。竹类主秆所生的叶，在竹笋时期包于外，在竹秆生长过程中陆续脱落。

竹

〔南朝·梁〕刘孝先

竹生空野外，梢云耸百寻[1]。
无人赏高节，徒自抱贞心。
耻染湘妃泪[2]，羞入上宫琴[3]。
谁能制长笛，当为吐龙吟。

【注释】

〔1〕“梢云”句：这句是形容竹子高耸入云。寻：古长度单位，八尺为寻。

〔2〕湘妃：古代舜的二妃，娥皇和女英。传说湘妃泪洒竹上，成为斑竹。二女死后成为湘水之神。岑参《秋夕听罗山人弹三峡流水》：“楚客肠欲断，湘妃泪斑斑。”

〔3〕上宫：宫室名，即楼。

赋得阶前嫩竹

〔南朝·陈〕张正见

翠云梢云自结丛[1]，轻花嫩笋欲凌空[2]。
砌曲横枝屡解箨[3]，阶来疏叶强来风。
欲知抱节成龙处，当于山路葛陂中[4]。

【注释】

〔1〕自结丛：翠竹喜一丛丛地生长。

〔2〕轻花：喻笋尖芽须开放如花。凌空：直上天空。

〔3〕砌：台阶。解箨：脱除笋壳。

〔4〕葛陂（bēi）：传说东汉费长房得仙人赠竹枝，骑之瞬息到家，弃杖于葛陂，霎时化成巨龙。葛陂，在今河南新蔡北。

咏　竹

〔唐〕李峤

高簳楚江濆〔1〕，婵娟含曙气。
白花摇风影，青节动龙文。
叶扫东南日〔2〕，枝捎西北云〔3〕。
谁知湘水上〔4〕，流泪独思君。

【注释】

〔1〕簳（gǎn）：小竹。濆（pēn）：泉水自地下直涌而出。这里指高耸的竹子拔地而起。

〔2〕扫：迅速横掠而过。

〔3〕捎：拂掠。

〔4〕湘水：指湘江，湖南省最大的河流。

郡斋左偏栽竹百余诗

〔唐〕令狐楚

斋居栽竹北窗边，素壁新开映碧鲜〔1〕。

青蔼近当行药处[2]，绿阴深到卧帷前。
风惊晓叶如闻雨，月过春枝似带烟。
老子忆山心暂缓[3]，退公闲坐对婵娟[4]。

【注释】

〔1〕素：白。碧鲜：翠绿的竹子。

〔2〕青蔼（ǎi）：蔼，同“霭”，云气。这里用来形容竹的清新气息。

〔3〕老子：诗人自称。

〔4〕退公：自指。婵娟：这里指竹。孟郊《婵娟篇》：“花婵娟，泛青泉。竹婵娟，笼晓烟。”

秋日白沙馆对竹

〔唐〕许浑

萧萧凌雪霜[1]，浓翠异三湘[2]。
疏影月移壁，寒声风满堂。
卷帘秋更早，高枕夜偏长。
忽忆秦溪路[3]，万竿今正凉。

【注释】

〔1〕萧萧：风声。

〔2〕浓翠：指竹子茂密青翠。三湘：说法不一，近代一般用作湘东、湘西、湘南三地区的总称，泛指湖南全省。

〔3〕秦溪：一作“南游”，产竹的地方。

初食笋呈座中

〔唐〕李商隐

嫩箨香苞初出林[1]，於陵论价重如金[2]。
皇都陆海应无数[3]，忍剪凌云一寸心[4]。

【注释】

〔1〕香苞：指笋壳包裹着的笋心。

〔2〕於陵：古县名，位于今山东邹平东南。这一带竹子稀少，故说“论价重如金”。於陵，一作“五陵”。

〔3〕皇都：指长安。陆海：形容长安是个物产丰富的地区。《汉书·地理志》：“秦地有户，杜竹林，南山檀柘，号称陆海，为九州膏腴。”

〔4〕“凌云一寸心”：语意双关。以能长成高入云端的翠竹的嫩笋暗喻作者的凌云壮志。一寸心，一作“一片心”。

咏　竹

〔唐〕郑谷

宜烟宜雨又宜风，拂水藏村复间松。
移得萧骚从远寺[1]，洗来疏净见前峰。
侵阶藓拆春芽迸[2]，绕径莎微夏荫浓[3]。
无赖杏花多意绪[4]，数枝穿翠好相容[5]。

【注释】

〔1〕萧骚：竹子被风吹拂所发的声音。

〔2〕藓（xiǎn）：植物名。"侵阶"句：藓从阶下钻出来，春芽迸发。

〔3〕莎（suō）：草名。

〔4〕无赖：无奈。意绪：指心绪。

〔5〕翠：指翠竹。

竹风

〔唐〕唐彦谦

竹映风窗数阵斜，旅人愁坐思无涯。
夜来留得江湖梦，全为乾声似荻花〔1〕。

【注释】

〔1〕乾声：低声。竹干被风吹动而发出低声。荻（dí）花：植物名，多年生草本，根状茎外有鳞片，茎直立，叶片线状披针形，有固沙护堤作用，也可用以布置庭园。

春日山中竹

〔唐〕裴说

数竿苍翠拟龙形〔1〕，峭拔须教此地生〔2〕。
无限野花开不得，半山寒色与春争。

【注释】

〔1〕数竿苍翠：形容茂密的翠竹。拟（nǐ）：摹拟，模仿。

〔2〕峭拔：形容竹高而挺拔。

竹

〔唐〕韩溉

树色连云万叶开，王孙不厌满庭栽〔1〕。
凌霜尽节无人见，终日虚心待凤来。
谁许风流添兴咏〔2〕，自怜潇洒出尘埃〔3〕。
朱门处处多闲地〔4〕，正好移云覆翠苔〔5〕。

【注释】

〔1〕王孙：古代对贵族子弟的通称，犹言公子。

〔2〕风流：风度。

〔3〕怜：爱怜。潇洒：清高脱俗。

〔4〕朱门：红漆门。古代王侯贵族的住宅大门漆成红色，表示尊贵，故称豪门为朱门。

〔5〕云：这里代指高耸入云的翠竹。

霜筠亭〔1〕

〔宋〕苏轼

解箨新篁不自持〔2〕，婵娟已有岁寒姿〔3〕。
要看凛凛霜前意〔4〕，须待秋风粉落时〔5〕。

【注释】

〔1〕筠：竹子的青皮，也引申为竹子的别称。此诗是苏轼《和文与可洋川园地》三十首之一。

〔2〕新篁：新竹。篁，泛指竹子。

〔3〕婵娟：这里指竹子。

〔4〕凛凛：可敬畏的样子，形容竹子不畏严寒的风姿。

〔5〕粉落时：竹上白粉，到秋天脱落。

赋园中所有

〔宋〕苏辙

寒地竹不生，虽生常若病。
斸根种幽砌〔1〕，开叶何已猛。
婵娟冰雪姿，散乱风日影。
繁华见孤深，一个敌千顷〔2〕。
令人忆江上，森耸缘崖劲〔3〕。
无风箨自飘，策策鸣荒径〔4〕。

【注释】

〔1〕斸（zhú）：大锄，引申为“掘”。

〔2〕个：犹言枚。《史记·货殖列传》：“竹竿万个。”张守节正义：“竹曰个，木曰枚。”敌：相当于。

〔3〕缘：因为。

〔4〕策策：犹沙沙。韩愈《秋怀诗》：“秋风一披拂，策策鸣不已。”

新　竹

〔宋〕杨万里

东风弄巧补残山，一夜吹添玉数竿。
半脱锦衣犹半著，箨龙未信怯春寒[1]。

【注释】

〔1〕箨龙：这里指竹。

咏东湖新竹[1]

〔宋〕陆游

插棘编篱谨护持[2]，养成寒碧映沦漪[3]。
清风掠地秋先到，赤日行天午不知。
解箨时闻声簌簌[4]，放梢初见叶离离[5]。
官闲我欲频来此，枕簟仍教到处随[6]。

【注释】

〔1〕东湖：蜀州（位于今四川成都市）东湖。

〔2〕插棘编篱：插上荆棘，编成篱笆。

〔3〕寒碧：指青翠的竹子。沦漪：即涟漪，细小的波纹。《诗·魏风·伐檀》："河水清且沦漪。"

〔4〕簌簌（sù）：拟声词，形容风吹叶子等的声音。

〔5〕离离：繁茂的样子。

〔6〕枕簟（diàn）：枕头和竹席。

野　竹

〔元〕吴镇

野竹野竹绝可爱，枝叶扶疏有真态[1]。
生平素守远荆榛[2]，走壁悬崖穿石埭[3]。
虚心抱节山之阿[4]，清风白月聊婆娑[5]。
寒梢千尺将如何，渭川淇澳风烟多[6]。

【注释】

〔1〕扶疏：犹婆娑，形容舞动的姿态。

〔2〕素：向来。荆：灌木名，种类很多，多丛生原野，最易阻塞道路。榛：落叶灌木或小乔木，幼枝有软毛及腺毛，小坚果近球形，种子可食用或榨油。

〔3〕石埭（dài）：石堤。

〔4〕阿（ē）：偏袒，庇护。

〔5〕聊：依赖。婆娑：犹扶疏，形容枝叶纷披。

〔6〕渭川：即渭河。黄河主要支流之一。淇澳：一作"淇奥"，淇水曲岸。《诗·卫风·淇奥》："瞻彼淇奥，绿竹猗猗。"

新笋歌

〔明〕岳岱

满林黄鸟不胜啼[1]，林下新笋与人齐。
春风闭门走山兔[2]，白昼露滴惊竹鸡。
雨中三日春已过，又近石床添几个。

竞将头角向青云[3]，不管阶前绿苔破。

【注释】

〔1〕不胜啼：不断地叫。

〔2〕走：驰逐。

〔3〕向青云：伸向天空。

竹　石

〔清〕郑燮

咬定青山不放松，立根原在破岩中。
千磨万击还坚劲，任尔东西南北风[1]。

【注释】

〔1〕任尔：随你。

竹

〔清〕郑燮

一节复一节[1]，千枝攒万叶[2]。
我自不开花，免撩蜂与蝶[3]。

【注释】

〔1〕复：又。

〔2〕攒（cuán）：聚集。

〔3〕免：免得。撩（liáo）：引逗。

千磨万击还坚劲
任尔东南西北风

——咏竹诗欣赏

竹劲本坚节，不受雪霜；绿叶萋萋，翠筠浮浮；虚心而直，无所隐蔽；不孤根以挺，耸必相依以擢秀。竹因此有刚柔忠义之称，而为世人所爱。《世说新语》记载了这样一则故事：吴中某士大夫家有美竹。王徽之欲观之，便乘舆竹下，咏啸良久。主人洒扫请坐，不顾而去，尝借居空宅，便令栽竹。或问之，徽之但指竹曰："何可一日无此君耶！"由这个故事可以看出王徽之爱竹之痴。此后"一日不可无此君"，竟成了爱竹之士的口头禅。居必有竹，以陶情励志，爽清气息。故晋有嵇康、阮籍、刘伶等竹林七贤，唐有李白、孔巢父、韩準等竹溪六逸。

正是因为人们对竹的喜爱，竹便成为文人雅士、画家词客笔下最常见的吟咏绘画的对象。所谓"胸有成竹"的典故，出自苏东坡对画家文与可画竹的评论。古人为我们留下大量咏竹诗篇。透过这些咏竹诗作，我们看到翠竹之劲姿雅态，感受到竹给人们所带来的清爽恬静，以及人们从翠竹的坚节贞心、忠直无隐的品质情操上所受到的启迪。在欣赏这些诗篇中我们还可以得到美的享受和创作手法、艺术风格的启示和借鉴。

在咏竹诗中，最常见的是从多侧面对翠竹的美加以描摹、渲染的诗作。这些诗大多写得较细腻，或面面俱到，或层层渲染，毕肖形神。

"高簳楚江濆，婵娟含曙气。白花摇风影，青节动龙文。叶扫东南日，枝捎西北云。谁知湘水上，流泪独思君。"李峤这首《咏竹》诗前两句描绘的是翠竹耸拔挺立，沐浴在朝晖晨霭之中，楚楚娟娟的优美之姿。接下的几句，诗人把笔触进而伸延到对翠竹局部细节的描绘，其花、其节、其叶、其枝，一笔笔写来，力求于动态中再现其形姿。这几句的描摹，虽有些流于工巧呆滞，但也能给人们以形象之感。结尾又借泪竹湘妃的典故再现翠竹之情态。此诗对竹的描摹比较全面，但意境较淡。

而令孤楚的《郡斋左偏栽竹百余诗》与李诗相比，就略胜其一筹了。“斋居栽竹北窗边，素壁新开映碧鲜。青蔼近当行药处，绿阴深到卧帷前。风惊晓叶如闻雨，月过春枝似带烟。老子忆山心暂缓，退公闲坐对婵娟。”此于叙述中逐渐地展开描绘郡斋所栽的翠竹的可爱，那翠竹清鲜之气，如云霭般竟已弥漫于你的身边；那翠竹郁郁绿阴袅袅延伸似乎已近到你的床帷之前；微风拂动竹叶如细雨沙沙轻落，婆娑月光掠过竹枝，疏影斜洒，如烟似雾。这淡淡几笔，便使那翠竹的鲜碧与雅姿历历在目。在这里已不是平面描摹，其青蔼、绿阴、晓叶、春枝，与周围的环境景致、与诗人的内在感受相融无间，其色、声、气俱在。其色犹在眼前，其气扑面近来，其声犹在耳边。意境优美，神韵独俱。处身于如此怡人之境，诗人何能不自得其乐。结尾句所抒发的，正是诗人对翠竹赏爱不尽的那种怡静欣悦之情。

“宜烟宜雨又宜风，拂水藏村复间松。移得萧骚从远寺，洗来疏净见前峰。侵阶藓拆春芽迸，绕径莎微夏阴浓。无赖杏花多意绪，数枝穿翠好相容。”郑谷这首《咏竹》诗又不同于以上两诗。诗人不是多侧面地描摹竹之形神，而是把笔墨放在竹之身处的景物、环境的烘托上，通过多层次的渲染，把隐在诗句背后的翠竹完美地供奉于读者的想象之中。诗的前两句是从宏观的角度，对大背景的描绘，渲染出其竹与烟、雨、风之相宜相容的和谐，其竹与水、村、松相衬、相间之益彰。接下写风拂竹叶的萧骚之声与远寺钟声之相闻，雨洗竹枝“疏净”之翠与远峰青黛之色相映。其侵阶而藓拆，其绕径而莎微，更有那几枝淡红的杏花，无意间斜插其青翠之间，愈显其情趣悠然。从水、村、松到杏花枝，从远寺、前峰到藓拆、莎微，上下远近其层次多变，从宏观之景到细微之处，既有意笔点染，又有工画细摹。真堪称是一幅优美绝妙的竹景画。

在咏竹诗中有面面着笔、层层铺写之作，也有取其一点而吟咏的诗篇。这些诗篇言短而意聚，也着实耐人品味。

“数竿苍翠拟龙形，峭拔须教此地生。无限野花开不得，半山寒色与春争。”裴说这首《春日山中竹》诗写得遒劲挥洒，寥寥几笔便点染出春寒山中的翠竹极强的生命力。其峭拔苍翠、生机勃勃，先于野花而争春斗翠。读之使人感奋。

“一节复一节，千枝攒万叶。我自不开花，免撩蜂与蝶。”郑燮这首咏竹小诗，没有用更多的笔墨去描摹竹的形神。只是以意笔，稍加点拨，以其极少开花的特性而引发议论，从中盛赞竹之不媚不谀，无哗众取宠之心，朴实无华，正直自洁的品质。全诗立意清新，语言质朴自然。

“竹映风窗数阵斜，旅人愁坐思无涯。夜来留得江湖梦，全为乾声似荻花。”唐彦谦这首《竹风》诗是就竹风而吟咏，立意深沉。竹风带给人们的大多是清爽怡静的情致。然而此诗则是通过诗人静坐客店，面对竹影映窗，愁思无涯的叙写，以及诗人梦中把竹风之声误为荻花之声的虚幻之境描绘，曲致其思乡之情和羁旅之苦。深夜梦中似乎又回到江湖之上，耳畔的竹风竟成了江堤荻花簌簌之声。不直接写竹风，而是通过梦境写竹风，其构思新巧。由此可见，竹风带给诗人的是一股思乡的苦涩。

在咏竹诗中，我们还可以看到一些诗人就新竹而吟咏，又别有一番风味。“东风弄巧补残山，一夜吹添玉数竿。半脱锦衣犹半著，箨龙未信怯春寒。”杨万里这首《新竹》诗，其特色在于立意于“新”。啊！真不知一夜东风竟吹添了不少翠玉般的新竹，这似乎是东风为修补这光秃的残山，而特意点染的。这株株新竹翠色披霜，像是身穿的锦衣半脱半着，它似乎还在犹豫，不知这初春时节是否如人们所说的那般寒凉。诗人把一夜之间忽然出现的新竹，描摹得神情毕肖，栩栩如生。尤其是那新竹“半脱锦衣犹半著”的神情姿态，犹如初醒的少女，突然活脱脱地出现在你的面前，意境优美。正如诗人另一首《新竹》中所写“带雨小酣三日后，出墙忽喜一梢长”。新竹的出现是多么突然，怎能不令人欣喜。

在咏竹诗中，一些借咏竹以寄托言志的诗篇，大多立意高致，寓意深刻，为人们所传诵。

“竹生空野外，梢云耸百寻。无人赏高节，徒自抱贞心。耻染湘妃泪，羞入上宫琴。谁能制长笛，当为吐龙吟。”刘孝先这首《咏竹》诗，借写百寻凌云的翠竹高节贞心，无人赏识，以抒怀才不遇的感慨。但此诗不同于一般写怀才不遇的诗作，较少悲切郁郁的情调，而是渴望遇到识贤之士，当为一“吐龙吟”。其诗咏物贴切，不即不离，寄托深致。感慨中又带有一种清健之气，其格调雅而不俗。

“咬定青山不放松，立根原在破岩中。千磨万击还坚劲，任尔东西南北风。”郑燮这首《竹石》诗，赞竹之坚韧劲节，言志述怀，虽无更多实笔描摹，其诗句字字掷地有金玉声，其竹百折不屈，劲本坚节之形象犹然而生，使人读之激情励志、壮气奋发、感受无穷，因此成为广为传诵的咏竹名篇。

名句欣赏

一画

一川松竹任横斜。有人家，被云遮。雪后疏梅、时见两三花。

〔宋〕辛弃疾《江城子》

一片花飞减却春，风飘万点正愁人。

〔唐〕杜甫《曲江》二首之一

一片晕红才着雨，几丝柔柳乍和烟，倩魂销尽夕阳前！

〔清〕纳兰性德《浣溪沙·西郊冯氏看海棠，因忆香严词有感》

一叫一回肠一断，三春三月忆三巴。

〔唐〕李白《宣城见杜鹃花》

一声梧叶一声秋，一点芭蕉一点愁，三更归梦三更后。

〔元〕徐再思《双调水仙子·夜雨》

一声羌笛无人见，无数梅花落野桥。

〔元〕王冕《梅花》

一夜绿荷霜剪破，赚他秋雨不成珠。

〔唐〕来鹄《偶题》二首之一

一夜东风破石裂，半随飞雪渡关山。

〔宋〕苏轼《梅花》

一骑红尘妃子笑，无人知是荔枝来。

〔唐〕杜牧《过华清宫三绝句》

一枝红艳露凝香，云雨巫山枉断肠。

〔唐〕李白《清平调词》三首之二

一树春风千万枝，嫩于金色软于丝。

〔唐〕白居易《杨柳枝词》

一树梨花一溪月，不知今夜属何人。

〔唐〕无名氏《杂诗》

一陂春水绕花身，花影妖娆各占春。纵被东风吹作雪，绝胜南陌碾作尘。

〔宋〕王安石《北陂杏花》

一生自猎知无敌，百中争能耻下鞲。

〔唐〕杜甫《白鹰》

一双幽色出凡尘，数粒秋烟二尺鳞。从此静窗闻细韵，琴声长伴读书人。

〔唐〕李群玉《书院二小松》

一身烂漫文章多，引声笙竽奈老何。

〔宋〕梅尧臣《赋孔雀送魏殊》

二画

二十四桥千步柳，春风十里上珠帘。

〔宋〕韩琦《淮扬好》

人归落雁后，思发在花前。

〔隋〕薛道衡《人日思归》

人似秋鸿来有信，事如春梦了无痕。

〔宋〕苏轼《与潘郭二生同游忆去岁旧迹》

人怜红艳多应俗，天与清香似有私。

〔宋〕林逋《梅花》

人静乌鸢自乐，小桥外，新绿溅溅。

〔宋〕周邦彦《满庭芳》

人怜巧语情虽重，鸟忆高飞意不同。

〔唐〕白居易《鹦鹉》

人闲桂花落，夜静春山空。月出惊山鸟，时鸣春涧中。

〔唐〕王维《鸟鸣涧》

人间四月芳菲尽，山寺桃花始盛开。长恨春归无觅处，不知转入此中来。

〔唐〕白居易《大林寺桃花》

几处早莺争暖树，谁家新燕啄春泥。

〔唐〕白居易《钱塘湖春行》

几度送风临玉户，一时传喜到妆台。

〔唐〕韩溉《鹊》

三画

大都一点宫黄，人间直恁芬芳。怕是秋天风露，染教世界都香。

〔宋〕辛弃疾《清平乐·谢叔良惠木犀》

大鹏一日同风起，扶摇直上九万里。假令风歇时下来，犹能簸却沧溟水。

〔唐〕李白《上李邕》

万声千噪几曾验，闻者终是轩眉头。

〔宋〕李觏《闻喜鹊》

万里秋风天外意，日斜闲啄岸边苔。

〔宋〕欧阳修《鹤》

万倾湖天碧，一星飞鹭白。

〔唐〕皮日休《秋江晓望》

万壑树参天，千山响杜鹃。

〔唐〕王维《送梓州李使君》

万里寒空只一日，金眸玉爪不凡材。

〔唐〕杜甫《黑鹰》

山川满目泪沾衣，富贵荣华能几时？不见只今汾水上，唯有年年秋雁飞。

〔唐〕李峤《汾阳行》

山川尽春色，呜咽复谁论？

〔唐〕杜牧《杜鹃》

山中人兮芳杜若，饮石泉兮荫松柏。

《楚辞·九歌·山鬼》

山中旭日林中鸟，衔出相思二月天。

〔清〕郑燮《折枝兰》

山气日夕佳，飞鸟相与还。

〔晋〕陶潜《饮酒》二十首之五

山风起寒木，野雀乱秋榛。

〔南朝·梁〕柳恽《奉和竟陵王经刘瓛墓下》

山石荦确行径微，黄昏到寺蝙蝠飞。

〔唐〕韩愈《山石》

山寺归来闻好语，野花啼鸟亦欣然。

〔宋〕苏轼《归宜兴留题竹西寺》

山光悦鸟性，潭影空人心。

〔唐〕常建《题破山寺后禅院》

山花如绣颊，江水似流萤。

〔唐〕李白《夜下征虏亭》

山花照坞复烧溪，树树枝枝尽可迷。

〔唐〕钱起《山花》

山重水复疑无路，柳暗花明又一村。

〔宋〕陆游《游西山村》

山城过雨百花尽，榕叶满庭莺乱啼。

〔唐〕柳宗元《柳州榕叶落尽偶题》

千丝碧藕玲珑腕，一卷芭蕉宛转心。

〔清〕吴伟业《无题》四首之一

千言万语无人会，又逐流莺过短墙。

〔唐〕郑谷《燕诗》

千里莺啼绿映红，水村山郭酒旗风。南朝四百八十寺，多少楼台烟雨中。

〔唐〕杜牧《江南春绝句》

千里稻花应秀色，五更桐叶最佳音。

〔宋〕曾几《苏秀道中自七月廿五日夜大雨之日，秋苗以苏，喜而有作》

千林扫作一番黄，只有芙蓉独自芳。唤作拒霜知未称，看来却是最宜霜。

〔宋〕苏轼《和陈达古拒霜花》

千林风雨莺求友，万里云天雁断行。

〔宋〕黄庭坚《宜阳别元明用觞字韵》

小姑贪戏采莲迟，晚来弄水船头湿，更脱红裙裹鸭儿。

〔唐〕皇甫松《采莲子》

小荷才露尖尖角，早有蜻蜓立上头。

〔宋〕杨万里《小池》

小院回廊春寂寂，浴鸟飞鹭晚悠悠。

〔唐〕杜甫《涪城县香积寺官阁》

小楼一夜听春雨，深巷明朝卖杏花。

〔宋〕陆游《临安春雨初霁》

飞絮落花时候，一登楼，便做春江都是泪，流不尽，许多愁。

〔宋〕秦观《江城子》

于今腐草无萤火，终古垂杨有暮鸦。

〔唐〕李商隐《隋宫》

夕阳薰细草，江色映疏帘。

〔唐〕杜甫《晚晴》

已负栋梁质，肯为儿女姿。

〔宋〕苏轼《和黄鲁直效进士作二首·岁寒知松柏》

四画

无限野花开不得，半山寒色与春争。

〔唐〕裴说《春日山中竹》

无奈灵和标格在，春来依旧袅长条。

〔唐〕韩偓《咏柳》

无可奈何花落去，似曾相识燕归来。小园香径独徘徊。

〔宋〕晏殊《浣溪沙》

无情最是台城柳，依旧烟笼十里堤。

〔唐〕韦庄《台城》

无边落木萧萧下，不尽长江滚滚来。

〔唐〕杜甫《登高》

无意苦争春，一任群芳妒。

〔宋〕陆游《卜算子·咏梅》

无数塞鸿飞不度，秋风卷入小单于。

〔唐〕李益《听晓角》

无赖杏花多意绪，数枝穿翠好相容。

〔唐〕郑谷《咏竹》

天迥云垂草，江容雪覆沙。野梅烧不尽，时见两三花。

〔明〕刘基《古戍》

天然韶雅性，不愧知音识。

〔唐〕戴叔伦《咏梧桐》

天高云闲，列长空数行新雁。御园中秋色斓斑；柳添黄，蘋减绿，红莲脱瓣。一抹雕阑，喷清香桂花初绽。

〔清〕洪昇《长生殿·惊变》

天上碧桃和露种，日边红杏倚云栽。

〔唐〕高蟾《下第后上永崇高侍郎》

天街小雨润如酥，草色遥看近却无。

〔唐〕韩愈《早春呈水部张十八员外》二首其一

天风无际路茫茫，老作月王风露郎。只把千樽为月俸，为嫌铜臭杂花香。

〔宋〕陆游《梦中荷花万顷中》

天憎梅浪发，故下封枝雪。

〔宋〕周邦彦《菩萨蛮·梅雪》

天意怜幽草，人间重晚晴。

〔唐〕李商隐《晚晴》

不向东山久，蔷薇几度花！白云还自散，明月落谁家？

〔唐〕李白《忆东山》二首之一

不知近水花先发，疑是经冬雪未销。

〔唐〕张渭《早梅》

不须长结东风愿，秋菊春兰各有香。

〔宋〕宋祁《蝶》

不肯画堂朱户，春风自在杨花。

〔宋〕王安石《清平乐》

不要人夸好颜色，只留清气满乾坤。

〔元〕王冕《墨梅》

不畏月明见陋质，但畏风雨难为光。

〔唐〕陈去非《萤火》

不是花中偏爱菊，此花开尽更无花。

〔唐〕元稹《菊花》

不是爱风尘，似被前缘误，花落花开自有时，总是东君主，去也终须去，住也如何住。若得山花插满头，莫问奴归处。

〔宋〕严蕊《卜算子》

不学梅欺雪，轻红照碧池。小桃新谢后，双燕却飞时。

〔唐〕郑谷《咏杏花》

不论平地与山尖，无限风光尽被占。采得百花成蜜后，为谁辛苦为谁甜?

〔唐〕罗隐《蜂》

木末芙蓉花，山中发红萼。涧户寂无人，纷纷开且落。

〔唐〕王维《辛夷坞》

木落江渡寒，雁还风送秋。

〔南朝·宋〕鲍照《登黄鹤矶》

中庭月色正清明，无数杨花过无影。

〔宋〕张先《木兰花》

中庭地白树栖鸦，冷露无声湿桂花。今夜月明人尽望，不知秋思落谁家。

〔唐〕王建《十五日夜望月寄在郎中》

日日锦江呈锦样，清溪倒照映山红。

〔宋〕杨万里《杜鹃花》

日暖风轻言语软，应将喜报主人知。

〔宋〕欧阳修《野鹊》

日出远岫明，鸟散空林寂。

〔隋〕杨素《山斋独坐赠薛内史》二首之一

日暮长江里，相邀归渡头。落花如有意，来去逐船流。

〔唐〕储光羲《江南曲》

日啖荔枝二百颗，不辞长作岭南人。

〔宋〕苏轼《食荔枝》二首其二

今年花胜去年红，可惜明年花更好，知与谁同?

〔宋〕欧阳修《浪淘沙》

今日栏边见颜色，梦魂不复过西州。

〔宋〕韩维《展红亭海棠》四首之一

今夜偏知春气暖，虫声新透绿窗纱。

〔唐〕刘方平《夜月》

升堂坐阶新雨足，芭蕉叶大支子肥。

〔唐〕韩愈《山石》

月色溶溶夜，花阴寂寂春。

〔金〕董解元《西厢记》

月明星稀，乌鹊南飞。绕树三匝，何枝可依？

〔三国·魏〕曹操《短歌行》二首之一

月明汉水初无影，雪满梁园尚未归。柳絮池塘香入梦，梨花庭院冷侵衣。

〔明〕袁凯《白燕诗》

月落乌啼霜满天，江枫渔火对愁眠。姑苏城外寒山寺，夜半钟声到客船。

〔唐〕张继《枫桥夜泊》

月黑雁飞高，单于夜遁逃。欲将轻骑逐，大雪满弓刀。

〔唐〕卢纶《和张仆射塞下曲》

风入寒松声自古，水归沧海意皆深。

〔唐〕刘威《欧阳示新诗因贻四韵》

风老莺雏，雨肥梅子，午阴嘉树清圆。

〔宋〕周邦彦《满庭芳》

风含翠筱娟娟静，雨裛红蕖冉冉香。

〔唐〕杜甫《狂夫》

风暖鸟声碎，日高花影重。

〔唐〕杜荀鹤《春宫怨》

风翻白浪花千片，雁点青天字一行。

〔唐〕白居易《江楼晚眺，景物鲜奇，吟玩成篇，寄水部张籍员外》

风鸣两岸叶，月照一孤舟。

〔唐〕孟浩然《宿桐庐江寄广陵旧游》

火力不能销地力，乱前黄菊眼前开。

〔唐〕郑谷《初还京师寓上府署偶题屋壁》

火云满山凝未开，飞鸟千里不敢来。

〔唐〕岑参《火山云歌送别》

火树银花合，星桥铁锁开。

〔唐〕苏味道《正月十五夜》

心同野鹤与尘远，诗似冰壶见底清。

〔唐〕韦应物《赠王侍御》

心若垂杨千万缕，水阔花飞，梦断巫山路。

〔五代·南唐〕冯延巳《鹊踏枝》

水边杨柳绿丝垂，倒影奇峰坠。

〔元〕王恽《越调平湖乐》十首之九

水曲山隈四五家，夕阳烟火隔芦花。

〔宋〕徐积《渔父乐》

水清石出鱼可数，林深无人鸟相呼。

〔宋〕苏轼《腊月游孤山访惠勤、惠思二僧》

水涵空，阑干高处，送乱鸦斜日落渔汀。连呼酒上琴台去，秋与云平。

〔宋〕吴文英《八声甘州·陪庾幕诸公游灵岩》

水仙欲上鲤鱼去，一夜芙蓉红泪多。

〔唐〕李商隐《板桥晓别》

水晶帘动微风起，满架蔷薇一院香。

〔唐〕高骈《山亭夏日》

水殿清风玉户开，飞光千点去还来。无风无月长门夜，偏到阶前点绿苔。

〔唐〕罗邺《咏萤》二首其一

水深鱼极乐，林茂鸟知归。

〔唐〕杜甫《秋野》

水蓼冷花红簇簇，江篱湿叶碧凄凄。

〔唐〕白居易《竹枝词》

为问同怀者，凄凉听几声。

〔唐〕司空曙《新蝉诗》

为问寒沙新到雁，来时还下杜陵无？

〔唐〕杜牧《秋浦途中》

为爱名花抵死狂，只愁风日损红芳。绿章夜奏通明殿，乞借春阴护海棠。

〔宋〕陆游《花时遍游诸家园》

劝君不用分明语，语得分明出转难。

〔唐〕罗隐《鹦鹉》

王孙莫把比蓬蒿，九日枝枝近鬓毛。露湿秋香满池岸，由来不羡瓦松高。

〔唐〕郑谷《菊》

五月榴花照眼明，枝间时见子初成。可怜此地无车马，颠倒青苔落绛英。

〔唐〕韩愈《榴花》

爪毛吻血百鸟逝，独立四顾时激昂。

〔唐〕柳宗元《笼鹰词》

五画

正是江南好风景，落花时节又逢君。

〔唐〕杜甫《江南逢李龟年》

正是西风花落尽，不知何处认啼痕。

〔唐〕吴融《秋闻子规》

玉容寂寞泪阑干，梨花一枝春带雨。

〔唐〕白居易《长恨歌》

玉露凋伤枫树林，巫山巫峡气萧森。

〔唐〕杜甫《秋兴八首》之一

古墓犁为田，松柏摧为薪。白杨多悲风，萧萧愁杀人。

〔汉〕无名氏《古诗·去者日已疏》

去年元夜时，花市灯如昼。月到柳（一作“上”）梢头，人约黄昏后。

〔宋〕欧阳修《生查子》

去年今日此门中，人面桃花相映红。人面不知何处去，桃花依旧笑春风。

〔唐〕崔护《题都城南庄》

去年花里逢君别，今日花开已一年。

〔唐〕韦应物《寄李儋元锡》

去年春恨却来时，落花人独立，微雨燕双飞。

〔宋〕晏几道《临江仙》

去来要自知时节，尝怪人嘲作附炎。

〔宋〕陆游《燕诗》

未若柳絮因风起。

〔晋〕谢道韫《咏雪联句》

甘瓜抱苦蒂，美枣生荆棘。

〔汉〕无名氏《古诗·甘瓜抱苦蒂》

东风夜放花千树，更吹落，星如雨。

〔宋〕辛弃疾《青玉案》

东风柳线长。

〔南朝·梁〕范云《送别》

东风弄巧补残山，一夜吹添玉数竿。半脱锦衣犹半著，箨龙未信怯春寒。

〔宋〕杨万里《新竹》

东风摇曳垂杨线，游丝牵惹桃花片，珠帘掩映芙蓉面。

〔元〕王实甫《西厢记》第一本第一折

东风袅袅泛崇光，香雾空濛月转廊。只恐夜深花睡去，故烧高烛照红妆。

〔宋〕苏轼《海棠》

可堪孤馆闭春寒，杜鹃声里斜阳暮。

〔宋〕秦观《踏莎行》

归入故园尝识主，如今社日远看人。

〔唐〕杜甫《燕子来舟中作》

旧时王谢堂前燕，飞入寻常百姓家。

〔唐〕刘禹锡《乌衣巷》

归棹晚，载荷花十里，一钩新月。

〔宋〕黄裳《喜迁莺·端午泛湖》

北望燕云不尽头，大江东去水悠悠。夕阳一片寒鸦外，目断东南四百州。

〔宋〕汪元量《湖州歌》

叶上初阳乾宿雨，水面清圆，一一风荷举。

〔宋〕周邦彦《苏幕遮》

叶枯红藕，条疏青柳。淅剌剌，满处西风，都送与愁人消受。

〔清〕洪昇《长生殿·得信》

卢家少妇郁金堂，海燕双栖玳瑁梁。九月寒砧催木叶，十年征戍忆辽阳。

〔唐〕沈佺期《古意呈补阙乔知之》

只有小桥杨柳外，杏花未肯放春归。

〔宋〕方岳《春晚》

只有一枝梧叶，不知多少愁声。

〔宋〕张炎《清平乐》

只余欧鹭无拘管，北去南来自在飞。

〔宋〕杨万里《初入淮河四绝句》

出山回望云木合，但见野鹘盘浮图。

〔宋〕苏轼《腊月游孤山访惠勤、惠思二僧》

目送归鸿，手挥五弦。

〔三国·魏〕嵇康《赠秀才入军》十九首之十四

他日差池春燕影，只今憔悴晚烟痕。

〔清〕王士祯《秋柳》四首之一

他年我若为青帝，报与桃花一处开。

〔唐〕黄巢《题菊花》

他年绛雪映红云，丁宁风与月，记取种花人。

〔宋〕刘克庄《临江仙·县圃种花》

丛菊两开他日泪，孤舟一系故园心。

〔唐〕杜甫《秋兴》八首之一

丛篁密筱遍抽新，碎剪春愁满江绿。

〔清〕郑燮《为黄陵女道士画竹》

鸟飞反故乡兮，狐死必首丘。

《楚辞·九章·哀郢》

鸟去鸟来山色里，人歌人哭水声中。

〔唐〕杜牧《题宣州开元寺水阁阁下宛溪夹溪居人》

鸟归沙有迹，帆过浪无痕。

〔唐〕贾岛《登江亭晚望》

鸟尽良弓藏，谋极身必危。

〔三国·魏〕嵇康《赠秀才入军》十九首之十九

鸟宿池边树，僧敲月下门。

〔唐〕贾岛《题李凝幽居》

鸟啼花落人何在，竹死桐枯凤不来。

〔唐〕崔珏《哭李商隐》其二

写不成书，只寄得相思一点。

〔宋〕张炎《解连环·孤雁》

写取一枝清瘦竹，秋风江上作渔竿。

〔清〕郑燮《予告归里，画竹别潍县绅士民》

宁与黄鹄比翼乎？将与鸡鹜争食乎？

《楚辞·卜居》

宁与燕雀翔，不随鸿鹄飞。

〔三国·魏〕阮籍《咏怀》八十二首之八

宁可枝头抱香死，何曾吹落北风中。

〔宋〕郑思肖《寒菊》

宁作野中之双凫，不愿云间之别鹤。

〔南朝·宋〕鲍照《拟行路难》十八首之三

打起黄莺儿，莫教技上啼。

〔唐〕金昌绪《春怨》

乐意相关禽对语，生香不断树交花。

〔宋〕石曼卿《题章氏园亭诗》

本以高难饱，徒劳恨费声。

〔唐〕李商隐《蝉》

白发悲花落，青云羡鸟飞。

〔唐〕岑参《寄左省杜拾遗》

白鸥没浩荡，万里谁能驯。

〔唐〕杜甫《奉赠韦左丞丈二十二韵》

仙掌月明孤影过，长门灯暗数声来。

〔唐〕杜收《早雁》

外布芳菲虽笑日，中含芒刺欲伤人。

〔唐〕陆龟蒙《蔷薇》

田田多少，几回沙际归路？

〔宋〕姜夔《念奴娇》

乍依菱蔓聚，尽向芦花灭。更喜好风来，数片飘晴雪。

〔唐〕钱起《戏鸥歌》

长风剪不断，还在树枝间。

〔唐〕卢仝《新蝉》

长沟流月去无声，杏花疏影里，吹笛到天明。

〔宋〕陈与义《临江仙一夜登小阁，忆洛中旧游》

长风吹白茅，野火烧枯桑。

〔唐〕岑参《至大梁却寄匡城主人》

处处定知秋后别，年年长向社前逢。

〔宋〕王安石《燕诗》

平川十里人归晚，无数牛羊一笛风。

〔明〕杨基《春草诗》

立如依岸雪，飞似向池泉。江海虽言旷，无如君子前。

〔唐〕储光羲《池边鹤》

六画

西城杨柳弄春柔，动离忧，泪难收。犹记多情，曾为系归舟。

〔宋〕秦观《江城子》

西风初入小溪帆，旋织波纹绉浅蓝。行到闹红无水面，红莲沉醉白莲酣。

〔宋〕范成大《立秋后二日泛舟越来溪》

西塞山前白鹭飞，桃花流水鳜鱼肥。青箬笠，绿蓑衣，斜风细雨不须归。

〔宋〕张志和《渔父》

有风传雅韵，无雪试幽姿。

〔唐〕李商隐《高松》

有情芍药含春泪，无力蔷薇卧晓枝。

〔宋〕秦观《春日》

夹道朱楼一径斜，王孙初御富平车。青溪尽是辛夷树，不及东风桃李花。

〔清〕孔尚任《桃花扇·眠香》

过雨樱桃血满枝，弄色奇花红间紫。

〔金〕董解元《西厢记》

当年不肯嫁春风，无端却被秋风误。

〔宋〕贺铸《踏莎行》

当荣君不采，飘落欲何依。

〔唐〕李白《感遇诗》

早知半路应相失，不如从来本独飞。

〔南朝·梁〕萧纲《夜望单飞雁》

竹叶于人既无分，菊花从此不须开。

〔唐〕杜甫《九日》

竹外桃花三两枝，春江水暖鸭先知。

〔宋〕苏轼《惠崇春江晚景》

竹喧归浣女，莲动下渔舟。

〔唐〕王维《山居秋冥》

年年岁岁花相似，岁岁年年人不同。

〔唐〕刘希夷《代悲白头翁》

年年柳色，霸陵伤别。

〔唐〕李白《忆秦娥》

年年花落无人见，空逐春泉出御沟。

〔唐〕司马札《富怨》

伤心桥下春波绿，曾是惊鸿照影来。

〔宋〕陆游《沈园》二首之一

似火山榴映小山，繁中能薄艳中闲。一朵佳人玉钗上，只疑烧却翠云鬟！

〔唐〕杜牧《山石榴》

似花还似非花，也无人惜从教坠。

〔宋〕苏轼《水龙吟》

似共东风解相识，一枝先已破春寒。

〔明〕张新《山茶花》

自去自来堂上燕，相亲相近水中鸥。

〔唐〕杜甫《江村》

自家飞絮犹无定，争解垂丝绊路人？

〔唐〕罗隐《柳》

自春来，惨绿愁红，芳心是事可可，日上花稍，莺穿柳带，犹压香衾卧。

〔宋〕柳永《定风波》

自是桃花贪结子，错教人恨五更风。

〔唐〕王建《宫词》一百首其一

自有凌冬质，能守岁寒心。

〔北周〕李元操《园中杂咏橘诗》

会得离人无限意，千丝万絮惹春风。

〔唐〕郑谷《柳》

众鸟高飞尽，孤云独去闲。

〔唐〕李白《独坐敬亭山》

众芳摇落独暄妍，占尽风情向小园。疏影横斜水清浅，暗香浮动月黄昏。

〔宋〕林逋《山园小梅》

多少绿荷相倚恨，一时回首背西风。

〔唐〕杜牧《齐安郡中偶题》二首之一

冲天香阵透长安，满城尽带黄金甲。

〔唐〕黄巢《不第后赋菊》

江上柳如烟，雁飞残月天。

〔唐〕温庭筠《菩萨蛮》

江浦寒鸥戏，无他也自饶。却思翻玉羽，随意点春苗。

〔唐〕杜甫《鸥》

江汉光翻千里雪，桂花香动万山秋。

〔明〕谢榛《中秋宴集》

江南逢巧笑，龋齿向人开。

〔清〕吴伟业《石榴》

江南有丹橘，经冬犹绿林。岂伊地气暖？自有岁寒心。

〔唐〕张九龄《感遇》十二首之七

江碧鸟逾白，山青花欲燃。

〔唐〕杜甫《绝句》二首其二

江山如有待，花柳自无私。

〔唐〕杜甫《后游》

池面风来波艳艳，陂间露下叶田田。谁与水上张青盖，罩却红妆吐彩莲。

〔宋〕欧阳修《莲》

池上碧苔三四点，叶底黄鹂一两声。日长飞絮轻。

〔宋〕晏珠《破阵子》

池塘生春草，园柳交鸣禽。

〔南朝·宋〕谢灵运《登池上楼》

关关雎鸠，在河之洲。窈窕淑女，君子好逑。

《诗·周南·关雎》

阳春二三月，草与水同色。

〔晋〕乐府古辞《孟珠》

红豆生南国，春来发几枝？愿君多采撷，此物最相思。

〔唐〕王维《相思》

红莲相倚浑如醉，白鸟无言定自愁。

〔宋〕辛弃疾《鹧鸪天·鹅湖归·病起作》

红树青山日欲斜，长郊草色绿无涯。游人不管春将老，来往亭前踏落花。

〔宋〕欧阳修《丰乐亭游春》

红树醉秋色，碧溪弹夜弦。

〔唐〕湘驿女子《题玉泉溪》

红入桃花嫩，青归柳叶新。

〔唐〕杜甫《春宿左省》

兴阑啼鸟散，坐久落花多。

〔唐〕王维《过杨氏别业》

尽日无人看微雨，鸳鸯相对浴红衣。

〔唐〕杜牧《齐安郡后池绝句》

行到中庭数花朵，蜻蜓飞上玉搔头。

〔唐〕刘禹锡《和乐天春词》

庄生晓梦迷蝴蝶，望帝春心托杜鹃。

〔唐〕李商隐《锦瑟》

向人自有无言意，倾国天教抵死香。

〔宋〕王安石《梅花诗》其三

向晚谁争艳，酡颜浅作红。

〔宋〕宋景文《芙蓉》

朱霞焰焰山枝动，绿野声声杜宇来。

〔唐〕徐凝《杜鹃花》

共喜巧回春，不妨闲弄影。

〔宋〕杨万里《木芙蓉》二首其一

如何肯到清秋日，已带斜阳又带蝉。

〔唐〕李商隐《柳》

如今漫学人言巧，解语终须累尔身。

〔唐〕裴夷直《鹦鹉》

百花长恨风吹落，唯有杨花独爱风。

〔唐〕吴融《杨花》

传情每向馨香得，不语还应彼此知。

〔唐〕薛涛《牡丹》

七画

远上寒山石径斜，白云生处有人家。停车坐爱枫林晚，霜叶红于二月花。

〔唐〕杜牧《山行》

远树暧阡阡，生烟纷漠漠。鱼戏新荷动，鸟散余花落。

〔南朝·齐〕谢朓《游东田》

杜宇一声春晓。

〔宋〕苏轼《西江月》

芙蓉露下落，杨柳月中疏。

〔北朝·齐〕萧悫《秋思》

花木阴阴，偶过垂杨院。香风散，半开朱户，瞥见如花面。

〔金〕董解元《西厢记》

花自飘零水自流，一种相思，两处闲愁。

〔宋〕李清照《一剪梅》

花须柳眼各无赖，紫蝶黄蜂俱有情。

〔唐〕李商隐《二月二日》

花红易衰似郎意，水流无限似侬愁。

〔唐〕刘禹锡《竹枝词》九首之二

花褪残红春杏小。燕子飞时，绿水人家绕。

〔宋〕苏轼《蝶恋花》

苍龙日暮还行雨，老树春深更著花。

〔明〕顾炎武《又酬傅处士次韵》二首之二

芳林新叶催陈叶，流水前波让后波。

〔唐〕刘禹锡《乐天见示伤微之敦诗晦叔三君子皆有深分因成是诗以寄》

芳径，芹泥雨润。爱贴地争飞，竞夸轻俊。红楼归晚，看足柳昏花暝。

〔宋〕史达祖《双双燕·咏燕》

芳树无人花自落，春山一路鸟空啼。

〔唐〕李华《春行寄兴》

芳草句，碧云辞，低徊闲自思。流莺枝上不曾啼，知人断肠时。

〔清〕佟世南《阮郎归》

芳草有情，夕阳无语，雁横南浦，人倚西楼。

〔宋〕张耒《风流子》

芳草有情皆碍马，好云无处不遮楼。

〔唐〕罗隐《魏城逢故人》

杏花红处青山缺，山畔行人山下歇。

〔宋〕欧阳修《玉楼春》

两边山木合，终日子规啼。

〔唐〕杜甫《子规》

两个黄鹂鸣翠柳，一行白鹭上青天。窗含西岭千秋雪，门泊东吴万里船。

〔唐〕杜甫《绝句》四首之三

两株桃杏映篱斜，装点商州付使家。何事春风容不得，和莺吹折数枝花。

〔宋〕王禹偁《春日杂兴》

折得一枝香在手，人间应未有。

〔宋〕王安石《甘露歌》

时人不识凌云木，直待凌云始道高。

〔唐〕杜荀鹤《小松》

时见幽人独往来，缥缈孤鸿影。

〔宋〕苏轼《卜算子》

时有落花至，远随流水香。

〔唐〕刘昚虚《缺题》

别离滋味浓于酒，著人瘦。此情不及东墙柳，春色年年依旧。

〔宋〕张耒《秋蕊香》

乱花渐欲迷人眼，浅草才能没马蹄。

〔唐〕白居易《钱塘湖春行》

何方可化身千亿？一树梅花一放翁。

〔宋〕陆游《梅花绝句》其三

何处轻黄双小蝶，翩翩与我共徘徊。绿阴芳草佳风月，不是花时也解来。

〔宋〕陆游《窗下戏咏》

何须浅碧深红色，自是花中第一流。

〔宋〕李清照《鹧鸪天·桂花》

何须更探春消息，自有幽香梦里通。

〔宋〕张道洽《咏梅》

低头弄莲子，莲子清如水。

〔晋〕乐府古辞《西洲曲》

含风鸭绿粼粼起，弄日鹅黄袅袅垂。

〔宋〕王安石《南浦》

含情欲说宫中事，鹦鹉前头不敢言。

〔唐〕朱庆余《宫词》

系春心情短柳丝长，隔花阴人远天涯近。

〔元〕王实甫《西厢记》第二本第一折

羌笛何须怨杨柳，春风不度玉门关。

〔唐〕王之涣《凉州词》二首之一

迟日江山丽，春风花鸟香。

〔唐〕杜甫《绝句》

来日倚窗前，寒梅著花未?

〔唐〕王维《杂诗》之一

灵菊植幽崖，擢颖凌寒飙。春露不染色，秋霜不改条。

〔晋〕袁崧《菊》

坐对真成被花恼，出门一笑大江横。

〔宋〕黄庭坚《水仙花诗》

鸠鸣桑叶吐，村暗杏花残。

〔宋〕梅尧臣《春阴》

杨花榆荚无才思，惟解漫天作雪飞。

〔唐〕韩愈《晚春》

杨花飞尽绿阴合，更看明年春雨时。

〔元〕马祖常《杨花宛转曲》

芭蕉不展丁香结，同向春风各自愁。

〔唐〕李商隐《代赠》二首其一

狂风落尽深红色，绿叶成阴子满枝。

〔唐〕杜牧《叹花》

忍放花如雪，青楼扑酒旗。

〔唐〕李商隐《赠柳》

迎春故早发，独自不疑寒。畏落众花后，无人别意看。

〔南朝·陈〕谢燮《早梅》

冷落竹篱茅舍，富贵玉堂琼榭，两地不同栽，一般开。

〔宋〕郑域《昭君怨·梅》

旷然尘虑尽，为对夕花明。

〔宋〕朱熹《茉莉》

更凭青女留连得，未作愁红怨绿看。

〔宋〕范大成《窗前木芙蓉》

良宵更有多情处，月下芬芳伴醉吟。

〔唐〕刘兼《海棠花》

听此高林上，遥知故国秋。

〔唐〕于邺《咏蝉》

闲依柳絮参差起，困傍桃花各自飞。潜被燕惊还散乱，偶因人逐入帘帏。

〔唐〕李建勋《蝴蝶》

每以圆时足，还随缺处空。影高群木外，香满一轮中。

〔唐〕张乔《试月中桂》

初见梁间牖户新，衔泥已复哺雏频。

〔宋〕陆游《燕诗》

应自栖香正稳，便忘了天涯芳信。

〔宋〕史达祖《双双燕·咏燕》

近水欲迷歌扇绿，隔花偏衬舞裙红。

〔明〕杨基《春草诗》

努力莫辞仙客远，自云飞处免群鸡。

〔唐〕雍陶《放鹤》

八画

青鸟不传云外信，丁香空结雨中愁。回首绿波三楚暮，接天流。

〔五代·南唐〕李璟《摊破浣溪沙》

青鸟衔葡萄，飞上金井栏。

〔唐〕捧剑仆《诗》

青松巢白鸟，深竹逗流萤。

〔宋〕贺铸《临江仙》

青惜峰峦过，黄知橘柚来。

〔唐〕杜甫《放船》

青笠红衫风雪里，一林枫桕马萧萧。

〔清〕王士祯《自沙河至唐婆岭即事》

青春每问风外得，秀艳应难雪中见。

〔宋〕文同《梨花》

青萍一点微微发，万树千枝和根拔。

〔元〕吴昌龄《张天师断风花雪夜杂剧》

青墩溪畔龙钟客，独立东风看牡丹。

〔宋〕陈与义《牡丹》

枝间新绿一重重，小蕾深藏数点红。

〔金〕元好问《同儿辈赋未开海棠》

枝生无限月，花满自然秋。

〔唐〕李峤《咏桂》

昔我往矣，杨柳依依；今我来兮，雨雪霏霏。

《诗·小雅·采薇》

雨中山果落，灯下草虫鸣。

〔唐〕王维《秋夜独坐》

雨中草色绿堪染，水上桃花红欲燃。

〔唐〕王维《辋川别业》

雨昏青草湖边过，花落黄陵庙里啼。

〔唐〕郑谷《鹧鸪》

雨暗不离浓绿树，月斜长吊欲明天。

〔唐〕吴融《子规》

雨后却斜阳，杏花零落香。

〔唐〕温庭筠《菩萨蛮》十一

郁郁涧底松，离离山上苗。以彼径寸茎，荫此百尺条。

〔晋〕左思《咏史》八首之二

拣尽寒枝不肯栖，寂寞沙洲冷。

〔宋〕苏轼《卜算子》

凭阑袖拂杨花雪。溪又斜，山又遮，人去也。

〔元〕关汉卿《南吕·四块玉·别情》

金风细细，叶叶梧桐坠。绿酒初尝人易醉，一枕小窗浓睡。

〔宋〕晏殊《清平乐》

采菊东篱下，悠然见南山。

〔晋〕陶潜《饮酒》二十首之五

采得百花成蜜后，为谁辛苦为谁甜。

〔唐〕罗隐《蜂》

采莲无限兰桡女，笑指中流羡尔归。

〔唐〕崔珏《和友人鸳鸯之什》其一

采薜荔兮水中，搴芙蓉兮木末。

《楚辞·九歌·湘君》

饱霜孤竹声偏切，带火焦桐韵本悲。

〔唐〕刘禹锡《答杨八敬之绝句》

忽如一夜春风来，千树万树梨花开。

〔唐〕岑参《白雪歌送武判官归京》

河畔青芜堤上柳，为问新愁，何事年年有？

〔五代·南唐〕冯延巳《鹊踏枝》二

泪眼问花花不语，乱红飞过秋千去。

〔宋〕欧阳修《蝶恋花》

波渺渺，柳依依；孤村芳草远，斜日杏花飞。

〔宋〕寇凖《江南春》

波漂菰米沉云黑，露冷莲房坠粉红。

〔唐〕杜甫《秋兴》

始怜幽竹山窗下，不改清阴待我归。

〔唐〕刘长卿《晚春归山居题窗前竹》

孤村落日残霞，轻烟老树寒鸦，一点飞鸿影下。

〔元〕白朴《越调天净沙·秋》

孤雁不饮啄，飞鸣声念群。谁怜一片影，相失万重云？

〔唐〕杜甫《孤雁》

孤标天赋与，冷艳谁能顾。庭院好深藏，莫叫开路旁。

〔宋〕晁端礼《菩萨蛮》

细雨鱼儿出，微风燕子斜。

〔唐〕杜甫《水槛遣心》二首之一

细看来，不是杨花点点，是离人泪。

〔宋〕苏轼《水龙吟》

细数落花因坐久，缓寻芳草得归迟。

〔宋〕王安石《北山》

夜凉吹笛千山月，路暗迷人百种花。

〔宋〕欧阳修《梦中作》

夜来归鸟尽，啼杀后栖鸦。

〔唐〕杜甫《遣怀》

夜静看花人独立，水晶帘外月如霜。

〔清〕朱受新《白秋海棠》

岭猿同旦暮，江柳共风烟。

〔唐〕刘长卿《新年作》

林花著雨燕脂湿，水荇牵风翠带长。

〔唐〕杜甫《曲江对雨》

松际露微月，清光犹为君。

〔唐〕常建《宿王昌龄隐居》

岸花飞送客，樯燕语留人。

〔唐〕杜甫《发潭州》

昆山玉碎凤凰叫，芙蓉泣露香兰笑。

〔唐〕李贺《李凭箜篌引》

泥融飞燕子，沙暖睡鸳鸯。

〔唐〕杜甫《绝句》二首其一

诗家清景在新春，绿柳才黄半未匀。

〔唐〕杨巨源《城东早春》

织为云外秋雁行，染作江南春水色。

〔唐〕白居易《缭绫》

忽忆秦溪路，万竿今正凉。

〔唐〕许浑《秋日白沙馆对竹》

若教解语应倾国，任是无情也动人。

〔唐〕罗隐《牡丹》

拂绿穿红丽日长，一生心事住春光。

〔唐〕徐寅《蝴蝶》

的历流光小，飘摇弱翅轻。恐畏无人识，独自暗中明。

〔唐〕虞世南《咏萤火》

居高声自远，非是藉秋风。

〔唐〕虞世南《蝉》

直须强学人间语，举世无人解鸟言。

〔宋〕王安石《鹦鹉》

九画

春无踪迹谁知？除非问取黄鹂；百啭无人能解，因风飞过蔷薇。

〔宋〕黄庭坚《清平乐》

春日游，杏花吹满头。

〔五代·前蜀〕韦应《思帝乡》

春风不解禁杨花，蒙蒙乱扑行人面。

〔宋〕晏殊《踏莎行》

春风知别苦，不遣柳条青。

〔唐〕李白《劳劳亭》

春风桃李花开日，秋雨梧桐叶落时。

〔唐〕白居易《长恨歌》

春风疑不到天涯，二月山城未见花。残雪压枝犹有桔，冻雷惊笋欲抽芽。

〔宋〕欧阳修《戏答元珍》

春风取花去，酬我以清阴。

〔宋〕王安石《半山春晚即事》

春早横招桃李妒，岁寒不受雪霜侵。

〔宋〕杨万里《山茶》

春色撩人，爱花风如扇，柳烟成阵。

〔清〕洪昇《长生殿·禊游》

春色满园关不住，一枝红杏出墙来。

〔宋〕叶绍翁《游园不值》

春苑月裴回，竹堂侵夜开。惊鸟排林度，风花隔水来。

〔唐〕虞世南《春夜》

春城无处不飞花，寒食东风御柳斜。

〔唐〕韩翃《寒食》

春眠不觉晓，处处闻啼鸟。夜来风雨声，花落知多少？

〔唐〕孟浩然《春晓》

春宵一刻值千金，花有清香月有阴。

〔宋〕苏轼《春夜》

春路雨添花，花动一山春色。

〔宋〕秦观《好事近》

城中桃李愁风雨，春在溪头野荠花。

〔宋〕辛弃疾《鹧鸪天·代人赋》

枯藤老树昏鸦，小桥流水人家，古道西风瘦马。夕阳西下，断肠人在天涯。

〔元〕马致远《越调天净沙·秋思》

相见时难别亦难，东风无力百花残。

〔唐〕李商隐《无题》

相期定似逢寒食，乍见争如说故乡。

〔清〕丁澎《见燕》

相逢不用忙归去，明日黄花蝶也愁。

〔宋〕苏轼《九日次韵王巩》

柳下桃蹊，乱分春色到人家。

〔宋〕秦观《望海潮》

柳叶乱飘千尺雨，桃花斜带一溪烟。

〔清〕吴伟业《鸳湖曲》

柳阴中忽噪新蝉，见流莺飞来庭院，听菱歌何处，画船归晚。

〔元〕高明《琵琶记·伯喈弹琴诉怨》

柳塘春水漫，花坞夕阳迟。

〔唐〕严维《酬刘员外见寄》

柳絮池塘春入梦，梨花庭院冷侵衣。

〔明〕袁凯《咏白燕》

柳丝长，春雨细，花外漏声迢递。

〔唐〕温庭筠《更漏子》

柳丝袅袅风缲出，草缕茸茸雨剪齐。

〔唐〕白居易《天津桥》

故园梅柳尚余春，来时勿使芳菲歇。

〔唐〕骆宾王《畴昔篇》

故作小红桃杏色，尚余孤瘦雪霜姿。

〔宋〕苏轼《红梅》

南北东西春总好，杜鹃何苦劝人归。

〔宋〕王庭珪《次韵陈君授暮春感怀》

草不谢荣于春风，木不怨落于秋天。谁挥鞭策驱四运？万物兴歇皆自然。

〔唐〕李白《日出行》

草木有本心，何求美人折。

〔唐〕张九龄《感遇》十二首之一

草萤有耀终非火，荷露虽团岂是珠。

〔唐〕白居易《放言》五首其一

草杂今古色，岩留冬夏霜。

〔南朝·齐〕孔稚珪《旦发青林》

草色连云人去住，水纹如縠燕差池。

〔唐〕杜牧《江上偶见绝句》

草低金城雾，木下玉门风。

〔南朝·梁〕范云《别诗》

草枯鹰眼疾，雪尽马蹄轻。

〔唐〕王维《观猎》

残星数点雁横塞，长笛一声人倚楼。

〔唐〕赵嘏《长安晚秋》

残雪暗随冰笋滴，新春偷向柳梢归。

〔宋〕张耒《春日》

临水朱门花一径，尽日鸟啼人静。

〔未〕贺铸《清平乐》

临风忽起悲秋思，独听新蝉第一声。

〔宋〕寇準《蝉》

咬定青山不放松，立根原在破岩中。千磨万击还坚劲，任尔东西南北风。

〔清〕郑燮《竹石》

昨夜西风凋碧树，独上高楼，望尽天涯路。

〔宋〕晏殊《鹊踏枝》

昨夜西池凉露满，桂花吹断月中香。

〔唐〕李商隐《昨夜》

秋风想见西湖上，化出白莲千叶花。

〔宋〕贺铸《鹧鸪天》

秋草六朝寒，花雨空坛，更无人处一凭阑。燕子斜阳来又去，如此江山。

〔清〕朱彝尊《卖花声·雨花台》

秋草独寻人去后，寒林空见日斜时。

〔唐〕刘长卿《长沙过贾谊宅》

香稻啄余鹦鹉粒，碧梧栖老凤凰枝。

〔唐〕杜甫《秋兴》八首之一

看白鸟，下长川，点破潇湘万里烟。

〔五代〕张松龄《渔父》

独立茅门懒拄筇，鬓丝凉拂豆花风。晓鸦无数盘旋处，绿树枝头一线红。

〔明〕唐寅《晓起图》

独怜幽草涧边生，上有黄鹂深树鸣。

〔唐〕韦应物《滁州西涧》

独有南山桂花发，飞来飞去袭人裙。

〔唐〕卢照邻《长安古意》

独有凌霜橘，荣丽在中州。从来自有节，岁暮将何忧。

〔南朝·齐〕虞羲《橘》

怨春不语，算只是殷勤，画檐蛛网，尽日惹飞絮。

〔宋〕辛弃疾《摸鱼儿》

庭苑不知人去尽，春来还发旧时花。

〔唐〕岑参《山房春事》二首

庭院深深深几许？杨柳堆烟，帘幕无重数。

〔宋〕欧阳修《蝶恋花》

柔柳摇摇，坠轻絮如影。

〔宋〕张先《剪牡丹》

恨芳菲世界，游人未赏，都付与，莺和燕。

〔宋〕陈亮《水龙吟·春恨》

浓绿万枝红一点，动人春色不须多。

〔宋〕王安石《咏石榴花》

将花枝笑捻，斜插在鬓边，手执着菱花镜儿里显。

〔元〕高文秀《南吕一枝花·咏惜花春起早》

穿花蛱蝶深深见，点水蜻蜓款款飞。

〔唐〕杜甫《曲江》二首之二

既滋兰之九畹兮，又树蕙之百亩。

《楚辞·离骚》

映阶碧草自春色，隔叶黄鹂空好音。

〔唐〕杜甫《蜀相》

送客飞鸟外，城头楼最高。

〔唐〕岑参《陕州月城楼送辛判官入秦》

宫女如花满春殿，只今惟有鹧鸪飞。

〔唐〕李白《越中怀古》

前村深雪里，昨夜数枝开。

〔唐〕齐己《早梅》

前日归时花正红，今夜宿时枝半空。坐惜残芳君不见，风吹狼藉月明中。

〔唐〕白居易《夜惜禁中桃花因怀钱员外》

待到重阳日，还来就菊花。

〔唐〕孟浩然《过故人庄》

待到秋来九月八，我花开后百花杀。

〔唐〕黄巢《不第后赋菊》

洗尽铅华见雪肌，要将真色斗生枝。

〔宋〕苏轼《梅花》

虽无艳态惊群目，幸有清香压九秋。

〔元〕江夔《茉莉》

轻抛一点入云去，喝杀三声掠地来。

〔唐〕刘禹锡《白鹰》

树树笼烟疑带火，山山照日似悬金。

〔唐〕张彤《奉和拣贡橘》

亭亭山上松，瑟瑟谷中风。风声一何盛，松枝一何劲。

〔魏〕刘桢《赠从弟》其二

须知胡骑纷纷在，岂逐春风一一迴。

〔唐〕杜牧《早雁》

香轮莫辗青青破，留与游人一醉眠。

〔唐〕郑谷《曲江春草》

十画

桂子月中落，天香云外飘。

〔唐〕宋之问《灵隐寺》

桐花万里丹山路，雏凤清于老凤声。

〔唐〕李商隐《韩冬郎即席为诗相送》

桃花尽日随流水，洞在清溪何处边？

〔唐〕张旭《桃花溪》

桃花细逐杨花落，黄鸟时兼白鸟飞。

〔唐〕杜甫《曲江对酒》

桃花乱落如红雨。

〔唐〕李贺《将进酒》

桃李春风一杯酒，江湖夜雨十年灯。

〔宋〕黄庭坚《寄黄幾復》

荷风送香气，竹露滴清响。

〔唐〕孟浩然《夏日南亭怀辛大》

荷叶罗裙一色裁，芙蓉向脸两边开。乱入池中看不见，闻歌始觉有人来。

〔唐〕王昌龄《采莲曲》二首之一

荷尽已无擎雨盖，菊残犹有傲霜枝。

〔宋〕苏轼《赠刘景文》

荷阴斜合翠，莲影对分红。

〔南朝·梁〕徐朏《夏诗》

荷枯雨滴闻。

〔唐〕孟浩然《初出关旅亭夜坐怀王大校书》

莺欲绵蛮柳欲阴，露丛烟萼恣搜寻。那将两翅轻涂粉，绕遍千花百卉心。

〔宋〕晏殊《蛱蝶》

莺初解语，最是一年春好处。微雨如酥，草色遥看近却无。

〔宋〕苏轼《减字木兰花》

莺啼如有泪，为湿最高花。

〔唐〕李商隐《天涯》

莺嘴啄花红溜，燕尾点波绿皱。

〔宋〕秦观《如梦令》

柴扉日暮随风掩，落尽闲花不见人。

〔唐〕元稹《晚春》

鸭头春水浓如染，水面桃花弄春脸。

〔宋〕苏轼《送别诗》

鸭头绿一江浪花，鱼尾红几缕残霞。

〔元〕无名氏《中吕满庭芳》

借问此何时，蝴蝶飞南园。

〔晋〕张协《杂诗》

借问梅花何处落，风吹一夜满关山。

〔唐〕高适《塞上闻笛》

倚危亭，恨如芳草，萋萋刬尽还生。

〔宋〕秦观《八六子》

爱惜芳心莫轻吐，且教桃李闹春风。

〔金〕元好问《同儿辈赋未开海棠》二首

袅袅城边柳，青青陌上桑，提篮忘采叶，昨夜梦渔阳。

〔唐〕张仲素《春闺思》

袅袅古堤边，青青一树烟。若为丝不断，留取系郎船。

〔唐〕雍裕之《江边柳》

留连戏蝶时时舞，自在娇莺恰恰啼。

〔唐〕杜甫《江畔独步寻花七绝句》之六

衰衰凄凄一径通，丹枫索索满林红。

〔金〕董解元《西厢记》

离离原上草，一岁一枯荣。野火烧不尽，春风吹又生。

〔唐〕白居易《赋得古原草送别》

凉风绕曲房，寒蝉鸣高柳。

〔晋〕陆机《拟明月何皎皎》

海雨江风浪作堆，时新鱼菜逐春回。

〔宋〕范成大《四时田园杂兴》

海棠不惜胭脂色，独立蒙蒙细雨中。

〔宋〕陈与义《春寒》

流光容易把人抛，红了樱桃，绿了芭蕉。

〔宋〕蒋捷《一剪梅·舟过吴江》

谁言寸草心，报得三春晖。

〔唐〕孟郊《游子吟》

被石兰兮带杜衡，折芳馨兮遗所思。

《楚辞·九歌·山鬼》

珠帘十二中间卷，玉剪一双高下飞。

〔明〕时大本《咏白燕》

绣成安向春园里，引得黄莺下柳条。

〔唐〕胡令能《咏绣障》

素蘤多蒙别艳欺，此花端合在瑶池。无情有恨何人觉，月晓风清欲堕时。

〔唐〕陆龟蒙《白莲》

桃花嫣然出篱笑，似开未开最有情。

〔宋〕汪藻《春日》

凌风知劲草，负雪见贞心。

〔南朝·梁〕范云《咏寒松》

凌波仙子生尘袜，水上轻盈步微月。

〔宋〕黄庭坚《水仙》

莫怪春来便归去，江南虽好是他乡。

〔明〕王恭《春雁》

莫言空警露，犹冀一闻天。

〔唐〕李峤《咏鹤》

莫去西湖花里睡，芰荷翻雨打鸳鸯。

〔元〕宋无《海鸥》

高林滴露夏夜清，南山子规啼一声。

〔唐〕韦应物《子规》

烟雨疏疏覆绿苔，海棠时节燕重来。

〔清〕周京《燕来》

浪中得上龙门去，不叹江河岁月深。

〔唐〕章孝标《鲤鱼》

荻芽抽笋河鲀上，楝子开花石首来。

〔宋〕范成大《四时田园杂兴》

十一画

梧桐昨夜西风急，淡月胧明，好梦频惊，何处高楼雁一声。

〔宋〕晏殊《采桑子》

梧桐树，三更雨，不道离情正苦。一叶叶，一声声，空阶滴到明。

〔唐〕温庭筠《更漏子》

梅英疏淡，冰澌溶泄，东风暗换年华。

〔宋〕秦观《望海潮》

梅须逊雪三分白，雪却输梅一段香。

〔宋〕卢梅坡《雪梅》

黄花金兽眼，红叶火龙鳞。

〔元〕杨显之《临江驿潇湘秋雨杂剧》

黄昏风雨打园林，残菊飘零满地金。

〔宋〕王安石《残菊》

黄鹤远联翩，从鸾下紫烟。翱翔一万里，来去几千年。

〔唐〕李峤《咏鹤》

梦随风万里，寻郎去处，又还被莺呼起。

〔宋〕苏轼《水龙吟》

接天莲叶无穷碧，映日荷花别样红。

〔宋〕杨万里《晓出净慈寺送林子方》

晚趁寒潮渡江去，满林黄叶雁声多。

〔清〕王士祯《江上》

野水自添田水满，晴鸠却唤雨鸠归。

〔宋〕黄庭坚《自巴陵略平江临湘入通城无日不雨至黄龙奉谒清禅师继而晚晴邂逅禅客戴道纯款语作长句呈道纯》

野凫眠岸有闲意，老树着花无丑枝。

〔宋〕梅尧臣《东溪》

野鸦无意绪，鸣噪自纷纷。

〔唐〕杜甫《孤雁》

野桃含笑竹篱短，溪柳自摇沙水清。

〔宋〕苏轼《新城道中》

做冷欺花，将烟困柳，千里偷催春暮。

〔宋〕史达祖《绮罗香》

斜阳外，寒鸦数点，流水绕孤村。

〔宋〕秦观《满庭芳》

惟草木之零落兮，恐美人之迟暮。

《楚辞·离骚》

惟有春风最相惜，殷勤更向手中吹。

〔唐〕杨巨源《和练秀才杨柳》

惟有落红官不禁，尽教飞舞出宫墙。

〔唐〕武衍《宫词》

清水出芙蓉，天然去雕饰。

〔唐〕李白《经乱离后天恩流夜郎忆旧游书怀赠江夏韦太守良宰》

清霜醉枫叶，淡月隐芦花。

〔元〕许有壬《荻港早行》

鸿雁于飞，哀鸣嗷嗷。

《诗·小雅·鸿雁》

鸿鹄高飞，一举千里。羽翼已就，横绝四海。

〔汉〕刘邦《鸿鹄歌》

断人肠处，无边残照水边霞。枯荷宿鹭，远树栖鸦。败叶纷纷拥砌石，修竹珊珊扫窗纱。黄昏近，愁生砧杵，怨入琵琶。

〔元〕白朴《仙吕点绛唇·金凤钗分》

剪裁用尽春工意，浅蘸朝霞千万蕊。

〔宋〕柳永《木兰花》

寂寞空庭春欲晚，梨花满地不开门。

〔唐〕刘方平《春怨》

维鹊有巢，维鸠居之。

《诗·台南·鹊巢》

绿杨枝上啭黄鹂，红杏梢头挂酒旗。

〔明〕唐寅《杏林春燕》

绿杨烟外晓寒轻，红杏枝头春意闹。

〔宋〕宋祁《玉楼春》

绿杨堤下路，早晚溪边去。三见柳绵飞，离人犹未归。

〔宋〕魏夫人《菩萨蛮》

绿垂风折笋，红绽雨肥梅。

〔唐〕杜甫《陪郑广文游何将军山林》十首之五

绿荷多少夕阳中，知为阿谁凝恨、背西风。

〔宋〕秦观《虞美人》

绿遍山原白满川，子规声里雨如烟。乡村四月闲人少，才了蚕桑又插田。

〔宋〕翁卷《乡村四月》

绿叶青葱傍石栽，孤根不与众花开。酒阑展卷山窗下，习习香从纸上来。

〔明〕董其昌《兰》

绿树连村晴，黄花入麦移。

〔唐〕司空图《独望》

绿树听鹈鴂，更那堪，鹧鸪声住，杜鹃声切。啼到春归无啼处，苦恨芳菲都歇。

〔宋〕辛弃疾《贺新郎·别茂嘉十二弟》

秾丽最宜新著雨，娇娆全在欲开时。

〔唐〕郑谷《海棠》

梨花澹白柳深青，柳絮飞时花满城。惆怅东栏一株雪，人生看得几清明。

〔宋〕苏轼《和孔密州东栏梨花》

雪后园林才半树，水边篱落忽横枝。

〔宋〕林逋《梅花》

雪绽霞铺锦水头，占春颜色最风流。若教更近天街种，马上多逢醉五侯。

〔唐〕吴融《海棠》二首之一

雪径偷开浅碧花，冰根乱吐小红芽。生无桃李春风面，名可山林处士家。

〔宋〕杨万里《兰》

婵娟一种如冰雪，依旧春风笑海棠。

〔宋〕王安石《梅花诗》其三

欲知按节成龙处，当于山路葛陂中。

〔南朝·陈〕张正见《赋得阶前嫩竹诗》

惆帐阶前红牡丹，晚来唯有两枝残。明朝风起应吹尽，夜惜衰红把火看。

〔唐〕白居易《惜牡丹花》

常恐便同巫峡散，因何重有武陵期。

〔唐〕薛涛《牡丹》

遇赏宁充佩，为生莫碍门。

〔唐〕张九龄《悲秋兰》

弹压西风擅众芳，十分秋色为伊忙。一枝淡贮书窗下，人与花心各自香。

〔宋〕朱淑真《桂花》

惭愧稻粱长不饱，未曾回眼向鸡群。

〔唐〕白居易《双鹤》

翎羽如今从放长，犹能飞起向孤云。

〔唐〕贾岛《咏崔卿池上鹤》

十二画

朝来庭树有鸣禽，红绿扶春上远林。

〔宋〕陈与义《春日》

朝饮木兰之坠露兮，夕餐秋菊之落英。

《楚辞·离骚》

落尽残红始吐芳，佳名唤作百花王。竞夸天下无双艳，独立人间第一香。

〔唐〕皮日休《牡丹》

落尽梨花春又了，满地残阳，翠色和烟老。

〔宋〕梅尧臣《苏幕遮》

落花人独立，微雨燕双飞。

〔唐〕翁宏《春残》

落花如有意，来去逐船流。

〔唐〕储光羲《江南曲》四首其三

落红不是无情物，化作春泥更护花

〔清〕龚自珍《己亥杂诗》之一

落花与芝盖齐飞，杨柳共春旗一色。

〔北周·庾信〕《华林园马射赋》

落絮无声春堕泪，行云有影月含羞。

〔宋〕吴文英《浣溪沙》

落霞与孤鹜齐飞，秋水共长天一色。

〔唐〕王勃《滕王阁序》

紫艳半开篱菊静，红衣落尽渚莲愁。

〔唐〕赵嘏《长安晚秋》

紫收岷岭芋，白种陆池莲。

〔唐〕杜甫《秋日夔州咏怀》

喧鸟覆春洲，杂英满芳甸。

〔南朝·齐〕谢朓《晚登三山还望京邑》

晴川历历汉阳树，芳草萋萋鹦鹉洲。

〔唐〕崔颢《黄鹤楼》

晴空一鹤排云上，便引诗情到碧霄。

〔唐〕刘禹锡《秋词》二首之一

晴虹桥影出，秋雁橹声来。

〔唐〕白居易《河亭晴望》

蛱蝶飞来过墙去，却疑春色在邻家。

〔唐〕王驾《雨晴》

曾教风月，催促花边烟棹发。不管花开，月白风清始肯来。

〔宋〕毛滂《减字木兰花·留贾耘老》

寒心未肯随春态，酒晕无端上玉肌。

〔宋〕苏轼《红梅》三首其一

寒鸦飞数点，流水绕孤村。

〔隋〕杨广《失题》

寒蝉凄切，对长亭晚，骤雨初歇。

〔宋〕柳永《雨霖铃》

寒波淡淡起，白鸟悠悠下。怀归人自急，物态本闲暇。

〔金〕元好问《颍亭留别》

道人北山来，问松我东冈。举手指屋脊，云今如许长。

〔宋〕王安石《道人北山来》

雁引愁心去，山衔好月来。

〔唐〕李白《与夏十二登岳阳楼》

雁声远过潇湘去，十二楼中月自明。

〔唐〕温庭筠《瑶瑟怨》

疏影横斜水清浅，暗香浮动月黄昏。

〔宋〕林逋《山园小梅》二首其一

等恁时，重觅幽香，已入小窗横幅。

〔宋〕姜夔《疏影》

遇有客来堪玩处，一端晴绮照烟新。

〔唐〕陆龟蒙《蔷薇》

敢同俗态期青眼，似有微词动绛唇。

〔唐〕唐彦谦《绯桃诗》

惯向溪头漾浅沙，薄烟微雨是生涯。时时失伴沉山影，往往争飞杂浪花。

〔唐〕陆龟蒙《白鸥》

啼得血流无用处，不如缄口过残春。

〔唐〕杜荀鹤《闻子规》

暂分烟岛犹回首，只渡寒塘亦并飞。

〔唐〕崔珏《和友人鸳鸯之什》其一

暂语船樯还起去，穿花贴水益霑巾。

〔唐〕杜甫《燕子来舟中作》

渡头惊起一双去，飞上文君旧锦机。

〔唐〕吉师老《鸳鸯》

散雪枝头寒已老，平芜一夜铺春草。

〔宋〕杨万里《春草曲诗》

十三画

楼观岳阳尽，川迥洞庭开。雁引愁心去，山衔好月来。

〔唐〕李白《与夏十二登岳阳楼》

感时花溅泪，恨别鸟惊心。

〔唐〕杜甫《春望》

零落成泥碾作尘，只有香如故。

〔宋〕陆游《卜算子》

暗飞萤自照，水宿鸟相呼。

〔唐〕杜甫《倦夜》

暗牖悬蛛网，空梁落燕泥。

〔隋〕薛道衡《昔昔盐》

蜂蝶去纷纷，香风隔岸闻。欲知花岛处，水上觅红云。

〔唐〕韩愈《奉和虢州刘给事使君三堂新题二十一咏之八

蜂蝶纷纷过墙去，却疑春色在邻家。

〔唐〕王驾《雨晴》

照花前后镜，花面交相映。

〔唐〕温庭筠《菩萨蛮》

衙斋卧听萧萧竹，疑是民间疾苦声；些小吾曹州县吏，一枝一叶总关情。

〔清〕郑燮《潍县署中画竹呈年伯包大中丞括》

遥怜故园菊，应傍战场开。

〔唐〕岑参《行军九日思长安故园》

遥原树若荠，远水舟如叶。

〔隋〕薛道衡《敬酬杨仆射山斋独坐》

遥知不是雪，为有暗香来。

〔宋〕王安石《梅花》

新松恨不高千尺，恶竹应须斩万竿。

〔唐〕杜甫《将赴成都草堂途中有作先寄严郑公》五首之四

新蒲新柳三年大，便与儿孙作屋梁。

〔清〕龚自珍《己亥杂诗》

满地芦花和我老，旧家燕子傍谁飞。

〔宋〕文天祥《金陵驿》

漠漠水田飞白鹭，阴阴夏木啭黄鹂。

〔唐〕王维《积雨辋川庄作》

漠漠帆来重，冥冥鸟去迟。

〔唐〕韦应物《赋得暮雨送李胄》

溪山掩映斜阳里，楼台影动鸳鸯起。隔岸两三家，出墙红杏花。

〔宋〕魏夫人《菩萨蛮》

数朵红云静不飞，含香含态醉春晖。

〔明〕冯琢庵《牡丹》

数丛沙草群鸥散，万顷江田一鹭飞。

〔唐〕温庭筠《利州南渡》

数点飞来荷叶雨，暮香分得小江天。

〔元〕完颜畴《池莲》

数声啼鸟怨年华，又是凄凉时候，在天涯。

〔宋〕仲殊《南歌子》

数声飘去和秋色，一字横来背晚辉。

〔唐〕吴融《新雁》

隔巢黄鸟并，翻藻白鱼跳。

〔唐〕杜甫《绝句》

愁眼看霜露，寒城菊自花。

〔唐〕杜甫《遣怀》

新霜彻晓报秋深，染尽青林作缬林。惟有橘园风景异，碧丛丛里万黄金。

〔宋〕范成大《咏橘》

榆荚荷钱怨别离，不似杨花宛转飞。

〔元〕马祖常《杨花宛转曲》

韵绝香仍绝，花清月未清。

〔宋〕杨万里《水仙花》

窥人向檐语，如道故乡春。

〔唐〕徐璧《春燕》

十四画

碧云天，黄叶地。秋色连波，波上寒烟翠。

〔宋〕范仲淹《苏幕遮》

碧云天，黄花地，西风紧，北雁南飞。晓来谁染霜林醉，总是离人泪。

〔元〕王实甫《西厢记》

碧玉妆成一树高，万条垂下绿丝绦。不知细叶谁裁出，二月春风似剪刀。

〔唐〕贺知章《咏柳》

碧知湖外草，红见海东云。

〔唐〕杜甫《晴》二首之一

墙头语鹊衣犹湿，楼外残雷气未平。

〔宋〕陈与义《雨晴》

墙头雨细垂纤草，水面风回聚落花。

〔唐〕张蠙《夏日题老将林亭》

愿逐三秋雁，年年一度秋。

〔唐〕卢照邻《昭君怨》

蝉噪林逾静，鸟鸣山更幽。

〔南朝·梁〕王籍《入若耶溪》

蝉声无一添烦恼，自是愁人枉断肠。

〔宋〕杨万里《听蝉声》

嫣然一笑竹篱间，桃李漫山总粗俗。

〔宋〕苏轼《寓居定惠院之东，杂花满山，有海棠一株，人不知贵也》

嫩绿柔香远更浓，春来无处不茸茸。

〔明〕杨基《春草诗》

嫩竹犹含粉，初荷未聚尘。

〔南朝·陈〕徐陵《侍宴》

嫩箨香苞初出林，於陵论价重如金。皇都陆海应无数，忍剪凌云一寸心。

〔唐〕李商隐《初食笋呈座中》

翠干危栈竹，红腻小湖莲。

〔唐〕杜甫《寄岳州贾司马巴山严八使君》

糁径杨花铺白毡，点溪荷叶叠青钱。

〔唐〕杜甫《绝句漫兴》九首其七

满园深浅色，照在绿波中。

〔唐〕王涯《春游曲》

潇洒江梅似玉人，倚风无言澹生春。

〔元〕赵孟頫《梅花》

蔷薇花落秋风起，荆棘满亭君自知。

〔唐〕贾岛《题兴化寺园亭》

暮起归巢思，春多忆侣声。谁能拆笼破，从放快飞鸣！

〔唐〕白居易《鹦鹉赋诗》

翠翘红颈覆金衣，滩上双双去又归。

〔唐〕吴融《鸳鸯》

十五画以上

横枝消瘦一如无，但空里疏花数点。

〔宋〕朱敦儒《鹊桥仙》

横空过雨千峰出，大野新霜万叶枯。

〔唐〕耿湋《九日》

蕙兰有恨枝尤绿，桃李无言花自红。

〔宋〕欧阳修《舞春风》

蕉心不展待时雨，葵叶为谁倾夕阳。

〔宋〕苏轼《题净固壁》

稻花香里说丰年，听取蛙声一片。

〔宋〕辛弃疾《西江月·夜行黄沙道中》

潭清疑水浅，荷动知鱼散。

〔唐〕储光羲《钓鱼湾》

鹤鸣于九皋，声闻于天。

《诗·小雅·鹤鸣》

颠狂柳絮随风去，轻薄桃花逐水流。

〔唐〕杜甫《绝句漫兴》九首之五

燕子不归春事晚，一汀烟雨杏花寒。

〔唐〕戴叔伦《苏溪亭》

燕子来时社新，梨花落后清明。

〔宋〕晏殊《破阵子》

燕雀戏藩柴，安识鸿鹄游。

〔三国·魏〕曹植《鰕䱇篇》

燕歌未断寒鸿飞，牧马群鸣边草绿。

〔唐〕李益《塞下曲》四首其一

繁枝容易纷纷落，嫩蕊商量细细开。

〔唐〕杜甫《江畔独步寻花七绝句》之七

露重飞难进，风多响易沉。

〔唐〕骆宾王《在狱咏蝉》

凛然相对敢相期，直干临空未要奇。根到九泉无曲处，世间唯有蛰龙知。

〔宋〕苏轼《王复秀才所居双桧》二首之二

蝴蝶梦中家万里，子规枝上月三更。

〔唐〕崔涂《春夕》

蝴蝶新生未解飞，须拳粉湿睡花枝。后来借得风光力，不记如痴似醉时。

〔宋〕杨万里《观物化诗》

熟知茅斋绝低小，江上燕子故来频。

〔唐〕杜甫《绝句漫兴》九首其三

飘然快拂花梢，翠尾分开红影。

〔宋〕史达祖《双双燕·咏燕》